不為死貓寫

悼歌

非馬

算是序

黃永玉

非馬弟：

　　昨天收到你寄來的這包稿子，翻了一下，今早又粗略地翻了一下，吃完早餐在前院走走的時候，滿腦子是你的雕塑和畫，一眼晃過就記住了（這是職業本領），厚實、郁沉，看了真開心。你說複印得不清楚，這不要緊的，否則看古畫怎麼辦？精神氣象俱在，看就看的那一點。看魯阿，看優特里洛，看夏伽，看米羅，看畢加索，無論大小正草，就在他們那一點架勢，那一點起霸的風神。非馬呀，非馬！我說你真不簡單，難知你是幾時起步的？二十四頁（編按：現為第五十六頁）女頭像的脖子是個走險的安排，長了，未見肩膀（原可以幫忙緩衝），尤其後頸部分的銳線……嗳！不打緊，眼睛，腮幫用的是虛線，另一種調子安排，是幅精彩的畫了。五十二頁（編按：現為第一百五十七頁）那幅瓶花，我為你歡呼！一七二頁（編按：現為第二十八頁）不知是雕塑還是畫，底下那根鋼絲顯得輕率。思想、情緒疲乏的反映。我作品中不少毛病也出現在這裡，也為此而慚愧。

　　凡人寫情詩是為了求愛；詩人求愛寫詩其實是為了詩。

　　詩，散文，我幾乎沒有膽子說話。用交朋友打比方，詩比散文朋友少，但更珍貴。寫詩真難，詩更無限，詩有時連情感都不顧，讓「字」在那裡碰撞。大炮、洪鐘、野地上長著的小鈴蘭的聲音。甚或碰出無聲的孤寂，甚或一種新的文字元素。像抽象畫，讓顏色跟顏色幹伙、追逐、交配（元配或雜交），像新音樂，像千百年前土音樂，它說的是音樂本身，不是月亮、愛情諸多混賬事。音樂只用基本的七個音階加一些半

音，詩是天上地下萬種組合，隨手拈來，妙趣天成。（義山詩很多為了字眼好聽。東北遼寧漁民聞我煙斗的煙絲味說：「這煙味真好聽！」）

這就說到詩人非馬的散文。

詩人如果是和尚，和尚如果有時動了凡心去拈花惹草，那就是散文。非馬的散文。這就是與眾不同的奇思妙想的散文。

詩的任務如果是散文，就沒有詩了。散文自然不是詩；有這樣的散文，酸溜溜，唔知話乜？

文化上「範疇」的嚴謹，與哲學的嚴謹是一樣的。

改良京劇，就是文化史上的笑柄。

波斯的莫拉維說：隱秘世界有另外的雲和水／有另外的太陽和天空……／一種雨是為了育培／一種雨是致使枯萎……（《瑪斯拉維全集》，頁2035-2037，穆宏燕譯）

非馬是個奇人，是個寫詩寫散文的非馬，又是個原子物理學家的馬為義；還是個做雕塑和畫畫的美術家，這就似乎是個企圖搶掠多類行當飯碗的剪徑強人了；一個充滿憐憫心的強人。

我大後天就要上廣州去為我故鄉新屋做大門去了，是兩扇銅鑄的雕塑的門，大約要花二十多天時間，然後回北京，五月初，十號左右回湘西。

上次你來電話時，我糊裡糊塗沒聽清，是不是你說要來鳳凰？底下的具體話我忘了，收此信（算是序）後再來個電話。

寄來的讓我貼在信封上的是不是地址？我怎麼看不到有USA字樣？我不通外文，也不相信這字條貼在信封上這麼神，萬一把好不容易寫的這封信弄丟了怎麼辦？所以準備先寄一份複印件給你，等我請教別人或得你指示出這小小紙條的確可以把這封信平安帶到美國，不會有誤，我就會把原稿寄上。

大文章稿件，我將隨身帶去飛機上看，再在工作休息時看。

祝

雙好！

　　　　　　　　　　　　　　　　　　　　黃永玉

　　　　　　　　　　　　　　　　　　二〇〇三年四月一日

　　　　　　　　　　　　　　　　　　（喝！愚人節！）

　　　　　　　　　　　　　　　　　　　　萬荷堂

詩文同融，不徐不疾
——非馬散文的多元創意

許福吉

　　自古以來，好的散文，其實都是詩。而有一種如夾心餅乾般可口的散文，極具創意，可惜大膽嘗試的人不多。國際著名詩人非馬的短詩膾炙人口，卻很少有人注意到他別具一格的夾詩散文。他的散文具有獨特的藝術風貌，幾乎所有的作品，都夾帶著他短小精悍的片斷短詩，彷彿要讓世人知道，這多情的詩人，即使寫起散文來，也忘不了他對詩的忠誠。

　　熟悉非馬詩歌的讀者，一旦讀起他的夾詩散文，同樣也會愛不釋手，難以忘懷。有些散文平白簡短，卻蘊藏無窮的韻味，耐人咀嚼。他的散文往往以平凡的事物，去尋求意義的突破，令人驚喜。非馬以直接、明朗、淺近、機智的口語，把小詩放大，把境界拓展，收到大放異彩的效果。讀非馬的散文，很容易讓人想起魯迅、林語堂、思果等散文名家的反諷、幽默、樂觀與機智等特色。

　　非馬的樂觀，表現在他的知足常樂與風趣幽默上。從他那些輕鬆活潑、耐人尋味的散文中，我們可以一窺他愉悅的人生觀，感受到他隨心適性和溫柔敦厚的一面。有時候「幽默」也成了他散文的一大特色，這種幽默有時是「黑色」的、有時是「無色」的。黑色的幽默帶有強烈的諷刺性，無色的幽默則透明自然。非馬以現代人的姿態，用精彩的短詩，尖銳地對人間萬物重新做出詮釋，在生活中尋求一種平衡。

　　由於生活在科技與環球化的時代，非馬常以冷靜、理智的文字，反諷、弔詭等技巧，求變創新，再加上溫柔的感性，書寫心中感情之起

伏，給讀者一種感性與理性結合的融洽之感，也顯示了他是一個務實而理智的人。邊走邊學邊累積人生經驗，這是他積極的人生觀。

非馬也是一個多情與念舊的人，他的散文流露了不少他對家鄉、傳統、朋友的情誼。然而他不是那種將感情處理得十足悲情、煽情，甚至濫情的人。他常苦中作樂，自我反省，化悲憤為力量，是一個知足常樂，隨心適性的中庸之子。雖然長期居住在美國，異鄉遊子在每逢佳節時，仍懷念著小時候的故鄉，尤其是「那些在除夕元旦交會的時辰此起彼落燃放的爆竹，此刻似乎還在耳邊爽脆地爆響。而隨之而來的新年氣氛，更在心頭盪漾，久久不散。」面對一些無可奈何的情況時，他學會了幽自己和別人一默，而他要傳達的，正是對生命的關懷。

非馬善於在精緻簡練的作品中，冷靜地把小詩放大，使詩句跳出詩行，變成充滿動感、自然而親切的散文話語。非馬以激動的筆調，寫他熟悉的城市，猶如城市心臟的脈搏在跳動，把社會與生活結合在一起。他動感的語言蘊藏著深刻的意義與藝術魅力。簡單的新聞、事件、人物、自然現象，在他的筆下，都化為一幅幅生動的畫面，自由而流暢。

非馬的真摯與隨和，從隨筆中自然地流露了出來。有科學家背景的非馬，是一個極為感性的詩人，他曾經數次在近百名聽眾前情不自禁地掉淚。也許因為長期浸濡在美國自由民主的環境中，他愛好自由、喜歡流浪。在散文中，常常想像自己是飛躍流動的草木蟲魚。他的散文包涵了他對社會、人生、大自然的熱切關懷，以及冷靜的哲理思考。筆筆皆情，處處是意，情意交融，觸動人心。

非馬也是一個名副其實的多元藝術家，他的身份是多重性的。他以現代科技核子的背景從事詩歌與散文創作，又兼及油畫、雕塑等藝術活動。他不但觀察敏銳，更重要的是他關心人文與自然環境變遷對人類的影響。而為了加深文學意境，他往往做反面與側面的表達，既弔詭又反諷，表現出新世紀後現代的觀感，使一些我們平時看起來平淡無奇的生活情境，化成新鮮、活潑的文學生命。

在這個邁向全球村的互聯網時代，非馬的夾詩散文，不但結合了現代生活的脈搏與境界，更重要的是，他用關懷的筆調寫生活、寫城市、

寫環球的變化。他用多元互動的隨筆文字,展示生活風貌,提醒世人重視生命。非馬吸取了東西方文化的精華,然後在科技和人文、理性與感性上再度整合。他的散文可以比喻為水與山的結合:感性如水,溫柔敦厚;理性如山,理直氣壯。橫看成嶺,側看成峰,皆成風景。如果我們遙問非馬為什麼以業餘的時間,居然能做出那麼多的成果,請看他在一篇散文中的回答:「問我哪來的那麼多時間?我每次都笑著用我一首瀑布詩的兩個詩句作答:『一點一滴,不徐不疾。』」這就是把短詩與散文完美地結合在一起的非馬。

自序　多面鏡前的自畫像

非馬

　　二〇〇二年六月初，在海口市舉行的「非馬現代詩研討會」上，一位文學教授把寫詩的非馬和從事科技的馬為義放在他的價值天平上稱了稱，然後鄭重地宣佈：「非馬比馬為義重多了！」

　　他這樣做當然是出於好心，目的是為了突顯我在現代詩創作的一點成績。但我自己不會用這種解構方式來衡量自己。畢竟，筆名與本名，說的都是同一個人。

　　類似的問題，多年前也被提起過。那年我到大陸講學交流，返美前把箱底剩下的一本詩集送給了我在廣州海關工作的堂哥。他當面沒說什麼，我一回到美國，就收到他寄來數落我不務正業的長信。在信上他說，看看人家楊振寧、李政道先生吧！他們在國內有多風光啊！你為什麼不好好專心搞你的科研工作呢？我堂哥大概不知道諾貝爾獎只有寥寥幾個名額，而且根本不可能落到工程師頭上。我記得當時給他的答覆是：「在美國，像我這樣的科技人才，成千累萬。但寫非馬詩的，只有我一個呀！」

　　幾年前我決定自美國能源部屬下的阿岡國家研究所提早退休，也是基於同樣的考慮──我要把更多的時間和精力留給我的舊愛（寫作）與新歡（繪畫及雕塑）。純從社會功利的觀點來看，我這麼多年的科研工作，還算不太辜負所學，也不至於太虧欠人類社會。更重要的，我想每個人都該對自己的一生，根據自己的志趣，做出最有效、最能充份發揮自己才能的最佳安排。讓能當將軍的人去當小兵，或讓只能當小兵的人去當將軍，對整個社會來說都是一種浪費與災害，對個人更是一種沉重的負擔，一種不智的選擇與安排。

　　很少人知道，我寫散文的歷史同寫詩一樣長。當年在台北工專唸書時，我與幾位同學合辦了一個叫《晨曦》的油印刊物。為了彌補每期稿源的不足，作為主編的我不得不用各種筆名，寫出了包括詩歌、散文、評論以及小說。有一次我的一篇散文參加《新生報》副刊的青年節徵文，還得了獎。之後有幾次，大概是因為臨時缺稿，我的文章還取代了當時一位名作家的專欄位置。但後來我還是專注於寫詩，主要原因是時間的限制。寫詩，特別是寫短詩，不像寫散文那樣需要在書桌前正襟危坐，隨時隨地都可在腦子裡醞釀。當然也可能是詩的形式較吻合我當時鬧戀愛強說愁的年輕心靈。但隨著年齡的增長，寫詩卻越來越給我一種意猶未盡的感覺。當然，詩貴含蓄，意猶未盡正是好詩的徵象之一。但它常使我感到某種不滿足，好像缺少了什麼東西似的。我想，或許在詩與散文之間，還存在著一個蠻荒地帶。幾年前我有機會為香港一個報紙副刊寫專欄，便開始在這地帶上從事探險，在散文裡引入了我自己或別人的詩。

　　我尋求的是詩與散文間的一種微妙平衡。既不全是「放大了的詩」（許福吉教授語），更不是「縮小了的散文」。我要讓詩與散文在我的作品中相得益彰，水乳交融。意依然未全盡，但我已有了一吐為快的舒暢。我的另一個企圖是想讓讀者知道，現代詩並不如傳說或一般想像中那麼晦澀難懂可怕。我不知道我在這方面究竟成功了多少，但我曾接到香港幾位大專學生的電子郵件，感謝我讓他們有了接觸現代詩的機會。

　　近年興起的電腦網路，提供了一個便捷的發表管道。幾年前我在一位美國詩友的鼓動下，建立了「非馬藝術世界」網站（http://wmarr9.home.comcast.net/bmz.htm），展出我的中英文詩選、雙語每月一詩、散文以及我越來越心醉喜愛的繪畫與雕塑作品。由於這個網站，我得以同遠在東南亞、日本、中東以及歐洲等地區的詩人、作家、藝術家、學者和讀者們交流。在從前，這幾乎是不可能的事。

　　但網路再神奇，在我心目中仍不免有點虛幻。如果說傳統的出版方式只是紙上談兵，那麼網上發表則連可觸可翻的紙頁都沒有，更不要說那令人氣爽神清的油墨香味了！

在我想像的未來書城裡，蕭邦的鋼琴曲在空中錚錚激盪，人手一冊的讀者們或站或坐，其中一位眼睛濕潤、嘴邊掛著微笑的年輕人（不僅指年齡），手裡捧著的，正是我這本《不為死貓寫悼歌》。這景象在我身上激起了一陣幸福的微顫，如我在〈愛的氣息〉中所描繪的：

　　這陣溫柔的風
　　想必來自
　　你一個甜蜜的嘆息
　　此刻正誘使花兒
　　紛紛吐露芳香
　　並激發一陣陣幸福的微顫
　　在葉子同我身上
　　沙沙掠過

目次

第二輯　不為死貓寫悼歌

第三輯　一點一滴不徐不疾

第四輯　有詩為證

山・水・火

非馬畫作：加拿大洛磯山，30.5×35.6 cm，丙烯，2000年。

犬孫蕾茜

　　兩個兒子成家以後，老朋友們見面，總不免要問上一句：「當了祖父沒有？」我每次都開玩笑地回答：「有一個犬孫。」

　　相對於一般犬子的謙稱，我這可是個名副其實、如假包換的犬孫。

　　老大同我年輕時候一樣，脾氣急躁而缺乏耐心。他要在養小孩之前先養隻小狗磨練磨練自己，當然是件值得嘉許的好事。但小倆口經常出差，養小狗的責任便不時落到我們這「祖父母」身上。之群一向怕狗，每次在路上遠遠見到狗影，便緊緊抓住我的手臂不放。現在要把一隻生蹦活跳、張牙舞爪的狗養在家裡，實在需要很大的勇氣。更麻煩的是，一向做事謹慎、計畫周詳的老大，這次竟糊裡糊塗買來了一隻以善變聞名的拉薩小獅子狗。而且還是隻漂亮的小母狗。

　　其實拉薩小獅子狗的善變同性別似乎沒太大關係。我們知道的狗主，不管養的是公是母，都拿這種狗沒辦法。以我們這位蕾茜小姐為例，前一秒鐘她還如依人小鳥般依偎在你的腿上或床邊期待你的撫摸，下一秒鐘她卻迅雷般掉過頭來向你伸出的手攻擊。罵她打她沒有用。她明明知道她不該如此翻臉不認人，但她無法控制她的本能反應，特別是在她睡眼朦朧或來手可疑（包括速度及角度）的時候。但每次她都只「點到為止」，讓她微微滲血的牙痕輕輕印在你的手上，而且事後她總像做錯了事的小孩子一般，遠遠躲在角落裡，用可憐兮兮的眼神看著你，祈求你的寬恕原諒。每次都使我想起我那首題為〈颱風季〉的詩：

　　每年這時候
　　我體內的女人
　　總會無緣無故
　　大吵大鬧幾場

　　而每次過後
　　我總聽到她
　　用極其溫存的舌頭
　　咧咧
　　舔我滴血的
　　心

　　蕾茜也進過狗學校，從幼稚園到小學，花了不算少的學費。據老大告訴我們，每次她都我行我素，一點都不合群，訓練員對她也無可奈何。到目前為止，全家只有之群一人保持著沒被咬過的記錄。這是因為每次蕾茜來向她獻殷勤，她都把手舉得高高或藏得緊緊，不給狗牙任何機會。雖然她也承認，每次都有撫摸蕾茜的衝動。蕾茜實在是長得太漂亮太可愛了。至少她現在敢於（即使是提心吊膽）讓蕾茜背對著她端坐在她腿上，或同蕾茜玩玩球戲。有時在我忙著的時候，她還會替蕾茜揩揩屁股！

　　朋友們聽到替狗揩屁股都會忍不住大笑。但老大可是把它當一樁正經事。之群一向愛乾淨，當然更無異議。而蕾茜也已習慣成自然，每次方便後總乖乖站在那裡等著。她似乎很喜歡或需要人手的觸摸，每天總有好幾次她會跑過來翻身直挺挺躺在地上，等人撫摸她袒露的胸腹。我不知這是否同她小時候受過閹割有關。對這件事老大似乎一直耿耿於懷並感到抱歉。他曾不止一次同我提起，覺得把這樣重大的措施強加在不會說話、無法表示意見的蕾茜身上，多少有點不人道（或狗道？）。所以他一有機會便把蕾茜當小孩般，又抱又親，惹得他太太都有點吃醋起來。而蕾茜對他的感情也無人可比，或竟可說是超過了她的本能。不

管他如何擺弄，她都溫順承受，即使有我們在旁邊教唆，要她反咬他一口，或告他虐待動物。

在蕾茜的心目中，我大概佔有僅次於老大的地位。這當然是無數的舉手之勞及跟蹌腳步換來的。扔她那沾滿口水的球讓她去追去撿，需要耐心與臂力。蕾茜似乎有用不完的精力，一球扔出去，用不著幾秒鐘，便又回到了原點。有時為了拖延一點時間，我會在扔球之前要她做一些動作及花樣，例如把她的一隻前腳伸出來擺在我手裡，或翻個筋斗之類的。她雖然勉強做了。但下一個球她多半會自己銜著從樓梯口往下扔，然後衝下去撿，好像是在說：「誰稀罕你！」但過不了多久，她又會把球銜到腳跟前來，站在那裡眼睜睜等著我的手去重複她那百玩不厭的遊戲。

每天早晚帶她出去散步也是大事一樁。一看到我開抽屜拿塑膠袋及皮帶，她便興奮得有如一個要上外婆家的小孩，坐也不是站也不是跑也不是跳也不是地繞著我的腳團團轉。出門之前當然得看好行人道上沒有太多的行人。對任何在她前面的行人她都會大肆咆哮，有如整條路屬於她。時時刻刻我還得提防那些天真的小孩，警告他們別伸手摸她。

一出家門，她總喜歡先給我來個下馬威，邁開腳步狂奔，讓頸背的毛揚起如馬鬃，把我拉得東倒西歪，直到抵達她的第一站。在那裡她會用鼻子啉啉啉找到她慣常方便的老地方。完事之後她便顛著她那圓滾滾白絨絨的臀部，自顧自地往前走她的小碎步。通常都是順時鐘方向繞著鄰區走一大圈，要她反向而行可需要一點力氣及決心，她會用兩隻前腳緊緊抱住皮帶，同我拔河，直到我心軟認輸為止。一路上她有不少的驛站，每到一站她必停步啉啉啉然後蹲下來（蕾茜小姐可不學那些沒教養的野狗高高翹起一條腿）擠出那麼一兩滴，表示到此一遊。更有趣的是，沿途有被栓在樹底下或圍在籬笆內的狗向她吠叫示威，不管叫聲多大多兇，她都充耳不聞，連斜眼都不瞥它一個，更不要說正眼。看她那自管自走路的篤定模樣，凜凜然有大將之風，實在教人不能不打從心底佩服歡喜起來。

蕾茜當然也有害怕的時候，譬如聽到打雷。通常我們的床下是她的庇護所，有時候半夜裡翻身，突然一聲尖叫，準是蕾茜小姐躲在我們的床底下避難。

　　孩子們目前都忙著各自的事業，沒有生小孩的計畫與打算。我們當然也不會對他們施加任何壓力。倒是有些親友以為我們抱孫心切，儘替我們敲邊鼓乾著急。不久前在一個親友的聚會上，大媳婦及剛入門不久的二媳婦受不了他們不斷的明提暗示，竟不約而同笑指著蹲坐在我腳邊的蕾茜大叫「犬孫」！

二○○二‧八‧三十

犬孫可可

　　幾年前的一個母親節，住在芝加哥城內的老二夫婦回到郊區來為媽媽賀節。天真未泯的洋媳婦纏著之群問最希望得到什麼樣的母親節禮物。我在旁邊半開玩笑地說：一個白白胖胖的孫子呀！老二聽了連瞪了我好幾眼。其實他們已不止一次告訴過我們，他們都忙著各自的事業，而且很滿意他們目前的生活安排，暫時沒有生小孩的計畫。我們雖不太同意他們的想法，卻也無可奈何，知道這是普遍的時代現象。不久他們也學老大的樣子養了一隻小狗，說是給我們再添個名副其實的「犬孫」，讓我們過過乾癮。不用說，他們出差或度假時，作為「祖父母」的我們理所當然地得替他們照料犬孫。

　　可可成為我們的另一個犬孫時，頭一個犬孫拉薩小獅子狗蕾茜還在世，只是已進入了暮年。隨著年歲的增長，本來活潑可愛的蕾茜體力日衰，毛病也隨著增多，玩游戲的興趣低落了，脾氣卻越來越暴躁，動不動就對身傍的人張牙舞爪低聲咆哮，讓我們向她伸出的撫摸的手，不得不緊急煞住快快縮回。只有老大仍能抱她而不虞被咬，是她自始至終完全信賴的人。蕾茜去世那天，一大早大媳婦聽到她的呻吟聲，便輕輕把她抱起。看到她雖衰弱乏力，卻不安地扭動著身子，趕緊把仍在夢中的老大叫醒。當老大把她接過來抱在懷裡時，她似乎一下子便安靜了下來，雖然仍大口大口地喘著氣。就這樣老大抱著她一直等到寵物診所開門。但當獸醫建議為她打上一針讓她安樂死時，老大又覺得不忍，就這樣在診所裡抱著她待了好幾個鐘頭，直到診所要關門了，獸醫對他說反正她已無可救藥，這樣拖下去只會讓她活受罪，他才勉強同意。這已經

是兩三年前的事了。今年七月的某一天，老大在電話裡突然問我，知道今天是什麼日子嗎？我問什麼日子？他說是蕾茜逝世紀念日呀！蕾茜死後不久他換了工作，蕾茜的骨灰盒也被他們寶貝似的一起搬到加州去。

可可是隻金毛母獵狗，曾經是無家可歸的流浪狗，為動物保護所暫時收容。老二夫婦本來看上另一隻狗，卻被別人捷足先登領養了去。後來動物保護所把在另一州的可可的照片傳給他們，問他們有無興趣，並附言如一兩天內無人領養，它將被安樂死。也許是可可的可愛模樣打動了他們，也可能是那個附言引起了他們的惻隱之心，總之第二天便有義工開了五六個鐘頭的車，從美國南部某地專程把可可送到芝加哥他們的家裡來。每次談起被老二夫婦百般寵愛的犬孫可可，我都笑說這才叫狗運亨通呢！

如果蕾茜是隻精靈的小老鼠，那可可便是隻性情溫厚的母象。我們能從蕾茜的臉上表情看出她內心的多變，但可可臉上掛的永遠是那副沒有表情的臉譜。但最近我似乎看到她露齒的微笑，雖然那很可能只是我自己的感情投射或幻覺。至少同可可在一起，不管她是躺著坐著站著、背對著或面向著我，我都能放心鬆懈。為了展示可可的溫順，老二還將手伸進她的嘴巴裡去。我沒照樣做，並不是怕她的利牙，而是不願沾上她親熱的口水。大概因為身軀龐大，可可學會的花樣遠沒蕾茜多，只會做做簡單的動作，如伸出左右前腿讓人握握；要她翻筋斗似乎有點勉為其難。但她會用涼涼的鼻頭頂人要人同她一起玩，還有在聽到「吻我」的命令時，用鼻尖在我臉頰上來一個飛吻。

早晚兩次風雪無阻的溜狗之外，從事律師工作的二媳婦每天中午還特地搭乘計程車回家，帶可可在鄰區街上溜達，活動活動筋骨──主要是活動活動自己的筋骨，怕被我們笑話的二媳婦不忘加上這麼一句。越長越壯碩的可可，力氣也越來越大，每次追著路過的腳踏車或大卡車狂吠，連我都有點吃不消。我一直奇怪，嬌小的二媳婦怎麼控制得住她？直到最近有一次我同之群一起牽著可可去散步，才略知端倪。通常可可一見到草地上有蔥綠的闊葉草，便賴著不走，任我橫拖直拉大聲吆喝小聲哄騙，她就是不肯離開，一定要等她用她那些不是長來吃草的牙齒千辛萬苦地嚙夠了，才肯繼續前行。沒想到之群輕輕一呼，她馬上如聽到

聖旨般，二話不說站起身來就走。每次回到家門，我都得使出渾身的拉哄本領。她會躺在草坪上打滾或乾脆全身放鬆直挺挺躺著讓我當死狗拖。但之群輕輕叫一聲：「回家！」，她便乖乖地跟著進了屋。這其中的玄機，我到現在還不明白。

雖然從小被遺棄，但身為獵狗的可可似乎天生有一套狩獵的本領。在路上走著走著，突然她會放鬆腳步。看她一腳輕輕落地，再慢慢抬起另一隻腳，用近乎滑稽的電影裡的慢動作，向獵物——一隻松鼠、兔子或小鳥——逐步逼近。時間似乎凝固了，獵者與獵物處在永恒的對峙狀態中，像我在一首叫做〈靜物〉的詩裡所描述的：

　　槍眼
　　與
　　鳥眼

　　冷冷
　　對視

　　看誰
　　更能
　　保持
　　現狀

通常都是我等得不耐煩了，頓頓腳把獵物嚇走，好繼續走我們的路。有一天天氣很好，我到後院的陽台上看書，用長長的繩子把可可栓住，讓她在兔子出沒的院子範圍內自由活動，總算有機會見識到了她狩獵的真本事。就在那套例行的慢動作過場後，面對著那隻穩如泰山地坐在離她不到三尺的草地上的兔子，獵狗可可竟呆呆地站在那裡渾身發抖不知所措。這樣子過了漫長的十幾分鐘或十幾個世紀，那隻兔子大概是不忍心再看下去，便站起來打破僵局拍拍屁股走掉，留下當觀眾的我和主角犬孫獵狗可可，各自長長地呼出了一口大氣。

二〇〇六・九・二

握手與擁抱

　　可能是受林語堂在《生活的藝術》裡貶抑握手這洋禮節的影響，也可能是我自己的潔癖使然，反正我一向對握手不很熱心，同朋友們見面，能不握手便不握手。知道我這脾氣的朋友也許不會介意，但對一些比較敏感或相知不深的朋友們，我有時不得不花點時間同他們多聊上兩句，作為補償。

　　對擁抱我的感覺不同。每次看到一對情人或久別重逢的兩個老友熱烈相擁的鏡頭，溫暖之情總油然而生。我自己便曾寫過一首叫〈每次見到〉的詩，想把「妳」擁住用力「擠扁」：

　　　　每次見到
　　　　春風裡的小樹
　　　　怯怯
　　　　綻出新芽

　　　　我便想把妳的瘦肩
　　　　摟在臂彎裡
　　　　擠扁
　　　　道聲早安

　　當然，那些在鏡頭前又抱又親，惺惺作秀的政治人物，只會令人感到肉麻與噁心。

　　由於來自一個沒有擁抱文化（至少在公共場合如此）的國度，我對擁抱這洋禮節一直感到不自在，也沒機會實踐，更不要說養成習慣。

　　頭一次同朋友擁抱，是幾年前老詩人紀弦到舊金山機場來接我的時候。我遠遠便看到一位頭戴棒球帽的老先生，張開雙臂直直向我快步走來。雖然沒見過面，我卻一眼便認出是他。當時我也伸出雙臂迎過去同他緊緊相擁起來，覺得挺自然的。紀老對擁抱似乎已駕輕就熟且行之有素。前年他聽說我要去上海，特地寫信來，要我替他同一對父女詩人朋友都熱烈擁抱一下。這同那位在美國東部的老學者只抱異性顯然大異其趣。聽說那位頗有知名度的華裔老學者，喜歡倚老賣老。他不管對方願不願意或習不習慣，見到女人就親就抱，害得一些女孩子見了他就躲。告訴我這趣事的那位女作家已不年輕，但談到他時仍不免心有餘悸。

　　幾年前我頭一次參加本地一個美國詩人的工作坊。那天出席的大多是女士。有一位男士是工作坊的發起人，同大家都比較熟稔。分手時他同每位女士都來上一個大擁抱。這可為其他的男士們特別是我製造了難題——擁不擁抱？有一位女詩人大概是看到了我在旁邊手足無措的窘相，張開雙臂跑過來大大方方地對我說：「來吧！給我一個擁抱。」引起了大家的一陣哄笑，也消除了一個窘境。

　　在這之前，我的大兒子也曾對我說過類似的話。有一次我回台灣，他開車送我上機場。臨別時他張開雙臂要我給他一個擁抱。他這個自發舉動使我的長途飛行充滿了溫馨，卻也為我帶來了一絲歉意與自省。我想，是否在日常生活中我太過於嚴肅拘謹，或像寫詩一樣，冷靜得不輕易讓感情外露？也許在我的成長過程中沒有一個可資學習借鑑的父性榜樣是個潛在的大原因，但無論如何我不該拿它來當藉口。

　　我家的大媳婦，同我與之群一樣，也來自沒有擁抱風氣的台灣。大家見面，自然也免了相互擁抱的俗套，並已習以為常。今年年初二兒子娶了個有擁抱文化背景的洋媳婦，這下子又為我們帶來了一個三難題：只同她擁抱，同兩個都擁抱，或兩個都不擁抱，都會顧此失彼，容易造成尷尬的局面。

　　看樣子，還是握手來得直截了當。

一九九六・八・二十六

再談擁抱

　　剛寫完〈握手與擁抱〉，便讀到英文暢銷書《心靈雞湯》裡兩篇談擁抱的文章。

　　我在〈握手與擁抱〉裡，主要是把擁抱當作禮節的一環。《心靈雞湯》裡一篇題為〈抱人的法官〉的文章，則把擁抱作為人類溝通感情的工具，涵蓋面更廣。擁抱的對象，不再局限於自己的親人、熱戀中的情人或久別重逢的老友，更及於公司裡的同事、街上的陌生人、甚至醫院裡的病人及療養院裡的殘障及精神病患者。文中的主人公是一位退休了的法官，早在他退休之前，他便認識到愛的強大力量，並成為一個擁抱者，對每個他見到的人都主動表示擁抱的意願。同事們戲稱他為「抱人的法官」，大概是戲取「吊人的法官」的反意。在他的汽車上，他貼了一張「別擾我，抱我！」的標語，又隨身帶了一個「擁抱者錦囊」。錦囊外面有「一心換一抱」的字樣，裡頭有三十個背面塗膠的錦繡小紅心。每次碰到人他便探手從錦囊裡取出一個小紅心，用它來交換一個擁抱。

　　有一天，一位以小丑為業的朋友打扮成小丑的模樣來找他，要他一起上一個殘障療養院去訪問病人。他們把氣球做成的帽子、小紅心以及擁抱分送給病人。開始時他有點不自在，他從來沒同患有不治之症的病人擁抱過。但在一群醫生及護士們的簇擁下，他們從一個病房到另一個病房，慢慢地也就習慣了。終於他們來到了最後一個病房。一個戴著圍兜、名叫倫納德的病人，不斷地淌著口水，使滿懷愛心的法官也不禁噁心起來。「我們走吧！」他輕輕對他的小丑朋友說。朋友回答道：「來吧！他也是個人，不是嗎？」並把氣球帽戴在倫納德的頭上。法官只好

也把小紅心貼上他的圍兜，然後深深吸了一口氣，俯下身去給他一個擁抱。

突然倫納德開始尖叫起來：「咿——呀！咿——呀！」同室其他幾個病人開始乒乒乓乓敲響東西。法官莫名其妙地轉過頭來，發現背後的醫生及護士們都在揩眼淚。他問身邊的護士長究竟是怎麼回事。

法官永遠不會忘記她的回答：「這是二十三年來我們頭一次看到倫納德微笑。」

書裡另一篇有關擁抱的妙文，是一個參加過擁抱訓練班的學生寫的擁抱頌：

> 擁抱很健康。它有助於身體的免疫系統，它使你更健康，它治好憂鬱，它降低壓力，它誘導睡眠，它振奮精神，它使人年輕，它沒有令人不快的副作用，擁抱比靈藥還靈。
>
> 擁抱完全天然。它是有機物，天生的甜，沒有殺蟲藥，沒有防腐劑，沒有人造的成分，百分之百對健康有益。
>
> 擁抱近乎完美。沒有活動的零件，沒有會耗竭的電池，無需定期檢查，能量消耗低，效率高，不受通貨膨脹的影響，不會發胖，不用付月費，無需買保險，不怕被偷，不用上稅，不污染，當然還包換包退。

這使我想起幾年前在電視上看到的，一個鼓吹擁抱的節目。主持人說，不但小孩需要父母的撫摸擁抱，大人也需要同類的肌膚接觸。一個缺乏愛撫的小孩會沒有安全感，一對長久缺乏肌膚接觸的夫妻，遲早會上法庭或進精神病院。近年來醫生們發現貓狗等寵畜對病人，特別是小孩及老人，有極佳的療效，大概便同人類天生需要肌膚的接觸有關。

那麼，請張開你的雙臂，給身邊的人來一個擁抱吧。當然你必須有心，至少要有一個背面塗膠的錦繡小紅心。

一九九六・八・二十七

非馬雕塑：小丑，1995年。

微笑

　　我說我能用臉部的表情來控制自己的心情，之群不相信，直說我吹牛。

　　千真萬確。每次當我感到煩悶或苦惱的時候，只要努力在臉上「做出」微笑的樣子，我的心情便馬上開朗起來。

　　我想這其中的道理其實很簡單。我們心情愉快的時候，腦神經便發出某種訊號來調遣臉部的肌肉使之做出微笑狀。漸漸地，微笑成了心情愉快的符號。經過無數次的反覆實踐，久而久之，微笑與愉快渾然成為一體，不分先後，無論因果。

　　我不敢確定這種推論是否合乎科學。但既然我屢試不爽，總多少有它的道理。不是說實踐是檢驗真理（即使不是唯一）的標準嗎？

　　引發愉快心情的，其實不限於自己的笑容。有時看到別人臉上的微笑，我們也會跟著眉開眼笑而快樂了起來。長期同一群臉無笑容的人在一起，天空會越變越陰沉。

　　也不知是我知足常樂，或天生的一副「愉快」相，總之我的臉上，至少在人面前，經常掛著微笑。這就惹起了有些人的不滿或疑心。我的一個洋上司便不止一次問我：「有什麼可笑的？」每次都惹得我忍不住真的哈哈大笑起來。

　　這個世界上可笑的事情實在太多了。不久前，美國各地的報紙都刊登了洛杉磯一個名叫喬茜‧湯瑪斯的小女孩照片。生來不會笑的喬茜，經過多次的手術矯正，終於在八歲生日那天，生澀而勝利地展示了她的第一個微笑。而幾乎所有我見過的人都天生能笑，卻整天緊繃著臉，這難道不可笑？為此，我寫下了這首題目也叫做〈微笑〉的短詩：

　　站在人生的大鏡前
　　她苦苦練習了八個年頭
　　只為了教我們
　　如何做一個
　　由衷的
　　微笑

　　人際關係越複雜越冷漠，我們便越需要微笑，也越不能低估微笑的力量。一朵卑微小花的綻開，往往預報萬紫千紅日子的到來。翻閱舊作，竟發現「微笑」在我詩中出現的頻率相當高。下面是我多年前對「微笑」的謳歌：

1

撥開
　　烏雲
把火種
　　　射向大地
引燃
　　眼睛們
成為
　　太陽

2

劃過漆黑
　　　　的夜空
一粒火種
　　　射向
不眠的眼睛
　　　燃起
熊熊營火
把堅冷
　　　孤獨的心
熔成一支
　　嘹亮熱烈的歌

一九九六‧八‧二十七

山・水・火

先說山與水。

我當然離仁者與智者的境界都一樣遙遠。但如果「仁者樂山，智者樂水」的說法可靠，那麼我可能較偏近於智者。

一座鬼斧神工拔地而起的高山會令人興起景仰之情。但如果這座高山腳下有一個明麗嫵媚的湖來映照它瞬息萬變的風貌，一定更富詩意。

前年與友人組團遊黃山及三峽。黃山上飄紗瀰漫的雲霧，令人不知置身天上或人間。而在「長江公主號」遊輪上，幾天幾夜在三峽的大山大水中懷古作夢，更是痛快淋漓之至。同行者對旅行社的安排及導遊服務的怨言，我都以見仁見智的話語加以疏解，有如我真是個仁者智者。確實，以那時候的開闊心境，我不可能去斤斤計較伙食單調、衛生不佳、娛樂節目缺乏、結伙玩牌的船上服務員缺乏專業知識及服務精神等等。只有等到離開山水回到了家，才為一卷模糊不清的黑白三峽風景錄影帶大光其火。那是我們看了船上放映的清晰樣品，付了彩色錄影帶的價錢買來的。

去年同幾位台北工專的老同學結伴暢遊加拿大洛磯山，也是有山有水，溶溶融融。特別是那個阿塔巴斯卡瀑布及露易絲湖，至今仍在我心中沖激盪漾。

這次趁到舊金山參加一個親戚婚禮之便，租了一部汽車，到優山美地做兩日之遊。卻失望地看到本來應該一瀉兩千多呎撼天震地的優山美地瀑布，此刻只是幾根游絲，在那裡點綴風景隨風飄搖。鏡湖乾涸見底，到處是磊磊的石頭。而花崗石的峭壁雖然壯觀，沒有雲霧繚繞，總覺得少了點情調。

這其實只能怪我自己。我一向出外旅遊多屬即興，對當地的情況很少在行前做深入的研究與了解，這次也不例外。到了那裡，才知道優山美地的瀑布大多只在春夏之交奔瀉轟鳴。現在是乾旱的夏末，山上的積雪早融光了，哪來的水？

沒有水，卻有了些關於火的見聞。也算是一種補償吧。

在芝加哥時便聽說美國西部乾旱，森林火災此起彼落。頭一天找到預訂的汽車旅館所在的山腳一條公路，卻發現道路關閉，路口有兩個穿制服的人在那裡把守。他們說因附近的森林大火，為了方便救火設備的運輸，公路暫時關閉。我們的旅館就在離路口不遠處，可以放行，但警告我們別超過界限。這時候我們才注意到空氣中瀰漫的輕微焦味。到達住宿的旅館，發現大部份的住客都是救火員，真正的遊客寥寥無幾。安置好了行李，便驅車上山看巨杉去。

優山美地國家公園裡有三個巨杉區。我們去的突阿倫密巨杉區靠近克蘭平原。把車子停在一二〇號公路邊的停車場，往北步行約一英里，便可到達。沿途都是高聳的松柏，筆挺的樹幹直直插入青空，令人不禁抬頭挺胸精神爽暢。我曾寫了一首叫〈巨杉〉的詩，表達我當時的感覺：

> 從天上直直伸下來的
> 神們的巨腳
> 暫時在這裡停息
>
> 等搖晃不定的地球恢復平衡
> 再舉步向前

半路上我們碰到一群遊客，聚攏聽一位公園管理員的講解。我們聽了一會，嫌他們的步調太慢，便逕自前行。

一進入巨杉區，便看到一棵巨杉赫然擋在路口。許多小人國來的遊客在樹底下一個木板搭成的台架上仰頭瞻望或擺姿勢照相。我們越走近，發現我們自己也越來越渺小。

　　巨杉是目前這世上最龐大也可能是最長壽的生物。我們面前這棵樹齡達幾千年的巨杉，光是樹皮便有三、四呎厚。這樣厚的樹皮，啄木鳥再長的尖嘴也奈何不了它，更不用說普通的昆蟲了。更神妙的是樹皮及樹身都具有防火的性能。許多巨杉的表面都有被烈火燒炙過的痕跡。從一些根部的大裂口，我們可清楚看到裡面塗滿了防火防蟲的黑色黏膠。開頭我還以為是人工噴上去的，後來才知道是樹木本身的自然分泌。

　　巨杉的繁殖也同火息息相關。種子發芽需要含有礦物質的泥土，小樹生長需要陽光。經常發生的天火把其它的草木燒光，留下了含有豐富礦物質的焦土，給巨杉的傳種接代提供了有利的環境。我們在地上撿到幾粒杉果，表皮非常堅硬。在大火的燒烤下，這些堅硬的杉果紛紛爆裂，小小的種子們便迸落在肥沃的土地上。有比這更神妙的安排嗎？從前人們一碰到森林發生大火，便趕緊撲救。現在明白了這種舉措有時反而會阻礙巨杉的繁殖，國家公園因此制定了一套選擇性的救火方案。除此之外，還有模擬天然大火的區域性放火計畫，為巨杉的繁殖製造有利的環境並改良森林的生態平衡及整體健康。

　　支撐幾百呎高的巨杉，一定需要很深的根吧？我問旁邊一位公園管理員。她說很淺很淺，因為優山美地到處是花崗石，泥土的厚度只有薄薄幾吋。我說這樣淺的根怎能維持巨杉於不倒。她說它的根雖不深卻極廣。這樣一棵樹，它的根鬚蔓延的範圍可容納好幾個足球場，而且所有的根鬚都同周圍其它樹木的根鬚交纏盤錯在一起，再強勁的風也休想撼動它分毫。

　　從巨杉區走出來，我們的腳步似乎穩健踏實了許多。

一九九六・九・十六

邊學邊做

　　這是近年暢銷書《心靈雞湯》裡一篇一百來字的短文的標題。作者說他多年前開始拉大提琴時，許多人說他在「學拉」大提琴。但他認為這種說法有問題，會給人一個錯誤的觀念，以為有兩個截然不同的階段：（一）學拉大提琴；及（二）拉大提琴。這表示他將從事第一階段直到完成，然後結束第一階段，開始第二階段。換句話說，他將一直「學拉」到「學會拉」，然後開始拉。這當然是無稽的說法。只有一個階段，而非兩個。任何事情我們都是邊學邊做，沒有別的途徑。

　　這篇短文的主旨，同我對為人父母這件事的看法不謀而合。我常想，這世上大概沒有一個人，敢說自己有做父母的萬全準備與把握。不管他或她修過多少個心理學及生理學的學分，讀過多少本父母指南或育嬰百科全書，或養育過多少個小孩。都沒有用。不僅每個小孩都是一個生蹦活跳的特例（連一對雙胞胎都有不同的性格，更不用說其他的兄弟姐妹），在小孩的成長過程中，每一個時期又有每個時期不同的問題出現。而這些問題又因父母、家人及社會環境的不同反應，加上小孩本身的生理及心理狀態，而衍生發展出另外更多的問題來。我們只能邊學邊做，邊做邊學。希望在這學學做做的過程中，能夠得到一點經驗與睿智，對下一個問題或下一個小孩有較多的了解，採取較為明智的對付或處置辦法。

　　我不知別人是否有這樣的感覺，至少就我個人來說，我是同自己的孩子們一起長大的。我們之間更多的是朋友或同伴的關係。有時候我從孩子們身上學到的比他們從我學到的還多。要我擺出一副高高在上的尊

嚴相，實在很難，也一定很滑稽。我不可能要他們百依百順，凡事都乖乖地遵照我的意旨去做，像我在一首早期的詩〈剪樹〉的首節裡所形容的：

> 伸舉的手
> 觸著了晚風
> 柔懷裡冰冷的
> 刀器。修飾不情願的女兒
> 去赴一個安排的約會
> 知道她未分手便已
> 巴望下一次

　　以高明的園丁自居，把伸向天空的枝椏小手統統剪齊修整。我最多只能幫他們做一點分析，出一點主意，讓他們自己去作選擇與決定。畢竟，他們都是獨立的生命個體，不是我的附庸。

　　生活的樂趣，其實大半在於這種邊學邊做的過程中。就像我們去深山裡訪幽探勝，不可錯過沿途的風景一樣。「慢慢走，欣賞啊！」不僅適用於優美的阿爾卑斯山道，更適用於壯麗的人生旅途。

一九九六‧九‧十六

洋名

　　常有人對我的洋名感到困惑。光看我的英文名字，沒有人會猜到我是個黃皮膚黑頭髮道道地地的華裔。正如從我的筆名，很少人會猜到我姓馬一樣。

　　幾乎每年我都會收到要替我尋根找家譜的信。不滿意不要錢！他們都這樣保證。也有邀我加入 Marr 氏宗親錄的。在美國，似乎姓 Marr 的人還不少。我們工作的阿岡國家研究所裡，除我們夫婦外，出納處也有個姓 Marr 的，送信的女孩子常把他的信錯送到我的辦公室來。只是在阿岡二十多年，除了有一次因公事在電話裡同他談過幾句話外，我竟沒同這位「同宗」會過面。在我們住的芝加哥郊區電話簿上，姓 Marr 的也有十多家。相信除我之外，都是些歐洲移民或後裔。

　　話說當年我在屏東糖廠工作，一個人逍遙自在，根本沒出國留學的念頭。有一天接到一位同學的信，他同幾位在台北的同學都報名參加該年度的留學考試，順便也替我報了名。在他寄來的准考證上，我赫然發現我的馬姓的英文翻譯 Ma 後面，拖了一條招搖的尾巴，加上了兩個 R。我不知這位英文程度在我們班上出類拔萃的同學，是否在替我填表時，剛好想到他前個晚上閱讀的一本英文小說上，那個神采飛揚的姓 Marr 的傢伙？不管怎樣，我是那年同班同學中唯一無心插柳柳成蔭，糊裡糊塗通過考試的。主管考試的教育部辦事員對我事後恢復本姓的要求，答覆得很乾脆：「不行！」

　　頭一年在馬開大學唸研究院，一位數學老教授對學生們很客氣，在課堂上考問我們出我們洋相時，也尊稱我們為某某先生，從不直呼名

字。他大概以為所有的中國人都來自北京，所以在叫我時總不忘大捲其舌頭，同時把尾音拉得又高又長，結果我便成了「馬兒先生」。刺耳，卻無可奈何。

　　對台灣及大陸的家人，我的洋名也多少帶給他們困擾。每當給我寫信時，他們不知該在信封的左上角寫上 Ma 或 Marr。我在台灣的大哥似乎找到了折衷的辦法。他把它們加起來除二，變成不偏不倚的 Mar。當我為母親辦移民申請時，因此必須向移民局解釋，為什麼我的哥哥姓 Mar，弟弟姓 Ma，而我自己卻姓 Marr。

　　比起這個曲折麻煩的姓來，我的名字便直接了當得多。

　　在台北等簽證期間，朋友介紹我同一些摩門傳教士學英文。這些傳教士都是美國的大學生，分派到台灣訓練服務的。因為都是年輕人，大家頗談得來。他們教我英文會話，我則在他們講道臨時找不到合適的人時，替他們充當翻譯。我不是教徒，常把他們的「主」譯成「上帝」（我到現在還搞不清兩者之間的分別），幾次矯正之後，他們便沒再請教我，雖然會話課仍繼續進行。有一次我請他們替我取個英文名字。他們把我的中文名字放在嘴裡反覆咀嚼：為義為義威利威利威廉，對！威廉。就這樣，我成了 William Marr。

　　用這麼一個假洋鬼子式的姓名，民族本位主義者大概會大搖其頭。但對我來說，名字只是一個人的標記或符號，方便別人對你的稱呼、辨識與記憶而已。像有一次我讀到一篇報導，說德國一位科學家發明製造了一個能從事家務的名叫「費明阿爾」的女機器人，外表完全像女人，紅紅的臉蛋黑黑的頭髮，打扮性感，兩條美腿走起路來也很女性化。她不但能做清潔、下廚房，還能在試管培養下生兒育女。一時好玩，寫了下面這首題為〈費明阿爾族戀歌〉的詩：

　　　　我們談談戀愛吧，FM9556681！
　　　　一陣紅暈掠過妳美麗的臉龐
　　　　有成熟的卵子在妳體內
　　　　蠢蠢欲動

妳的子宮
原為製造人類的後代而設
但自從人類的女性成為有閒階級
漸漸退化不再產卵而終於絕了種
妳的肚皮只為自己隆起

我們談談戀愛吧，FM9556681！
別擔心那些做不完的家務
我會製造另一批不怕苦的新人類來為妳效勞
妳只要好好地培養妳的卵
把我們費明阿爾族一代一代繁衍下去

　　在詩裡用了一個帶有未來意味的 FM9556681 作為女主角的名字，我也沒覺得有什麼不妥。翻開台北的電話簿，看看有多少個李耀宗或張俊雄，便可明白一個人的名字是多麼地無關宏旨。好歹賢愚功過成敗，得看他的所說所寫所作所為。多年前我曾碰到一個印度同事，名字長達二十幾個字母，而且都是些稀奇古怪纏舌絆嘴的玩意兒，一般人根本不知該如何發音。我問他為什麼不把名字縮短（像許多印度人所做），或乾脆找個比較容易發音的名字。這位自尊心及自信心都一樣強烈的老兄說，如果一個人真把他當朋友，當然應該不怕麻煩去學會如何稱呼他。我當時只對他笑笑。我知道我永遠不可能成為他的朋友，因為我不可能學會，更不可能記得他的「大名」。

一九九六‧九‧十七

芝加哥與古典音樂

　　前年冬天大陸有幾位作家朋友來芝加哥訪問，恰好是在一場大雪之後，整個大地有如粉妝玉琢，我開玩笑說是上帝這大藝術家特地為他們安排的裝置藝術。那天我陪他們搭乘火車進城，在芝加哥街頭漫步，暖暖的陽光照得人渾身舒暢，我們在一起過了相當愉快的一天。更妙的是他們一離開芝加哥，這個美麗眩目的裝置藝術便開始溶化，不到一兩天的功夫，便消逝得無影無蹤。我當時還寫了一首題為〈裝置藝術〉的詩以誌其盛：

　　　　這樣龐大的裝置工程
　　　　當然不是
　　　　區區如我的藝術家
　　　　所能為力

　　　　鋪在廣大草地上的雪
　　　　必須又厚又輕又柔又白
　　　　引誘一雙天真的腳
　　　　去踩去沒膝去驚呼去笑成一團
　　　　作為燈光的太陽必須照亮
　　　　面對面的坦蕩心眼
　　　　無需墨鏡遮羞
　　　　氣溫要調節到

風吹在臉上你只感到溫存有如我的呼吸
而檐角幾根零落的冰垂
晶瑩玲瓏好讓你夢幻的眼睛
燦然驚喜

在席爾斯塔上望遠
或凝近
都一樣清明
（極目處那一抹淡紫可能是污染
　更可能是這鋼鐵城市難得流露的
　朦朧之情）

密西根湖面的浮冰正好承受
幾隻日光浴的海鷗
（全世界的熱帶魚都擠在水族館裡
　為你編織一個
　萬紫千紅的童話）

這樣的裝置藝術
自然必須
在一夜之間拆除
當你離去

　　之後他們又去了美國東西部幾個城市遊覽觀光。回國前有人問他們最喜歡美國哪個城市，他們竟異口同聲地回答：「兩個哥！」──芝加哥及聖地牙哥。
　　我個人喜歡芝加哥，不僅因為這城市有獨特的建築，一流的交響樂團，收藏極豐的美術館、自然歷史博物館、科學與工業博物館等等，更因為它擁有兩座古典音樂電台，一年到頭從早到晚播放古典音樂。

　　有人做過試驗，在牛欄裡日夜播放輕鬆的古典音樂，會使乳牛的產乳量增加；考試前聽莫扎特的音樂，會得到較佳的成績。我自己的經驗是，音樂使我精神愉快心靈舒暢平安、工作效率增加。每天從一早醒來到晚上熄燈睡覺，我都讓自己沉浸在古典音樂的暖流裡。

　　但不是每個人都能接受或喜歡古典音樂。初中時期我住在台中家裡，父親便常要我把收音機關掉，說吵死了。我猜古典音樂在他不習慣的耳裡，大概同外國人聽京戲一樣，一定也嘔啞嘲哳難為聽吧！

　　時代與科技的進步把本來屬於宮廷貴族的許多東西，帶給我們這些平民老百姓。古典音樂便是其中之一。斜躺在舒適的沙發上，一邊吃甜蜜多汁的無籽綠葡萄，一邊聽立體音響設備流瀉出來的弦樂四重奏，我常有帝王也不過如此的幸福感覺。

　　我有一位搞科技的同事說他不喜歡聽古典音樂。他說古典音樂是已死去多時的人寫的東西，形式簡單缺乏變化，不合今天的時代要求。我問他聽過哪些作曲家的作品，他列舉了巴赫、海頓、莫扎特及貝多芬等名家。我建議他不妨也聽聽較近期如鮑羅廷、勃拉姆斯、穆索爾斯基、馬勒、德彪西、西貝留斯、斯特拉文斯基、以及普羅科菲耶夫等作曲家，甚至更近代或當代作曲家的作品。他們的音樂繁富多變，絕不單調。就像我們讀詩一樣，不能老停留在詩經離騷甚至唐詩上面，不管它們有多偉大多美好。古典的意義不在於年代的久遠，而在於它那帶有理想及人道主義色彩、中庸平衡、清明洞達、從容不迫以及嚴肅持久的精神上。這也是其他所有真正的藝術如繪畫及文學所共同具有的精神。我是一直這樣理解。

一九九六・九・二十二

非馬畫作：芝加哥，22.8×28.0 cm，丙烯，1993年。

寵物

　　我不記得小時候曾養過什麼寵物。在廣東鄉下的日子，我們的大家庭裡有人養過貓狗。但像鄉下所有的貓狗一樣，牠們都髒兮兮地乏人照料，整天在外頭盪來盪去、自生自滅。我好像從來沒同牠們打過交道。那隻貓後來不知到哪裡去偷了食或闖了禍，被人打死了丟在我四叔家的菜鍋裡。鄉下的風俗，貓死了不能埋葬，只能高高吊在竹林裡任其腐滅。風中死貓那副猙獰相，久久在我幼小的心靈上晃盪，使我好長一段時間見到貓就心裡發毛。

　　唯一能稱為寵物的，是我養過的幾條蠶。我每天一放學，便捧著蠶盒玩，看牠們邊吃桑葉邊拉大便。但家附近沒有桑樹，必須想辦法找東西同一位同學換桑葉，頗使我傷腦筋。也可能是因為我夾在書頁裡的蠶卵，第二年並沒如人家告訴我的，在春雷聲中孵化活將起來。總之養了一季以後便沒繼續養下去。我與玩伴們也曾用泥巴及竹簽做成的小籠子，捉蚱蜢或蟋蟀玩，但最多只養個一兩天，便把牠們放走（如果牠們還活著的話），所以不能稱為寵物。

　　後來到了台灣，同父親及大哥住在台中市，自顧不暇，更不可能養什麼寵物。但年輕寂寞的心實在渴望有東西作伴。有一天我在市場上看到有人在賣鴿子，竟異想天開買了一對回家。在屋裡養了幾天以後，以為牠們已成馴鴿，便打開窗子讓牠們飛出去，頃刻間不見了蹤影。

　　在美國，幾乎所有的小孩都有寵物。之群從一開始便鄭重聲明：不養貓狗。她的理由是，動物的壽命有限，成了家庭寵物以後有了感情，一旦壽終正寢，必會像失去一個家庭成員般令人傷心難過。其實真正的

理由是，她怕包括貓狗在內的所有動物。一隻蚱蜢一條蚯蚓都會使她退避三舍，更何況貓狗會脫毛甚至到處拉大小便，說不定還會咬她一口。

但她後來還是做了妥協，讓孩子們先後養了一對倉鼠，兩隻小烏龜，三、四隻鸚鵡，還有一缸熱帶魚。我記不得那對倉鼠及小烏龜的結局，但我永遠不會忘記那隻鸚鵡留在我手上溫熱的顫動。

有一天早上，孩子們不在家，我突然聽到鸚鵡的尖叫聲，趕緊跑過去察看。見到其中的一隻仆伏籠底，猛撲著翅膀。我打開籠門，戰戰兢兢把牠抓出來，發現牠跌斷了一隻腳。之群建議用繃帶為它包紮。手術期間鸚鵡在我手中掙扎得很厲害，又踢又蹦，我也越捏越緊。漸漸地牠開始安靜了下來，我感到手裡溫暖的小身體微微顫動了幾下，終於完全平息。鬆開汗濕的手心一看，天哪！牠竟已斷了氣。孩子們回家發現，直呼我為兇手。為此我還寫了下面這首題為〈我失手扼殺的鸚鵡〉的懺悔詩：

　　　沒有理由
　　　要扼殺一隻
　　　羽毛艷麗
　　　且會牙牙學語的
　　　鸚鵡

　　　像一個自覺有腋臭的人
　　　緊緊收斂著翅膀
　　　蹲在
　　　遼闊空間的一角
　　　沉默地看著
　　　我，那隻
　　　被我失手扼殺的鸚鵡

熱帶魚比較好養，卻也為我們帶來了不少的困擾。孩子們長大有他們自己的家以後，那一缸熱帶魚便成了我們的寵物。每天早晚餵飼牠

們，看牠們優哉遊哉追逐嬉戲，倒也樂在其中。有一次我們在唐人街的寵物店看到一種類似金魚、模樣顏色卻可愛得多的熱帶魚，價錢也不高，便買了幾條回來。沒想到牠們成長快速，食量也越來越大。不久我們發現缸裡的原住民紛紛開始玩起各種花樣來——側泳仰泳直泳斜泳不一而足。仔細一看，原來牠們的背鰭都不見了，有些尾巴也短了一大截。看到那些張著大嘴到處掠食的後來者，我們便知道發生了什麼事。

那些弱勢的原住民不久都死了。可能是心理作用，那些「強盜魚」（之群這樣稱呼牠們）在我們的眼裡越來越醜陋，每天餵飼牠們的工作也成了一種乏味的負擔。我建議另買幾條別的魚來養，但如何處置那些強盜魚？餓死牠們？把牠們丟進馬桶裡沖掉？還有，誰去當劊子手？

「有了，」之群像發現新大陸般高興地大叫，「把牠們拿到池塘去放生！」

「慈悲，但不實際。」我澆她冷水。把嬌生慣養的熱帶魚擺到沒有溫度調節、真正的弱肉強食的池塘裡去，等於殺生。何況芝加哥所有的池塘在冬天都結冰。

今天早上餵飼那些優哉遊哉的強盜魚時，我突然有一個古怪的感覺。在牠們有恃無恐的眼裡，我或許竟成了牠們乖順的寵物也說不定。

一九九六‧九‧二十六

非馬雕塑：母馬與小馬，1996年。

浪費

　　像許多在年輕時經歷過艱苦的物質生活的人一樣，我相信自己沒有養成揮霍或浪費的習慣。不管是物質上或精神上（包括時間在內），我都能省則省，把有限的資源做最大程度的運用。我對孩子們的教誨是：要節儉，不要吝嗇。該用的萬元不多，不該用的一分錢也是罪過。

　　這個原則似乎也被我帶到寫作上面來。有人說我惜墨如金，但我寧可認為自己是對藝術認真嚴肅。我追求的是宋玉形容一個美人「增之一分則太長，減一分則太短，著粉則太白，施朱則太赤」，那種恰到好處的藝術境界。如果真是惜墨如金，我可能連一個字都不寫了。

　　許多搞寫作的人，特別是一些稍有名氣喜歡倚老賣老的作家，最容易患的毛病是不知節制割捨。這些已步入人生的秋天或冬天的人，大概看到來日無多，常不自覺地把自己的影子拚命拉長，像我在〈秋樹〉一詩裡所譏諷的：

　　　　入秋的樹
　　　　突然心慌起來
　　　　拚命把影子
　　　　拉得老長

　　　　危機
　　　　便在它腳下
　　　　菌般滋長

通常幾句話便能表達交代清楚的事，卻要洋洋灑灑來個長篇大論。對他自己可能是頗為合算的勾當——些許紙筆墨水加上一點本來也無所事事的時間，便可多賺些稿費以及著作等身的滿足感。但對廣大讀者的時間來說卻是個極大的浪費，還不去考慮出版園地以及印刷資源等等的浪費。這樣佔用糟蹋有限的園地及資源，對那些有話要說，卻找不到地方發表的年輕作者們，是極大的不公平。

談到浪費，不禁想起明代作家馮夢龍自宋代筆記裡摘選出來的那篇題為〈書馬犬事〉的小品文。文中敘述歐陽修對文字的精簡功夫，確實值得有志於文字工作者的借鑒：

　　　　歐陽公在翰林時，常與同院出遊。有奔馬斃犬，公曰：「試書其一事。」

　　　　一曰：「有犬臥於通衢，逸馬蹄而殺之。」一曰：「有馬逸於街衢，臥犬遭之而斃。」公曰：「使子修史，萬卷未已也。」曰：「內翰云何？」公曰：「逸馬殺犬於道。」相與一笑。

其實文章如此，詩更是如此。我曾在談到現代詩的「濃縮性」時說過：「一個字可以表達的，絕不用兩個字。因為一個不必要的字句或意象，在一首詩裡不僅僅是浪費而已。它常常在讀者正要步入忘我的欣賞之境時絆他一跤，使他跌回現實。」

但每樣東西都有好幾個面。

一位文友告訴我，他那位在大學當數學教授的女婿，有一天突然對著我的一本詩集大發牢騷，說非馬簡直是在浪費紙張嘛，每一頁都只印那麼幾個大字！

文友說他當時幾乎不敢相信自己的耳朵。他的女兒後來同這位教授鬧意見離了婚，他沒有大力加以調解阻止，不知是否同我那本被目為浪費的詩集多少有點關聯。

打一個牢牢的圈套

　　許多年前我頭一次到香港，住在姐姐家。姐夫在銀行當經理，第二天一早便帶著我到各處去串門探親訪友。在中環下車後，他拉著我的手說，我們先去擦個皮鞋吧。我看一眼他的皮鞋，光可鑑人，正不明白為什麼這樣雪亮的皮鞋還需要擦，猛然低頭看自己的腳下，才恍然大悟他的錦上添花，乃是為了免去我的尷尬。在美國，我也像大多數人一樣，除了特殊日子如參加婚喪大典，通常都沒擦皮鞋的習慣。看到我那雙不知多久沒沾過油膏的皮鞋，在鞋童的刷子下如饑似渴的饞相，我不免為自己的隨便與大意感到不好意思起來。畢竟，我這是在以衣取人的香港啊！

　　也許是年輕時受林語堂《生活的藝術》一書的影響，也許是我天性本就如此，反正我一向不喜歡拘泥形式。在日常生活中，我盡可能做到崇尚自然、隨心適性。我有一首叫〈領帶〉的詩，說的便是這方面的感覺：

　　　　在鏡前
　　　　精心為自己
　　　　打一個
　　　　牢牢的圈套
　　　　乖乖
　　　　讓文明多毛的手
　　　　牽著脖子走

　　所幸在美國，特別是郊區，一般人對衣著都相當隨便。平時到研究所上班，除了那些當官或想當官的，大多穿便裝，夏天裡甚至有穿短褲著涼鞋的。偶爾穿上西裝打上領帶，總會有人好奇地問，今天是什麼大日子？即使在城裡，許多大公司近年來對員工衣著的要求也不再那麼嚴格正式。一個禮拜總有那麼一天是便服日，讓大家輕鬆地透透氣。

　　在台灣，衣著的風尚也一直在改變。記得七〇年代裡有一個夏天我回台灣，朋友們在一個高級飯店裡請吃飯。我發現座上每個人都西裝筆挺，只有我這客人是個例外。為了避免再碰上這種尷尬的場面，幾年後我再回台灣時，便破例地帶了一套西裝。當我滿頭大汗地走進飯店一看，天哪！滿座的輕鬆自在，我又成了個尷尬的例外。

　　其實，對衣著感到困惑的，也不只我一個人。喜歡時髦的女士們，不也常常在那裡趕得上氣不接下氣？不信，請看看下面我這首〈時裝〉詩：

　　　　一走出百貨公司的旋門
　　　　她便發現
　　　　剛剛買來的時裝
　　　　已過了時
　　　　從迷你到迷地到美分到醜分再
　　　　回過頭去
　　　　每年她總要忙得團團轉
　　　　拉長縮短小腿
　　　　有如它們是一副三腳
　　　　不，雙腳架
　　　　而她怎麼也想不通
　　　　為什麼一件好好的時裝
　　　　一離開模特兒的身上
　　　　便縮小變形
　　　　走了模樣

一九九八・五・五

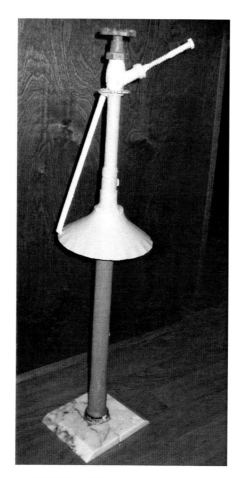

非馬雕塑：穿短裙的少女，2005年。

有一句話

在這個資訊發達的時代，看到一個平時活躍在各種媒體上的公眾人物，才咽下了最後一口氣，便有哀悼專集或長篇報導出現在電視螢光幕上，並不曾使我感到太驚奇或意外。

使我困惑不解的，倒是那些寂寞潦倒一輩子的人，會在死後突然時來運轉，享盡了哀榮，成為萬眾矚目景仰的對象。從四面八方湧來的讚譽之辭，使我們深深訝異，在這個凡世上，居然有這麼一位集真善美於一身的完人。更可惋惜的是，在他生前，我們居然對他一無所聞一無所知，錯過了親炙討教的機會。這種死後成名的現象，往往發生在藝術家與作家的身上。我們看到生前賣不掉一幅畫的畫家，死後成為爭購收藏的對象；寫了書到處碰的作家，死後卻有出版商搶著要出他的全集！

每次我總想質問那些放馬後炮的人，如果死者真如他們所描繪的那麼完美偉大，為什麼要等到他死了聽不到了才來說出？只要他們肯在他生前說出那些讚辭的百分之一，不但身受者會得到鼓勵，努力做出更大的成績與貢獻，整個社會也會變得更溫暖更祥和更可依戀吧！

但他們一定要等他不在了才來開口！

究竟是什麼樣的心理使人們吝於說別人的好話？是嫉妒，怕他比自己更出名更受歡迎？是懦怯或謙虛，怕人家說是在互相標榜或自抬身價？或者更多的時候，只是人的惰性，以為自己不說遲早總會有人說，而且來日方長？針對後者這種因無心的疏忽所造成的無可彌補的遺憾，我寫下了〈有一句話〉：

有一句話
想對花說
卻遲遲沒有出口

在我窗前
她用盛開的生命
為我帶來春天

今天早晨
感激溫潤的我
終於鼓足勇氣
對含露脈脈的她說
妳真……

斜側裡卻閃出一把利剪
把她同我的話
一齊攔腰剪斷

一九九八・六・十

學鳥叫的人

從停車場到辦公大樓，他一路吹著口哨。輕快、流利，有如一隻飲足了露水的小鳥。我緊跟在他後面，靜靜地分享著他的愉悅，沒出聲同他打招呼。

這的確是個可愉悅的早晨。秋高氣爽，陽光亮麗，不遠的林子裡有此起彼落的鳥鳴。而我竟都渾然不覺，直到被他的口哨喚醒。

或許他夜裡有個笑出聲來的甜夢；或許早上他吃了一頓爽口的早餐；或許他在汽車收音機裡聽到了一個笑話，一段令人興奮的新聞，或一曲美妙的音樂；或許一陣清風吹過，某種氣息使他憶起了快樂的往事；或許空中一隻小鳥飛過，輕盈的翅膀撥動了他心中久置不用的一根弦；或許在等紅燈的路口，鄰車上飄送過來一個甜甜的微笑；或許快退休了的他真有一個羅曼蒂克的老妻……

> 臨出門的時候
> 尖著嘴的妻子
> 在他臉頰上
> 那麼輕輕地
> 啄了一下
> 竟使這個已不年輕的
> 年輕人
> 一路尖著嘴
> 學鳥叫

惹得許多早衰的
翅膀
撲撲欲振

　　那段時間，我正為妻的病奔忙，多少有點心力交瘁，各種小毛病也
乘虛而入。雖然還沒到髮蒼蒼視茫茫的地步，卻真的有點齒搖搖了。是
這聲口哨把我叫醒。是它告訴我，振作起來呀！秋天是忙碌的季節，飽
滿多汁的果實，沒有空暇呼痛叫苦。一個禮拜後，我滿心感激地寫下了
這首題為〈入秋以後〉的詩：

入秋以後
蟲咬鳥啄的
小小病害
在所難免
但他不可能呻吟
每個裂開的傷口
都頃刻間溢滿了
蜜汁

一九九八・六・十

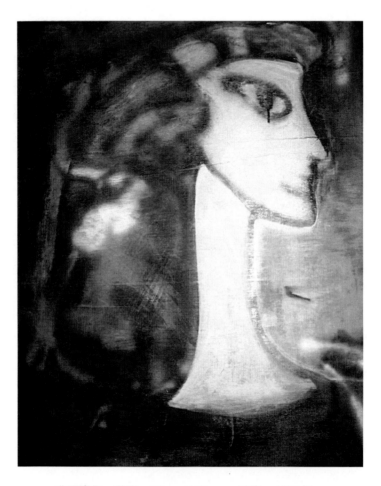

非馬畫作：秋窗，80 cm×97 cm，油彩，1994年。

蟬曲

　　接到侄子的電子郵件，說最近台北大熱，問芝加哥如何？他並想像，我後院的那棵大楓樹，此時必定是眾蟬爭鳴，熱鬧非凡。

　　這些日子，我幾乎每天早晚都會端一杯冷飲，到後院的陽台上讀書看報，吸取一點陽光及新鮮空氣，偶爾看看藍天白雲，或活潑的松鼠在枝頭蹦上跳下。耳朵裡滿滿的是鳥叫的聲音，卻沒留意是否有蟬鳴。今天早上特地把耳朵打開。果然！此起彼落的鳥叫聲中，有斷斷續續的蟬鳴，只不過我對它們聽而不聞而已。

　　記得真正聽到蟬鳴，是一九九〇年夏天，芝加哥地區的蟬季。在土裡養息了十七年的幼蟬，終於長大成熟，紛紛破土而出，在樹木繁茂的蟬區，蟬聲震耳欲聾，終日不絕。日日夜夜，牠們紛紛交配產卵然後死亡，把生命循環的任務交給十七年後出現的下一代去接續。那真是一個令人難忘的生命奇觀！我有一首叫〈蟬曲〉的詩記其盛：

　　　沒有高潮低潮主題副題
　　　沒有大調小調快板慢板
　　　沒有前奏後奏序曲尾曲
　　　日日夜夜
　　　就這麼眾口一聲地
　　　嘰…………………

　　　整整等了十七個幽暗的年頭
　　　才等來這短短生命的

春天
不，夏天秋天以及
迅速掩至的，啊，冬天！
當然要把生命裡所有的
悲歡離合陰晴圓缺功過得失
成敗興亡冷暖枯榮酸甜苦辣
濃縮成一首
緊管密絃沒有休止符的
第無交響曲
一口氣吐出

讓所有的耳朵
都有一個
日夜轟響的耳鳴
去劃亮
漫漫十七年的孤寂…………

　　八個年頭過去了，我的耳裡似乎仍有嘰嘰的迴響，重複著我在一首叫〈秋〉的詩裡，對自己的發問：

這般嘹亮
是不甘寂寞
的蟲聲
抑是
熱鬧過後
空洞的耳鳴

一九九八・七・三十

非馬畫作：秋思，35.6×45.8 cm，油畫，1997年。

映像

　　我們當中誰沒有下面這經驗：你深夜回家，充滿了對世界及對你自己的厭惡，一種被布洛克完美地表現在下面詩行裡的感覺：

　　　　在路上遇到一個行人
　　　　你轉頭向他臉上吐口水
　　　　而停住因你驚覺
　　　　他眼裡有同樣的慾望。

　　這是俄國詩人葉夫圖先寇的詩集《從慾望到慾望》引言裡的開頭片段。這本我在八〇年代初期譯介的詩集，引發我後來寫了一首叫〈映像〉的詩：

　　　　我在鏡子前面
　　　　對著影子齜齜牙
　　　　吐吐舌頭
　　　　影子也對我齜齜牙
　　　　吐吐舌頭

　　　　我在匆忙的街上
　　　　對一個踩了我一腳的行人
　　　　狠狠瞪了一眼
　　　　他也狠狠瞪了我一眼

我在寧靜的夜裡
向天上的星星眨眼
星星也向我眨眼

我在露水的田野上
對著一朵小小的藍花
微微點頭
小藍花也在風中
頻頻對我點頭

今天我起了個大早
心情愉快地
對著窗外的一隻小鳥吹口哨
小鳥也愉快地對我吹口哨

我此刻甜蜜地回想
昨夜夢中
那個不知名的小女孩
卻怎麼也想不起來
是她還是我
先開始的微笑

　　環繞在我們的四周，是一面面鏡子，忠實地反映並輾轉傳播我們的喜怒哀樂。一個祥和禮讓的社會，說不定便來自一個單純的微笑；一個惡言相向的暴戾社會，可能由一個鄙夷的白眼所引起。

成群青蛙跳入
當牠們聽到一隻青蛙
撲通……嘩啦……

我想起了我多年前翻譯過的一首日本俳句。

一九九八・八・二十一

非馬畫作：莫娜麗莎的微笑，40.6×50.8 cm，油畫，1989年。

眾聲喧嘩

　　來芝加哥舍下作客的朋友，都會對這郊區的幽靜環境產生深刻的印象。白天鄰居們上班的上班，上學的上學，幾乎看不到一個人影。週末的早上，除了院子裡此起彼落的鳥叫，連平日偶爾經過的汽車馬達聲都聽不到。在這種環境裡待慣了，一旦置身於車水馬龍摩肩接踵的大都市，總會有熱乎乎的感覺，有時甚至會被高分貝的市聲吵出頭痛來。

　　一位台灣的朋友有一次來信說，台灣的社會大概真是進入後現代了，人們需要力竭聲嘶地宣告自己的存在。街頭巷尾的競選與廣告播音，會場上的爭吵與對罵，飯館裡、酒吧裡、商店裡、公寓裡、螢光幕上，每個人都把自己（或電子）的音量開到最大。他說他那封信便是半夜裡被隔壁的麻將聲吵得睡不著覺，爬起來寫的。

　　多年前我回台灣，住在台北一個朋友家，恰巧鄰居在辦喪事，只好洗耳悲聽擴音器裡源源湧出的誦經及哀樂聲直到深夜。另外有一次在台中，晚飯後同朋友們在一起聊天，多喝了杯濃咖啡，整夜輾轉難眠。好不容易才要闔眼，總有汽車馬達的吼叫聲或淒厲的緊急剎車聲及時把我叫醒，起來寫我的〈失眠之歌〉：

　　　纏繞的手
　　　終於隨著地球
　　　漸轉
　　　漸
　　　　緩

突然
馬達淒厲的嘶叫
掠過黑夜的街心
一群冶遊的文明野貓
把我剛理好的
一團思緒
又扯散了一地

　　說來可悲，我同許多住在美國的朋友們一樣，每次從台灣或大陸探親回來，一踏上美國的土地，總有回到了家的舒弛感覺。我有一首未完成的〈片段〉，寫的便是這種矛盾心情：

害一場思鄉病
回一趟家
回一趟家
害一場思鄉病

這是無可奈何的事
這是無可奈何的事

　　但我一位住在香港的侄子，不久前到美國西部看望他的姐姐，沒住幾天便逃難似地逃回了香港，說是靜得可怕。我猜他大概是受不了我在〈五官〉一詩裡所描述的那種無聲的震撼：

眾聲喧嘩中
耳朵
被一陣突來的
靜默
震得發聾

一九九八‧八‧二十六

非馬雕塑：樂手，2005年。

勞動者的坐姿

　　可能是小時候受到母親身體力行的薰陶，我一向喜歡勞動。在美國這麼多年，除了因為兩個人都在上班，不得不為年幼的兩個小孩雇用短期的保姆外，我們從未請過佣人。從屋內裝潢佈置清掃到屋外一草一木的栽植修剪以及房屋的油漆等等日常生活雜務，我們都盡量自己動手而不假手他人。我發現，勞動不但滿足了我身體的運動需要，對腦力也是個很好的調劑與刺激。每次我那兩個兒子看到我滿頭大汗在那裡推著剪草機剪草，總覺得不好意思袖手旁觀，而搶著要替我做。每次我都得費大勁解釋，我是真的喜歡自己動手，而不是同他們客氣。

　　由於對勞動的喜愛，我從來沒把胼手胝足的勞動者看成低人一等的人物。這大概就是為什麼一些初見面的朋友說我隨和，不裝腔作勢的原因。多年前我曾應一個科技單位的邀請回大陸講學交流，接待我的是一位大學英文系畢業的年輕人。他說我是他接待過的學者專家當中最不擺架子的一個。我笑說大概是因為我沒什麼架子可擺吧。

　　在我的人生天平上，一個清道夫的重量，不會理所當然地比一個科學家或一個政治人物輕。在專業範圍內以及經濟或社會地位上，清道夫當然不能同科學家或政治人物相比，但這並不表示在作為一個人的價值上，清道夫非比他們低下不可。他可能是個較好或較有愛心的兒子、丈夫、父親、朋友及同事，或一個較有操守、不投機取巧、不爭權奪利、不損人利己的好公民。只要他正直、誠實、認真並對社會做出貢獻，不管他從事的是何種職業，都值得我的尊重與平等待遇。我永遠無法忘記，多年前回台灣，一位做生意賺大錢的作家請我在一個大飯店裡吃

飯。陪同的有當地的幾位作家朋友。才坐定不久，這位經常在文章裡標榜自己多麼關懷平民，如何為普羅大眾說話的作家，竟以一副大老闆的姿態，大聲地斥責侍者，只因他茶水遞送得慢了些。我當時幾乎不敢相信自己的耳目。後來聽說他挾巨資到大陸去辦什麼文學獎之類的，有朋友來信談起，說不少人在罵他財大氣粗。

我不禁又想起許多年前，當我還在台北工專唸書的時候，那位仁義道德與唾沫齊飛的教公民的教授。有一天我同一位同學徒步走過台北一座陡峭的陸橋，看到這位身強體壯的教授，正端坐在三輪車上用他那口官話大聲斥罵那個滿頭大汗腳步蹣跚掙扎著用手往坡上拉的車夫，要他快走。天哪！天哪！一千個一萬個天哪！

檢視自己歷年的作品，正式使用「勞動者」這詞兒的，竟只有下面這首〈勞動者的坐姿〉的短詩，所以大概不夠資格被稱為「工人作家」或「鄉土詩人」。但我對勞動者的感情確是真實而深切的。只是覺得既然勞動是每個人應有的習慣，實在沒必要把它單獨提出來標榜，或把它劃成某一階級的專利：

　　　　四平八穩的寶座
　　　　專為勞動後的休息而設

　　　　這位名正言順的王者
　　　　卻忸怩不安
　　　　側著身子危坐
　　　　怕滴落的汗水
　　　　沾污
　　　　潔淨的椅面

　　　　　　　　　　　　一九九八・八・三十

人在福中不知福

　　舊金山的文友劉君介紹他的朋友來芝加哥看我。那位也是作家的朋友回去後不久，我接到劉君的一封信，除了對我的接待表示謝意外，還告訴我，他的朋友對他說，我是他見過的最幸運的人。這不免使我吃了一驚，也使我對自己所處的環境檢視了一下。

　　曾經也有來訪的朋友表示被我家的藝術氣氛所震撼，有如進入了夢境。我都以為是一種誇大了的幻覺與說詞。事實上，在同儕中，我家的房子大概只能算是中等。我頗羨慕一位文友在芝加哥北郊新建的那棟大房子。高聳的天花板，視野及心境都開闊寬敞。大片大片白花花的牆壁，更是懸掛巨幅現代畫的好所在。但羨慕歸羨慕，我們還是決定，只要住得舒適，沒有理由要當房子的奴隸，為每月大額的房屋貸款，去拚命工作賺錢，把生活的秩序攪亂。我們的日常生活，可說是普通又平淡，絕對稱不上豪奢闊綽。在世俗的眼光裡，根本不可能成為人們艷羨的對象。那麼是什麼使那位朋友覺得我是個最幸運的人呢？

　　人在福中不知福。我彷彿聽到那位朋友在回答。的確，我有一個和樂的家庭，一個同甘共苦的賢內助，兩個值得我們驕傲的兒子及兩個可愉快相處的媳婦。我們對物質生活的要求都不高，很容易滿足，又都有個收入不錯的職業，因此能像劉再復最近在一篇文章裡所說的，擁有一張平靜的大書桌，使我得以摒棄外界的干擾，心無旁貸地搞我的文學與藝術創作。從一位飽經磨難、來到異地掙扎謀生（劉君同他那位朋友都來自大陸）的作家眼光看來，這不是幸運是什麼？！

　　這種青菜豆腐般的恬淡生活，自然是我們有意識的選擇。我總覺

得，不太窮也不太富的小康生活，是人類最理想的生活。不必過分去為衣食擔憂，也不會讓金錢污染或霸佔了心靈生活。為了滿足自己或別人的虛榮心而去擺闊裝闊，甚至需要用這種排場來贏得別人的讚美與尊敬，那也未免太可憐可笑了。這同大陸開放初期，我在廣州街上看到的那個戴太陽眼鏡的年輕人，為了炫耀舶來品而捨不得取下貼在鏡片上的洋商標的幼稚心態，基本上沒什麼兩樣。對我來說，如果為了做一個名人而不得不犧牲自己的私生活，甚至必須蠅營狗苟，這樣的代價未免太划不來了。美國女詩人狄更森（Emily Dickinson）在她的《詩第二集》裡有這樣的一首詩：

　　我是個無名小卒！你呢？
　　你也是個無名小卒？
　　那我們可成了對——別講出來！
　　你知道，他們會把我們放逐。

　　當一個名人多乏味！
　　萬目所視，像隻青蛙
　　整天哇哇高唱自己的名字
　　對著一個嘖嘖讚嘆的淖澤！

　　去年我應台北一個出版社的要求，為我即將出版的譯詩選《讓盛宴開始——我喜愛的英文詩》裡的每首詩都寫個簡介。下面便是我對這首詩的按語：

　　在昇平世界裡做一個與世無爭的普通人，隨性之所之，做自己喜歡做的事，或不做不喜歡做的事，沒有比這更幸福更快樂的了。但作為一個萬目所視的公眾人物，可沒有這份瀟灑與自由。特別是競選公職的政治人物們，成天把自己的名字掛在嘴上，實在累己又累人。這裡的青蛙意象用得貼切又生動。在悶熱的夏夜裡，哇哇大唱，吵得人們睡不著覺。而回應牠們的，只有在蒸騰的熱氣中呃呃發酵（或發笑）的泥淖。

　　　　　　　　　　　　　　　　　　　　　一九九八・九・一

把早晨唱成金色

　　我同之群也許都不算是性急的人，但我們平常都說做就做，很少猶豫不決、拖泥帶水。這當然同我們的性格有關，但也可能是因為我們看到了太多深謀遠慮的人，對每件事都左分析右考量、東顧慮西猶豫、前籌備後規劃，到頭來卻常常不是什麼都沒做成，便是在最後一刻倉促從事、草草收場。有一次我們突然心血來潮，要兩個兒子看家，我們出去逛一下車行。不到兩三個鐘頭便把一部新汽車開回家，成了他們日後口中的笑談。

　　當然這種只憑直覺判斷、不三思而行的作法，很可能吃虧上當。但也許運氣好，我們到現在還真沒吃過什麼大虧或上過什麼大當。倒是在工作單位裡，我們都以效率高、能如期完成計畫見稱。這中間其實也沒什麼秘訣。很多事都是開頭難，只要著手去做，往往會發現，表面上看起來很困難的事情，也不過如此。由於現代的分工越來越精細，許多大的研究計畫都得靠許多人的合作進行，用團隊工作（teamwork）來彼此配合協同完成。其中只要有一個環節發生問題或出了毛病擱了淺，整個計畫便會受到影響。因此我都儘可能找一些可獨力完成的研究工作，這樣不必太依賴別人，也不用因看到有些同事在那裡磨磨蹭蹭拖拖拉拉而乾著急。

　　但我也發現，搞藝術創作，特別是寫詩，與買一部汽車或從事某種科研工作不同。即使手頭有足夠的資源或資料，我也無法想做就做或說寫就寫。我在詩集《白馬集》的後記裡寫道：

　　　　寫詩在我不是一樁輕鬆的工作。一首短短幾行的詩，往往需要長長一兩個禮拜的醞釀與煎熬。因為這個緣故，這些年來我總

是不自覺地隨時在替自己找藉口——夏天太忙冬天太冷，而在懶散過一陣之後，又猛然振作起來。我在〈這隻小鳥〉一詩裡對小鳥的讚賞其實是對我自己的鞭策：

感冒啦太陽太大啦同太太吵架啦
理由多的是

這隻小鳥
不去尋找藉口
卻把個早晨
唱成金色

有些朋友看到我以業餘的時間，居然寫出了七百多首詩及上百篇小品文，翻譯了上千首各國的現代詩與為數可觀的散文及短篇小說，主編了幾本台灣及大陸的當代詩選，畫了上百幅畫及做了幾十件雕塑，還經常優哉遊哉到處遊山玩水、聽鳥看雲，或在電腦網路上閒逛晃蕩、交新會舊，不免感到驚訝，問我哪來的那麼多時間？我每次都笑著用我一首瀑布詩中的兩個詩句作答：「一點一滴，不徐不疾」。

一九九八・九・三十

酒言醉語

　　我不善酒，一杯下肚，便醺醺然昏昏然。朋友們常笑話說，虧你還自命是個詩人呢。大概在他們的心目中，一個詩人不泥醉如李白，怎麼可能寫得出好詩來？我認識的台灣詩人朋友當中，便有不少喜歡喝酒的。記得當年商禽來愛荷華參加國際寫作計畫，初次來芝加哥舍下作客，晚上聊得很晚。第二天早上我問他夜裡睡得如何？他說那個設在起坐間的酒吧使他輾轉難眠。我聽了連連敲著自己的腦袋。自己不喝酒，竟沒想到請客人喝酒。而客人沒有賓至如歸的感覺，不自己去取酒喝，我這個主人也未免做得太差勁了。

　　其實我從小就同酒有緣。在廣東鄉下，家裡每年照例會收到一位親戚從遠地寄贈的幾大簍荔枝。廣東人相信荔枝火氣大，不能多吃，所以那些鮮美的荔枝，大都被剝了殼浸入一罈罈高粱酒裡，封存了起來，等冬天時取用。我喜歡在寒冷的冬夜，一邊聽大人們聊天，一邊撈出那些被酒精泡得白白胖胖酒味十足的荔枝，大啖而特啖，有時候也嚐一點荔枝酒。胃裡心裡都是暖烘烘的。

　　長大之後，飲酒的機會也不少，但我從來沒真正醉過。或許是太理智，不夠瀟灑，放不開，總之喝到了某個程度，我的胃及嘴便自然而然地關閉了起來，謝絕酒精的進入，讓那些想灌醉我看我出洋相的朋友們徒呼負負。顯然我不屬於那個醉了卻不肯認醉的〈醉〉族：

　　　　從酒杯裡唬唬跳出
　　　　一大批穿黑衣的

煩憂
七手八腳把他的頭按下
要溺斃
他

他掙扎叫嚷
他真的一點沒
醉

　　第一次嚐到醉滋味,是剛到芝加哥不久。大概是慶祝什麼節日,有十個小孩的對門鄰居,邀請我們晚上過去同鄰居們一起聚聚,聊聊天,喝喝他們用果汁、牛奶及酒調配而成的潘趣酒。那種甜甜的飲料,令人不存戒心,也可能是它引起了我小時候的記憶,總之多喝了幾杯,不久便感到頭重腳輕起來。結果任憑之群再三暗示催促,我都以不好意思先走為由,賴著不肯起身回家,直到深夜酒意消退,才同大家一起散去。

　　凡事不求甚解的我,對酒也沒什麼認識與研究。幾年前英譯一首台灣現代詩,詩中一對情人舉杯對飲啤酒,我照直譯出。一位美國雅皮士朋友看了,笑話我不夠羅曼蒂克。他說在美國,啤酒是勞工階級的飲料,哪有年輕的情人喝啤酒的?他建議把啤酒改為葡萄酒,我從善如流地照改了。最近在一個詩人工作坊的聚會上提到這樁事。幾位女詩人異口同聲地說,你上雅皮士的當了!她們說從大學時代起便喜歡喝啤酒,從來沒感到有什麼不對勁。

　　十多年前我有一位年輕的同事,夜晚開車在一個十字路口等紅燈的時候,被一個醉鬼開車從後頭撞上,受了重傷,成了植物人。直到我退休的時候,他還不省人事,全靠他的母親照料,非常可憐。我自己也有類似被撞的經驗,還好後車衝勁不大。我下車察看,車子沒什麼損傷,卻聞到肇事者鼻中噴出的酒氣,便打電話召了警。那時候美國反酗酒運動還沒興起,取締酒醉開車的法律也不周全,警察的執法更不嚴格,除非有人車的損傷。所以儘管我告訴警察對方喝醉了酒,警察還是當做沒

聽見，網開一面地放過了他。當然也有可能是因為肇事者同他一樣是白種人的緣故。如果在今天，我相信警察絕不可能也不敢不依法嚴辦的。

最近在電視上看台灣新聞，有一個年輕法官把警察捉來的一些酒醉開車者無罪開釋。他的理由似乎是，每個人的體質不同。有的人千杯不醉，有的人卻只要聞到酒味便醉倒了，因此不能用同一個血液的酒精含量標準，來作為一個人能否安全開車的依據。這同我以前的一位美國同事，在公路上開快車被警察逮到時的辯詞，有異曲同工之妙。這位在大學裡兼教授的同事對警察說，每個人對速度的反應不同，有的人能輕鬆愉快地操縱一部飛車，有的人即使駕牛車也會出事。言下之意當然是他自己屬於前者，但結果還是吃了罰單。幾天後他在對我提到這件事時仍憤憤不平。

我想那位美國同事的天真想法也許還情有可原，但這位年輕的台灣法官應該是精通法律的，怎麼可能不懂，所謂法律，便是上自王公下至庶民都必須共同遵守的客觀規則。如果社會上有一套為每個人量身訂製的法律，各有各的標準或限制，而且這些標準或限制可能隨著時間地點不同而有所變化，那麼將如何去執行？如果每個人都認為自己是個特殊的例外，所有法律都是為別人而訂的，豈不群魔亂舞，成了醉鬼的天下？

一九九九‧十‧六

非馬畫作：獨飲，50.8×61 cm，油畫，1991年。

一顆仍敢變卦的心

　　最近重讀林語堂的《生活的藝術》，依然興趣盎然，同時也發現，對人生的許多看法，竟出奇地相近。這很可能是因為我第一次讀它時，正是可塑性最強的少年時代，當時所受到的潛移默化的影響，一直持續到現在。

　　這本我從台灣帶到美國來的書，其實一直擺在我的書架上，為什麼我到現在才把它取下來重讀呢？這其中有我一個很可笑的心結。

　　讀過這本書的人都知道，書末有一篇叫做〈我為什麼是一個異教徒〉的文章，敘述生長在牧師家庭中的作者，沒成為一個基督徒的心路歷程。但我們也知道，林語堂在晚年終於還是信了教。在這方面，我常在心中拿他同胡適相比。我常想，或者在酒會上心臟病發作突然死去的胡適是幸運的。死神的驟然來臨使他沒機會改變主意，讓他能在人間留下了一個完整的面目與一貫的形象。我想，如果一個人在宗教這樣重要的問題上都能改變主意，我能相信他在其它方面所說的話嗎？

　　這種推理也連帶地使我要求作家「人如其文」。我曾在一篇叫做〈人不如其文〉的文章裡說過這樣的話：「假如有一個作家，他的每一篇作品都充滿了最純樸、淡泊與謙虛的字眼，而在日常生活裡，我們卻發現他是那麼自負，那麼汲汲於名利，對於這樣的一個作家，至少我個人無法在他『精神分裂』的作品中放心遨遊。」

　　但人類是最複雜的動物。林語堂在《生活的藝術》裡便不止一次說過：「人類底靈心是不合理的，是固執的，偏見的，是任性的，是不可預料的，因此也就可愛。」今天他能引經據典為自己異教徒身分的合理

性做出辯解，明天當然也可能在緊要關頭來一個一百八十度的急轉彎。只要兩者都是出自內心，真實誠懇，便都無可厚非。這樣一個敢於否定昨天的自己的作家，我們也許仍會覺得他並不失其可愛。對他在這不同時期與心態下所做的言論，我們也只能各取所需，各做價值的判斷。而他同那些滿嘴仁義道德、滿肚子男盜女娼的不可愛作家們的分別，大概便在於一個「真」字。

　　許久以前，作為第一本詩集《在風城》的出版後記，我自己不也讚頌過多變的人生，寫了下面這首叫〈照片〉的詩嗎？

　　　　你喜歡就拿去吧
　　　　這張不會被擺進櫥窗的照片
　　　　沒有夢般柔和的光線
　　　　沒有梳得滑亮的頭髮
　　　　嘴角沒掛著甜笑
　　　　眼睛也不定定地看著鏡頭

　　　　但你可以從背景裡
　　　　看到沿途多變的天氣
　　　　你可以在嘲弄的眼色中
　　　　找到愛情

　　　　一雙戲謔的手
　　　　捧給你
　　　　一顆
　　　　仍敢變卦的
　　　　心

一九九八・十・十五

非馬雕塑：哼！，2001年。

一葉知秋

又到了黃葉舞秋風的季節。從那棵我們當年手栽、如今已長得比屋子還高出一大截的楓樹上，陸陸續續飄落下來的葉子，在後院的草地上鋪了一層厚厚的金黃色地毯。愛整潔的右鄰老夫婦，不等樹上的葉子落盡，便把他們後院的草地收拾得一乾二淨，準備過冬。昨天看到我在後院裡走動，老先生半開玩笑地對我說，叫你家的葉子可別跑到我們的院子裡來啊！我說我可要再過幾天，等樹上的葉子掉得差不多了，才來清除。其實，我不急著把它們耙起，是因為我喜歡踩在枯葉上那種清脆的聲音以及彈性的感覺。我曾在一首叫〈秋葉〉的詩裡表達過這種感覺：

葉落
乃為了增加
地毯的
厚度

讓
直
直
墜
下
的
秋

　　不致
　　跌得太重

　　　多年前曾翻譯過一篇短篇小說，描寫一個有潔癖又性急的老頭，
每年秋天一開始落葉，便在後院的大樹下，擺了幾個大桶，然後翹首等
待，一看到有葉子掉下來，便趕緊撿起放入桶內。到了後來，大概是等
得不耐煩了，乾脆拿起一根長竿，踮著腳尖甚至上下蹦跳，把遲遲不肯
離開枝頭的葉子，一一敲落下來，直到最後一片收進桶裡為止。每年秋
天把葉子的時候，這個儀典般的滑稽場景總會自然而然地浮上心頭，使
我忍不住笑出聲來。是這類鮮明而獨特的意象，讓我們永遠無法忘懷，
我們讀過的詩文，看過的風景，或接觸過的事物。我發現有時候，一個
眼神一個微笑一句雋永的話或一個不尋常的動作，便能把我們記憶中的
某個人活龍活現地勾畫出來，有如這個眼神這個微笑乃他所專有，或他
的一生中就只（或只需）講過這麼一句話或做過這麼一個動作似的。
　　　芝加哥的冬天寒冷而漫長。常有親友勸我們搬到四季如春的加州，
但我們都喜歡這裡四季分明的氣候，帶給我們心情的變化與律動。像一
棵植根於泥土的樹般，領略這裡的〈冬〉之無奈與曠達：

　　捉襟
　　卻捉下來
　　最後一片落葉

　　呼嘯的北風裡
　　老人
　　苦笑著將手一揚
　　去，去，都去
　　去遠走高飛

或〈春〉的驚喜：

　　把時間的皺紋
　　深深藏在心底

　　好久不見
　　你還是一樣年青

一九九八・十一・二十四

眼睛與電腦

　　最近分別接到兩位大陸朋友的來信，都說眼睛出了毛病。一位是眼睛的玻璃球體出血，眼底淤血成渾濁體，使視力下降，醫生要他禁讀禁寫。另一位則說眼睛視力突然壞得連吃飯夾菜也看不清。書、電腦、電視更是不敢看，因為一看眼睛就痛得厲害。他們猜想大概是使用電腦過多的緣故。

　　使我感到特別抱歉的是，他們兩人的過分用功，都多少同我有點關連。他們都為自己定了期限，要趕在一九九八年底前完成進行中的工作。一位是在寫關於我的評傳，另一位則是想在年底前出版一本作品集，好獻給我作為新年禮物。現在他們都只好把工作擺在一邊，靜心休養。

　　近年來大陸電腦業發展迅速，使用者日多，相信因用電腦用出毛病來的人一定不在少數，這兩位朋友只是其中的兩個例子而已。如何加以防範，我想政府及業者都有責任。

　　在美國，多年前便已出現了所謂「電腦職業病」。最常見的是手腕與脖子等地方的關節疼痛，以及眼睛疲勞模糊等等，但似乎還很少聽到有眼睛出那麼大毛病的。這大概同美國的傳播媒體以及各機關的健康安全部門，經常提醒電腦操作者必須隨時注意正確的姿勢有關。舉凡座椅的高度，燈光照明，眼睛同螢幕之間的角度與距離，還有雙手的擺放位置等等，都有明確的建議與規定。更重要的，是在工作一段時間以後，便略作休息，把視線放遠，讓眼睛鬆懈鬆懈。對於這點，我自信能輕易做到。因為我通常是個「不安於位」的人，過一段時間，便要抬起頭來看看窗外的風景或牆上的畫，或起來走動走動，換一個電台或一張唱

碟，倒杯咖啡或茶，拿點零食，上個廁所，找個人聊聊天，總之很少能
安安靜靜地坐上好幾個鐘頭不動的。不像我早年認識的一位同事兼大學
教授，在那個線路密佈的大型計算機操作台前一坐便是一個下午，到下
班時站起來，才發現兩條腿都睡著了，成為大家的笑柄。

　　既然電腦已成了現代人不可或缺的工具，而圖像及文字在可見的未
來仍將是電腦與人腦之間溝通的主要媒介，如何讓同螢幕長久相對的眼
睛保持明亮健康，將是一大挑戰。我曾在一首叫〈眼睛〉的詩中寫眼睛
同稿紙痴痴對視的尷尬場面，其實把稿紙換成螢幕，也許更貼切：

　　　　他在空白的稿紙上
　　　　寫下了一個大大的標題：
　　　　眼睛

　　　　她的眼睛
　　　　那雙使他想起
　　　　聊齋誌異裡
　　　　迷倒過多少個白面書生的
　　　　眼睛

　　　　幾個世紀過去了
　　　　那雙迷人的
　　　　想對他說什麼的眼睛
　　　　便這樣在稿紙上同他癡癡對視
　　　　狐狸糊塗

　　　　　　　　　　　　　　　　　一九九九・一・八

非馬畫作：聊齋，45.8×61.0 cm，丙烯，2000年。

竊聽器

沒想到一個小小的竊聽器竟有這麼大的作用！她瞟了我一眼，調侃地說。

在天安門廣場的人行道上，我們看到有好幾個專賣竊聽器的小販。連同電池，一套才賣幾塊人民幣。雖然沒看到有人問津，顯然有它一定的市場。

這就不免引起了我的注意與興趣。我問，它的顧客究竟是些什麼樣的人物呢？遍佈在廣場上的公安人員當然不會去購買這種小兒科的玩意兒。但一般老百姓要這種東西幹什麼呢？

隔著又高又厚的宮牆，去偷聽陰魂不散的秘密嗎？不可能有這麼多寫宮廷小說的作家；對象是警衛森嚴的中南海嗎？我們都知道泄漏國家機密的代價；刺探並揭露鄰居們的隱私嗎？但聽說居民委員會之類的街坊組織已被改革開放的浪潮沖得差不多散了架。何況只要不形諸筆墨，私底下甚至在公開場合裡對時政發一點牢騷似乎已不是什麼大不了的禁忌。或者是對隔壁的「性趣」發生興趣？但有聲有色的錄像帶即使地上買不到地下也隨處是。或者，眼看著左鄰右舍越來越大款闊綽，羨妒之餘想偷聽偷聽他們成功致富的秘訣吧？

或者，偷聽他或她在心裡頭對夢中情人悄悄講的肉麻情話。她狡黠地說，嘴角微微揚起。

無論如何，我繼續說，偷聽是為了滿足某種好奇心。而好奇心是人類創造文明的原動力。還有，餓著的肚子是不太可能產生好奇心的。你聽說過偷麵包果腹，卻從沒聽說過偷話語果腹，對吧？

照你這麼說，她瞟了我一眼，要想知道一個國家的人民是否得到溫飽，或一個社會究竟有多少精神文明，調查它的竊聽器市場是最直接可靠的啦？

二〇〇一・十・二十四

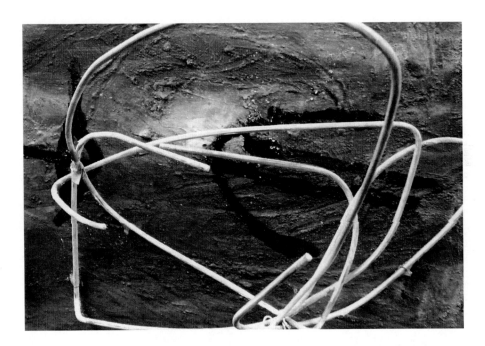

非馬畫作：鳥籠，31×23×18 cm，混合材料，1996年。

外賓

　　說來有趣，在中國大陸，我常被當成「自己人」。多年前住北京飯店，一個侍者便曾對我的質問，理直氣壯地回答說：「你又不是外面來的，難道不知道國內的規矩？」

　　沒有幾個人會相信我已在美國待了四十年。這大概同我平時在談話中很少夾雜英文詞句有關。但也可能是我一向不太注重穿著，在我身上沒有太多「洋氣」的東西。「名牌」在我身上不但不能發揮它們貴重的效用，有時反而成為一種沉重的累贅與束縛。我常笑話一位購買了名車的朋友，每次總得找個邊遠的角落去泊車，怕受到別人車子的擦撞。做物質的奴隸我是不幹的。

　　很自然地，在大陸，我自己也常忘記自己的「外賓」身份。這次與朋友們組團回國旅遊，在北京及西安，我們這群來自芝加哥的美籍華裔，卻不止一次為「外賓」這個特權怪物冒火。

　　在中國，作為外賓似乎理所當然地享有特權。而這種特權並非外賓們自己要求或爭取得來的。從好的方面看，它是中國人一向好客的表現。但它更可能是一種根深蒂固、不可救藥的媚外行為。

　　在故宮入口處，我們被要求把手提包及照相機拿到行李寄放處去存放。對這種大概是基於安全考慮的規定，我們當然無話可說。但當我們在故宮內看到許多洋人背著背包及照相機時，不免感到困惑甚至氣憤。回到入口處一看，原來在進門的通道旁邊另闢有待遇不同的「外賓通道」！而在參觀天安門時，我們照樣被告以不准攜帶背包及照相機上

樓。冒著微雨跑去老遠的地方繳費存放回來，卻又看到外賓們照樣背著背包及照相機昂然登樓！

　　這股受到差別待遇的鳥氣終於在西安參觀兵馬俑時爆發了開來。在展廳裡我們看到許多洋人（也有假洋人及有樣看樣的非洋人）高高舉著照相機，用閃光燈劈劈啪啪對著兵馬俑大拍其照，完全無視於入口處高高懸掛著的「不准拍照」的中英文告示。陪伴他們的導遊不但不加以制止，反而怪我們團裡的一些女士們多事，試圖阻止他們的恩客們照相。而袖手旁觀的管理員對我們「如不執行，便乾脆把牌子取下來」的建議只翻了翻白眼，這就更激起了大家的義憤。只見我們的娘子軍個個有如憤怒的獅子，一邊用手或身體擋在照相機的鏡頭前面，一邊張口作獅子吼：「你們都是些瞎子嗎？難道沒看到那邊不准照相的牌子？」那景象真的使許多中外遊客們震驚得目瞪口呆，也使我們在事後笑彎了腰，終於把眼淚都笑了出來。

二○○一・十・二十六

不知老之已至

　　說實話，不是我不服老，而是我一直不知道也不認為自己老。從小身體瘦弱的我，到阿岡國家研究所工作以後，每天中午不是在環境優美、空氣新鮮的所裡園林間跑步，便是被之群拉去一起參加有氧體操班。二十多年如一日的有恆鍛鍊，加上安定平靜的生活、恬淡樂觀的心情，以及一頭家傳的黑髮，不但使我不知老之將至，外表看起來比實際年輕許多，心境同年輕一代沒有太大的代溝，健康也似乎沒有明顯的衰退，甚至有越來越好的感覺。幾年前當我宣佈要提早退休時，許多同事都睜大眼睛說不敢相信。最好玩也頗為尷尬的是，每次購買各種高齡優待票時，售票員雖然不好意思要我出示身份證明，卻多少帶著質疑的眼色，有的乾脆半開玩笑地問我養生的秘訣。

　　但這一切似乎都在今年九月初的北京起了變化。在中國作家協會為我舉辦的作品研討會上，一位高唱反調的年輕詩人當眾斬釘截鐵地宣稱，非馬的創作生涯，早在十年前便已結束！他說：「非馬詩歌的成就主要集中在六○至八○年代，也即在二十五歲至五十五歲之間。二十五歲以前和五十五歲以後的非馬詩歌從美學成就上來說，是微乎其微的。」

　　也不知是因為這當頭棒喝的餘威，或絲綢之路的旅途太勞頓，或是受到紐約恐怖事件的影響，總之回到芝加哥以後，心境似乎老了不少，鏡子裡也陡然多冒出來幾根白髮，使我凜然驚覺老之已至。

　　這兩天湊巧讀到兩篇同年齡有關的文章。頭一篇的主題是「愛與死」，說英國一批學者對九百多個不同年齡的男人，經過十年時間的追

蹤研究，發現了一個有趣的事實：那些經常有性高潮的男人的死亡率，特別是與心臟病有關的，還不到其他人的一半。他們說在這方面，年齡不是決定的因素。如果能把性當成酒一樣，好好地照料、鑑賞及品味，它有可能越陳越好。但文中卻有個煞風景的驚人觀察：在人類老化的生物過程中，大自然對那些超過三十歲、已完成傳宗接代任務的人，不再給予同樣的關注。大自然賜給人們三十年的好時光，剩下的，他們說，就得靠自己了。

另一篇探討年齡與藝術之間關係的文章，則提到一九〇五年一位加拿大醫生的建議，要所有六十歲以上的人停止工作。他的理由是，歷史上超過四十歲的人在科學、藝術及文學上的成就總和幾乎等於零，雖然也許我們會因此而錯失一些個別的偉大成就。他說幾乎所有震撼人心及富有活力的作品都是在二十五至四十歲之間完成的。這使我想起了多年前一位台灣作家來芝加哥訪問，意氣風發地對我所說的「當前的台灣文壇是四十歲以下作家的天下」的斷言。想必他也看過類似的報告，而他那時候剛好是三十九歲。

看來，北京那位年輕詩人還算相當慷慨大方，多給了十五年。

二〇一・十一・二十七

熊抱卡夫卡

　　人生中有許多荒謬的矛盾與無奈，這次東歐之行，更加深了我的感觸。

　　住進布拉格的一家旅館，拉開窗帘一看，對街有漂亮的鐵欄杆圍著綠樹紅花，像是一座花園。到櫃台一打聽，卻是一個猶太公墓，還說小說家卡夫卡的墓就在裡邊。

　　卡夫卡！這位現代文學的奠基者，我慘綠少年時期的偶像！

　　卡夫卡（Franz Kafka）一八八三年七月三日生於布拉格（當時仍屬奧國），是上個世紀影響最大的作家之一。生前默默無聞，死後他的作品卻被公認為現代人在一個充滿敵意、冷漠無情的世界裡焦慮不安、扭曲異化的象徵。卡夫卡出生於一個中產階級的猶太家庭，在他那店主父親威嚴的陰影下長大。即使頻頻反叛，那種無力感仍成為瀰漫他小說中的主題。卡夫卡從布拉格一個有名的德語中學以優異的成績畢業後進入布拉格查爾斯大學並於一九○六年獲得法律博士學位，之後他在一家保險機構白天上班，晚上寫作（他常稱他的職業為飯碗），直到一九一七年染上了肺病，不得不在一九二二年退休。一九二三年他曾短暫地搬到柏林去住，希望能脫離家庭的影響以便專心寫作。

　　卡夫卡一生中患有嚴重的憂鬱症及焦慮症，使他經常頭痛、失眠、便秘、長癤子等等，他曾試圖用自然療法及素食來治療，卻都無效。不久他的肺病惡化，只好回到布拉格，然後住進維也納附近的一家療養院，因病菌傳入咽喉無法下咽，於一九二四年六月三日去世。

　　卡夫卡生前只發表了佔他作品中極小部分的幾篇短篇小說，都沒引起太多的注意。在他死前，他曾要他的好友布洛德（Max Brod）把

他的所有稿件銷毀。布洛德沒聽從他的話，反而把手中握有的大部分作品拿去出版，引起了高度的注意與評價。而卡夫卡的情人 Dora Diamant 也秘密地把他的二十冊筆記本與三十五封信保存了起來。這些文件於一九三三年被納粹秘密警察掠走，目前一個國際性的搜尋活動仍在進行。

　　卡夫卡最著名的作品包括他的短篇小說《變形記》以及未完成的長篇小說《審判》與《城堡》。《變形記》（一九一五年）描寫一個推銷員醒來發現自己變成了一隻令家人厭惡的大甲蟲。表現了現代社會將人異化的現象。但如所有卡夫卡的作品一樣，這篇有高度象徵性的小說可有各式各樣的解釋。有一本叫《評論者的絕望》的書竟羅列了多達一百三十種解釋。最普通的解釋是關於社會對待異樣人士的主題。其它的主題包括被隔離的孤立與絕望以及由此帶來的不切實際的希望。也有評論家認為它表達了人類生存的荒謬而把它同存在主義或荒謬主義聯繫在一起。它還可用佛洛伊德的理論來解釋——《變形記》阻止了即將發生的兒子對父親的反叛。兒子因父親的失敗而茁壯，他摧毀了父親的自尊心而成為家庭的支柱。在變形的大災難後，情勢逆轉：兒子變成弱勢，父親便趁機把他幹掉。寫於一九二五年的《審判》描述一個普通公民以莫須有的罪名被逮捕，最後被處死的故事，揭露了西方現代社會中隱藏在強大的理性與制度下的人性扭曲以及社會生活的荒誕。一九二六年的《城堡》則寫主角測量員應城堡之聘前往工作，卻被擋在城外。他與城堡所代表的森嚴的階級、嚴密的官僚機構與顯貴的權勢做徒勞的鬥爭，想得到來自城堡的認可。最後他既沒進入城堡，也沒見到城堡當局。作品中大量運用了象徵與隱喻的藝術手法，使得「城堡」具有無窮的意義，是最富有卡夫卡特色、也是他最重要的一部作品。

　　卡夫卡去世後，遺體被運回布拉格，安葬在新猶太墓園內。對布拉格這個城市，卡夫卡也像對他的父親一樣，愛恨交加。他曾說布拉格給他的是一個「熊抱」（bear hug），熱情得讓他透不過氣來。

　　新墓園整潔幽靜，我們因去得早，墓園內幾乎看不到人影。同我們前一天看到的布拉格猶太區內那個有三個半世紀歷史的舊猶太墓園，兩萬座墳墓堆疊，有的地方竟多達十二層，墓碑歪七倒八地擠成一堆，

不可同日而語。我問管理員如何找卡夫卡的墓地，他說照路牌指示就可找到了。果然路邊有「佛蘭茲・卡夫卡博士，21-14-33」的指示牌，我們找到第二十一行時，正有一群年輕學生圍著一位教授模樣的人聽他用德語講解。相信他們也是來朝拜卡夫卡的。繞過他們，我們很快便找到了第十四列編號為三十三的墳墓。高大的墓碑上刻著三個名字及生歿年月日。依次是卡夫卡、死於一九三一年的父親、同死於一九三四年的母親。猶太人有疊葬的習俗，一家人死後大多葬在同一個墳墓裡，自下而上，先死先葬。這種習俗我猜多半是環境所造成的。歐洲各地的猶太人，在歷史上飽受歧視，許多城市都設有猶太區（即所謂的 GHET-TO），生前死後的猶太人都只能留在區內，如我在一首題為〈猶太區〉的詩中所描述的：

　　　這是他們活動的地方
　　　活人
　　　不准越出雷池一步

　　　這是他們不活不動的地方
　　　死人
　　　不准越出雷池一步

　　荒誕的是，當我看到卡夫卡一家人的墓碑時，頭一個念頭竟是：一生想掙脫父親陰影的卡夫卡，躺在威嚴的父親下面，大概可憐得連大氣都不敢呼一口吧？

二〇〇六・六・十八

溫情的背正越挨越近
——悼念周策縱先生

　　第一次見到周策縱先生，是在一九八九年，我們去陌地生（Madison）看在威斯康辛大學攻讀博士學位的大兒子的時候。先生早年以研究五四運動史聞名，文章詩書都令人景仰，可我當年在陌地生唸書，只知埋頭苦讀，一有空便跑去湖邊釣魚，竟無緣也沒想到去向先生當面討教。倒是在美國土生土長的大兒子，雖然唸的是化學工程，中文也沒認得幾個大字，居然有幸成為先生的弟子，學習書法。我們對這次遲來的會晤都感到非常高興。先生請我們到一家中餐館吃了一頓豐盛的飯，我則送了兩本新近出版的詩集給他，請他指教。

　　回到芝加哥後不久，便收到先生的來信。信中充滿了對我詩作的讚許，末了他才婉轉說出他的不平（我猜這才是他真正的寫信動機）。他說他的一隻相依為命的愛狗不久前才去世，讀到我詩集中一些諷狗詩，心中頗不是味道，希望我能為這些人類最好的朋友們寫幾首「好」詩。

　　其實我對狗，即使不像他那麼富有特殊的感情，卻也沒什麼惡感。我的那些諷狗詩其實大多是借狗諷人。像下面這首狗詩：

　　　　虛張聲勢追得雞飛貓跳
　　　　以便安安穩穩做人類的最好朋友

　　　　這還不說，夜夜
　　　　牠豎起耳朵

　　把每個過路的輕微腳步
　　都渲染成
　　鬼號神哭

我們在人的社會裡，到處都可找到這種例子。又如〈狗‧四季〉一詩裡
的〈春〉：

　　百花齊放
　　百家爭鳴

　　以為會聞到
　　春之氣息
　　興奮的狗
　　聞來聞去
　　卻只聞到
　　一股
　　歷史的
　　尿騷味

在這裡，狗更成為發現歷史真理的先知了。
　　接到他的信以後，趕緊把心中積存的對狗的溫柔情愫都翻了出來，
寫成了〈故事〉：

　　狗閉著眼
　　但老人知道牠在傾聽

　　溫情的背
　　正越挨越近

及〈性急的小狗〉：

> 猛跑幾步
> 又折回頭
> 猛跑幾步
> 又折回頭
>
> 興奮的小狗
> 頻頻催促
> 搖搖晃晃剛學會走路的小主人
>
> 前面
> 一片平坦亮麗

　　我把它們寄給了先生，算是一種悔過與補償。大兒子畢業後我們便很少去陌地生，他也加州、威斯康辛兩地跑。見面機會少了，但我們經常有書信來往。每年聖誕節我也都會收到他寄來的的卡片，上面有他親筆書寫的密密麻麻的詩作。一九九六年聖誕節他從加州寄來了一首妙趣橫生題為〈非馬嗎〉的詩。我還徵得了他的同意，在芝加哥的華文報刊上製版發表。

　　這幾天二兒子夫婦去中國大陸旅遊，把他們的小狗寄養在我們這裡，勾起了我為先生寫狗詩的往事，卻沒想到便在報上讀到了先生逝世的消息。我油然想像，他那隻在天堂裡等候多時的心愛的狗，此刻正把溫情的背，向他越挨越近。

二〇〇七・五・二十一

不為死貓寫悼歌

非馬畫作：女樂手，22.8×27.9 cm，丙烯，2004年。

人不如其文

　　一般講起來，喜歡寫作的人感情都比較豐富。在感情泛濫之下，一個作家往往會寫出一些連自己都不太敢相信的、「人不如其文」的美好東西。從好的方面看，他是在努力提昇自我、超越自我；從壞的方面看，他是在自我陶醉、自欺欺人。假如有一個作家，他的每一篇作品都充滿了最純樸、淡泊與謙虛的字眼，而在日常生活裡，我們卻發現他是那麼自負，那麼汲汲於名利。這樣的作家，至少我個人無法在他「精神分裂」的作品裡放心遨遊。

　　年輕時我對藝術的信賴卻是無條件的。我總以為，能寫出一首好詩或喜愛一幅好畫的人，再怎麼也不會壞到哪裡去。直到有一天，我看到嘴裡哼著貝多芬的英雄交響曲的納粹，若無其事地把一批批猶太人送進了煤氣間，才開始對藝術存起戒心來。

　　但對藝術或藝術家設防畢竟是一樁可悲的事。更多的時候，我寧可相信，一些美麗動聽的言辭，只是作家感情衝動下的產物。雖然虛假，卻沒有不良的居心。

　　根據報導，一九八四年五月在東京舉行的國際筆會上講「核子時代的文學」的巴金，曾說了一些「滴著蜜糖的溫情主義」的話，引起了一位英國作家的強烈反應，認為「一個真正偉大的作家不該只傳達真理，更該去身體力行真理。」換句話說，明知做不到的事最好少開尊口。巴金在講話中說當他去廣島參觀的時候，看到了一位受原子輻射傷害的小女孩，心裡很難過。小女孩，按照日本習俗，折疊一千隻紙鶴以自救。

紙鶴折了，但小女孩還是死了。他於是慷慨地說：「如果我能以自己的生命去換取小女孩的生命，我是願意去做的！」

我可以相信巴金在講這話時，心中必是充滿了悲天憫人的高貴情操。但這種無補於事的空泛許諾，永遠不可能兌現，雖然惠而不費，卻多少給人以不真誠的感覺。

多年前，台灣發生了一連串的煤礦災難，死了不少礦工。我們看到一批年輕人冒險深入礦坑，去體驗暗無天日的地底生涯，企圖挖掘並探討災變的起因與背景，他們寫出的報導頗令人感動。相反地，假如這時候有一個作家，坐在有冷氣的書房裡，寫出一些「如果我能以自己的生命去換取礦工們的生命」或諸如此類不花本錢的空話，一定得不到我們絲毫的同情或共鳴。我們也許會說他是個溫情浪漫的作家，卻不會說他是個有良心的誠實作家。

一九八四・八・十

不為死貓寫悼歌

　　幾年前被選為美國國會圖書館第一任桂冠詩人的羅勃・潘・華倫（Robert Penn Warren，1905-1989），是一位有多方面才能及成就的作家，曾得過普立茲小說獎及詩獎。他說他很高興擔任桂冠詩人，但如果動不動為了某人死了一隻貓便要他寫悼歌，他寧可不幹。我想他的意思是，詩人有他必須維護的尊嚴。歌頌權貴者的死貓，同滿口鋼鐵太陽地歌頌權貴者本身，基本上沒什麼分別，都同樣令人肉麻。

　　權貴是政治的產物。而政治在今天這個時代裡，同每個人都息息相關，不容任何人置身事外。作為一個現代詩人，要面對大眾寫現代人的生活，自然更不能不同政治打交道。關心政治，進而批評政治，揭露社會的不公正，指摘制度的不完善，這種吃力不討好，但對人類社會進步有絕對必要的工作，更是有良心的詩人無可旁貸的責任。

　　但過分接近政治或熱衷於政治，對一個詩人來說，有它的危險性。我這裡指的不是坐牢或被殺頭，而是受到政治權力的誘惑與腐蝕，喪失了作為詩人資格的危險。有創作經驗的人大都知道，藝術這東西，特別是詩，脆弱無比，在製作過程中稍一不慎，隨時都有爆裂粉碎的可能。希臘詩人卡法非對這點看得最清楚。他說：「當作家知道只會賣出極少數的幾冊時……他便得到了創作的自由。當作家知道一定，或至少可能賣光他的初版，甚至再版，便會受到銷路的影響。幾乎不自覺地，有時會想到大眾所想，所喜歡，所要的東西，而做出一些小犧牲──這邊措辭稍為不同一點，那邊省略一點……」如果連迎合時尚，討好大眾都會損害到藝術的完整，我們可以想像，為了巴結當權者而心存顧忌，甚至

歌功頌德，把藝術當成進身之階的結果。而我們如何能期望，一個沽名釣譽甚至趨炎附勢想分得一點政治利益的人，能替大眾發言，為時代做見證，寫下震撼人心的偉大作品？充其量，他只能或只配替死貓寫寫悼歌。

　　當然我們不能因為怕受誘惑而禁錮自己。正如當和尚的必須遠女色，卻大可不必做作到一見女人便擺出一付老僧入定的樣子。這使我想起幾年前翻譯的一個叫做〈二僧人〉的雋永的日本小故事來：

　　　　丹山與役道有一天在一條泥濘的路上走，雨還在不停地下著。

　　　　來到一個彎處，他們看到一個穿絲綢和服的可愛少女，走不過去。

　　　　「來吧，姑娘。」丹山馬上說，抱起她，把她帶過泥坑。

　　　　直到夜裡他們抵達投宿的寺廟，役道沒講過一句話。然後，他再也忍不住了。「我們當和尚的要遠女色，」他告訴丹山，「特別是年輕漂亮的，那太危險了。你為什麼那樣做？」

　　　　「我老早把那女孩子放下了，」丹山說，「你還帶著她？」

　　能做到像丹山那樣坦蕩胸懷，無貪無求，提得起又放得下，我想詩人在面對政治的時候，也就沒什麼可怕的了。

一九八六・五・一

膚色的原罪

　　我頭一次嚐到種族歧視，是一九六一年剛來到美國不久，在密爾瓦基城的馬開大學附近找公寓。那時候民權意識還沒太抬頭，美國政府也還沒訂定反歧視的民權法案，也沒聽到有誰為了受歧視而告上法庭。所以當那位白種老太婆告訴我她的房子不租給有色人種時，我雖怔了一下，卻只能阿Q地在心裡頭暗罵一聲，妳這心胸狹小的無知老太婆，我還不屑住妳的房子哩！

　　居留美國三十多年來，除了那一次明顯地因膚色的「原罪」受到歧視外，似乎沒再碰上過可稱為種族歧視的事例。同鄰居相處一向和睦，平時守望相助，見面聊上兩句，度假期間照顧彼此的房子。我們夫婦因為愛好勞動並喜歡秩序與整潔，很少讓院子雜草叢生，意大利裔的左鄰同波蘭裔的右舍因此不止一次地對我說，可別搬家啊！兩個兒子在鄰區、學校或工作單位也從沒因自己的膚色向我抱怨過。唯一讓大兒子感到憤憤不平的，是他從小便對演戲有興趣，高中畢業後本來想唸戲劇，卻因那時候少數族裔很少有挑大樑擔任主角的機會而作罷。

　　當然也有可能是因為我們日常所接觸到的大部分是高級知識分子及中層階級，這些人一般比較不會因「非我族類」而感到受威脅。但我通常對別人的眼光不那麼敏感，可能也是原因。即使有時候在商店裡碰到臉色不太好看的店員，我也會想，也許他身體不舒服，或昨夜同老伴吵了架，或小孩生病在家，或剛挨了老板一頓臭罵……總之只要我沒做過或說過什麼冒犯了他，他要翻白眼生悶氣，是他的自由，干我什麼事？

　　但我知道種族歧視在美國，也像許多國家一樣，即使有法律的約束，也不可能斷根，特別在經濟不景氣的時候。一九八七年汽車城底特律的華裔工程師陳果仁，因細故被白種工人誤認為搶飯碗的日本人，活活用球棒打死，便是一個血淋淋的例子。事後白人法官只判他罰款的微刑了事。這樣不公平的事件，曾激起華裔及亞裔們的強烈抗爭。我曾為此寫過一首叫〈狗一般〉的詩，表達我的無奈與憤慨：

　　　　有罪！
　　　　一個白人手裡的球棒大叫
　　　　黃色有罪！
　　　　就這樣
　　　　一個黃人被狗一般活活打死

　　　　無罪！
　　　　一個白人手裡的法槌大叫
　　　　白色無罪！
　　　　就這樣
　　　　一個白人被狗一般活活開釋

一九九八‧一‧十八

生猛新聞

　　我一向喜歡用新聞題材入詩。我發現，每一件新聞的背後，都拖著長長短短濃濃淡淡的時代與社會的影子。比如一九七九年美國同中國建交，我寫成了一首叫做〈卡特的眼〉的詩：

　　　　說你的眼睛
　　　　蔚藍如大海
　　　　我可看不出來

　　　　在山雨欲來兮的天氣裡
　　　　我只看到
　　　　你浮沫的眼角
　　　　可口可樂的
　　　　晦色

從當時美國總統卡特的眼睛反光裡，多少可看到，風雨飄搖的台灣困境，以及急於做生意賺錢的美國商人（可口可樂公司是其中的代表）的嘴臉。

　　我雖然平時也寫日記，但不是每天都寫。有時候隔了一兩個禮拜，才猛然想起，趕緊坐下來，補記上那麼幾筆流水帳，無味又乏色。倒是我自己那些標有寫作日期的詩作，記錄並保存了我當時對一些發生在身傍或天邊的事情的反應與心情。從我那首〈人類自月球歸來〉的詩，

我知道人類登陸月球是在一九六九年。等著完成任務歸來的太空艙濺落海面，那一天我們全家人一直盯住電視看有關的報導。那首詩便是記錄在我困極的模糊視域中浮現的幻象；從〈致索忍尼辛〉，我知道他在一九七四年投奔美國；同一年美國的年輕人風行裸奔，有我的〈裸奔〉一詩為證。一九七五年十月，林懷民率領的雲門舞集在芝加哥西郊演出，我看後百感交集睡不著覺，連夜寫成了〈雲門舞集〉的詩。至於我在一九八〇年首次回大陸探親，一九九二年首次到歐洲觀光，都有詩記遊。讀〈禮拜天在梵蒂岡〉，我還能感到在連日陰雨後，那天照在臉上的陽光特別暖和。

　　近日成為熱門新聞的克林頓總統的桃色糾紛，當然更是絕好的反映時代的題材。其中有動機不同卻都吵得面紅耳赤的政客與衛道者，唯恐天下不亂、把新聞炒得火熱的傳媒，以及喜聽隱私醜聞愛看連續劇的廣大民眾。白宮的道德（或不道德）多多少少反映了當前整個社會狀況與男女關係。每個人對這件事的發生都脫不了干係，都該負點責任，都該感到臉紅。

　　面對這樣生猛的新聞，猶如在餐館裡看到我喜吃的生猛螃蟹，當然不能輕易放過。下面是我寫成的〈白宮緋聞〉一詩：

　　　兒童不宜
　　　成人更不宜的
　　　肥皂劇

　　　面紅耳赤
　　　我們都是觀眾
　　　更是配角

一九九八・三・三

超級盃症候

　　最近幾年，中東風雲時鬆時緊，常令美國大軍風塵僕僕疲於奔命。伊拉克的胡先（狐仙？）總統，也許會因此而感到自豪。只是拿全國人民的生命做賭注，我想也算不得什麼英雄好漢，更不要說是一國的好領袖了。但這中間牽涉到太多的國際政治、宗教文化、經濟利益以及民族恩怨等等問題，要辯個青紅皂白恐怕也不容易，不如按下不提。

　　令我感到驚訝的是，每次美國民眾支持用軍事行動懲罰胡先的，竟一直高達七、八成。按說美國一般老百姓並不特別好戰，尤其是經過韓戰與越戰的洗禮之後。是什麼使他們這般熱衷於武力呢？

　　超級盃症候！早在上次名為「沙漠風暴」的中東戰爭裡，我便自以為找到了答案。爭奪全國橄欖球冠軍的超級盃，開賽那天，幾乎美國所有的男人都一邊猛灌啤酒一邊把眼睛交給電視的螢光幕。是娛樂更是發洩。而「沙漠風暴」戰爭裡，那閃電式的攻擊，摧枯拉朽如入無人之境，乾淨俐落得幾乎不流美國兵半滴血。其緊張刺激過癮的程度（還不去說那身為超級強國一分子的得意與自豪），比超級盃有過之而無不及。

　　下面這首題為〈超級盃〉的詩，寫於一九九一年三月二十三日，記得是美軍對伊拉克發動陸戰的前夕：

　　　　禮拜天下午沒球賽
　　　　這個國家一大半的男人
　　　　他們的臉

將比關掉的電視機
還陰暗

會動腦筋的節目製作者
因此搬出飛機導彈坦克與大炮
把家家戶戶的螢光幕
都渲染成七月四日
繽紛燦爛的夜空

衛星現場轉播
戰爭的電玩
電玩的戰爭
超級盃
在中東沙漠

一九九八‧三‧四

後院漲水盼即歸航

　　一九九三年八月，美國中西部大水，災情慘重，我寫了下面這首
短詩：

　　　　地面管制中心呼叫
　　　　倫比亞號太空梭

　　　　後院漲水
　　　　盼即歸航

多少反映了一部分美國人民批評政府每年花費龐大的經費去搞太空計
畫，而忽略了對社會上貧苦社區（特別是黑人區）的救助與建設。
　　最近幾年越來越厲害的「聖嬰現象」，造成全球氣候的大變動，給
許多地區帶來了前所未有的災害，也使人們醒悟，人類的居住環境原來
是這麼脆弱不堪一擊，因而也不再把「人定勝天」的口頭禪經常掛在嘴
邊。當初提出「人定勝天」這句話的人，多半是為了鼓勵人們同惡劣的
環境奮鬥。卻沒想到讓越來越多的人們，因科技的進步而自以為已掌握
了宇宙的秘密，傲慢地以上帝自居，像一個暴發戶般在這地球上為所欲
為，甚至胡作非為。大量地浪費有限的資源不說，還濫伐熱帶雨林，濫
捕濫殺野生動物，製造大量的垃圾與廢氣，污染水源空氣並破壞保護地
球的大氣層。我曾經寫過一首題為〈溫室效應〉的詩：

自從在溫室裡
培養出不朽的塑膠花
使春天過敏的鼻腔不再發癢
自命為上帝的人類
便處心積慮
要用不銹鋼
打造一個
空前絕後的嶄新世界

你看呼呼作響的火爐
正越燒越旺

　　或許，「聖嬰現象」會讓人類熱昏的頭腦略為清醒冷靜，在大自然面前恢復一點謙卑與敬畏之情，不再為了一己一時的方便，而囂張地掠奪資源並罔顧地球的平衡生態。

　　就讓下面我這首〈聖嬰現象〉詩，來提醒我們卑微的存在吧！

莫非連上帝
也厭倦於
這日復一日的
單調
竟玩起
顛覆解構的
後現代把戲來了

信手輕輕一撥
安安穩穩的搖籃
便翻天覆地哇哇驚叫

一九九八・三・七

非馬畫作：海上風雲，22.8×27.9 cm，混合材料，2001年。

流動的花朵

　　我一向對蒲公英懷有好感，黃花盛開的季節，漫山遍野，賞心悅目。而當短暫的青春期一過，它們便紛紛頂著白色的小傘四處隨風飄揚，為傳宗接代的事兒奔忙，令人不禁歡喜讚嘆宇宙萬物生命的奇妙。我曾為它們寫過這樣一首短詩：

　　　　天邊太遙遠
　　　　蒲公英
　　　　把原始的遨遊夢
　　　　分成一代代
　　　　去接力
　　　　飛揚

後來又寫了一首叫〈新新草類〉的詩，將它們同「新新人類」相提並論。但在我的心目中，它們似乎佔有著更大更重的分量：

　　　　多半是去年秋天
　　　　從什麼地方飄來的
　　　　非原住民
　　　　在這裡落地生根
　　　　燦然開出
　　　　春天的第一朵
　　　　鮮黃

　　捱過了漫漫嚴冬
　　包容萬物滋潤萬物的土地上
　　終於冒出
　　令人耳目一新的
　　新新草類

　　但整潔的社區容不下它們。才一冒出土來，便有殺除野草的藥霧迎頭噴下，令它們在頃刻間垂頭枯萎。這也難怪，只要你稍一心軟或偷懶，繁殖能力強盛的它們，一下子便把整個院子佔領，甚至蔓延到鄰居的草地上去。即使你不介意鄰居們的側目，警察先生也不會輕易放過。幾年前我居住的小鎮上便有一位老太太因拒絕修剪院子而吃上官司，成為當地的一個熱門新聞。那位老太太堅持不肯剪草，說長得高高的草才會引來大批她稱之為「流動的花朵」的蝴蝶。我不知道後來事情如何結束，但我卻因此得到了靈感，寫下一首就叫〈流動的花朵〉的詩來：

　　這群小蝴蝶
　　在陽光亮麗的草地上
　　彩排風景

　　卻有兩隻
　　最瀟灑的淡黃色
　　在半空中追逐嬉戲
　　久久
　　不肯就位

一九九八‧八‧六

非馬畫作：萬紫千紅，18.9×15.6 cm，丙烯，1996年。

台上台下

克林頓總統的緋聞這幾天似乎越鬧越大，他會不會因此而黯然下台，還是個未知數。但我已看到，美國國內的民意在開始轉變，許多人好像真的是天真得不相信他們的總統會隱瞞偷情這回事，現在見他自己承認了，便不免感到上當受騙，而憤憤然義正辭嚴起來。連民主黨的國會議員們也為了自保而紛紛要同他劃清界限，使他面臨了內憂外患的空前嚴峻局面。雖然說這是他咎由自取，我卻無法像一些人那樣幸災樂禍地，把所有的罪過都推到他一個人身上。畢竟，他的行為極大部分地反映了當前整個社會的道德狀況。每個人都脫不了干係。正如我在〈白宮緋聞〉的詩裡所說的：「我們都是觀眾／更是配角」。

滑稽的是，對克林頓的醜事叫得最響攻擊最力的兩位右派共和黨國會議員，在新聞界的挖掘下，最近一週內相繼承認了他們自己也曾有過的婚外情。其中印地安那州的波登議員還生了個私生子。而愛達荷州的女議員程諾維茲則辯說那時候她還沒擔任公職，何況她曾求過上帝並得到了祂的寬恕。更妙的是保持單身的她，一直以家庭價值為競選口號，而當年之所以能當選，乃是拜對手被揭發有不軌的婚外情之賜。有人相信這是一連串認罪的開端，戲才開鑼，眾多的假面具還會被陸續揭下。

這不免使我想起多年前寫的一首叫〈台上台下〉的詩來：

勾著忠臣孝子的臉
你在台上
唱作俱佳

在眾目睽睽之下
滿嘴的仁義道德
（以為天降甘霖
　卻原來是你的唾沫飛濺）
連一舉手一投足
都絲絲切合節拍身份

但在後台
我卻看到你
懶散地斜倚著
一邊抽煙一邊眯著眼
偷偷捏了
身傍的女戲子一把

等你卸下戲裝
洗掉臉上的粉墨
走上通後台的暗巷
我想像得到
你手舞足蹈
偷雞摸狗的猥瑣模樣

一九九八‧九‧十一

吉卜賽之歌

　　在歐洲的旅遊途中，我們經常看到路邊有野營車聚泊，據說是浪跡天涯的吉卜賽人。他們多半沒有固定的職業，平日靠領取救濟金過活，成為歐洲各國的社會負擔，也是人們眼中的不受歡迎人物甚至寄生蟲。有一次我們的遊覽車才在一個旅遊景點停下來，便有一個面目姣好的四、五歲小女孩上來乞討。導遊說這類小孩大多是吉卜賽人，他們乞討或偷竊所得，馬上便由他們的父親轉手奉送給酒吧的老闆。在歐洲的許多大都市裡，這些吉卜賽小孩三五成群，專門找觀光客下手。一般都是團團把你圍在中間，前面一隻手拿著兜售的小玩意兒硬塞進你手裡，左邊一隻手便緊緊扯住你的衣袖，右邊又伸過來一隻手向你乞討，後面可能便有一隻手伸進你的口袋。這樣的合作無間，往往讓你顧此失彼防不勝防避無可避。我永遠記得在羅馬競技場前的一幕。我同之群被兩組男女小孩隔開圍住。我看到她在那頭一手緊緊抱住她的皮包一手徒然地試著撥開眾小手們的糾纏，想回到我的身邊來，而我這頭也自顧不暇愛莫能助。正在鬧得不可開交的時候，一向溫柔的她突然猛發了一聲「No！」，把小孩子們嚇得抱頭鼠竄作鳥獸散，頓時解了我們的圍，也讓我領略了一下「河東獅吼」的氣勢與威力。下面是我旅遊回來後寫成的〈吉卜賽之歌〉：

　　　流浪的命
　　　吉卜賽母親
　　　對著手中的撲克牌悲嘆

她的兒女
注定要終身流浪

日夜在酒精裡流浪的
吉卜賽父親
突然清醒了過來
把世代相傳的拿手本領
傾囊相授
然後要稚嫩的小手們
到人潮洶湧的大都市
去尋幽探勝
浪跡
觀光客的口袋

　　其實在心底，我對吉卜賽人並沒有太大的惡感，這可能同一些描述吉卜賽人的文學藝術作品有關。看過歌劇《卡門》的人，誰能不喜愛那位熱情奔放、美艷潑辣、多情善變的卡門？而在我們的一生當中，又有誰沒嚮往過拋棄一切、浪跡天涯海角的時刻？正如一個跳高選手帶領或代表了坐在看台上的觀眾，飛身躍過高桿一樣，這些愛好自由、喜歡流浪的吉卜賽人，不也是我們某種夢想的美麗化身嗎？

一九九八‧九‧十九

新樹老樹大謊小謊

　　一早打開電視，幾乎所有的電台都在談論剛曝光的克林頓總統在大陪審團前作證的錄影帶。其中引起我的興趣的，是《今日美國》日報社的一位民意測驗編輯，面對全國各地打電話提問的觀眾所作的回答。除了詳細解釋民意測驗的操作過程及對統計數字的闡釋外，他也提到了一個有趣的觀察。一般來說，對克林頓性醜聞產生強烈反感的，除忠貞的共和黨黨員之外，便是社會上較有錢的保守份子。但他也發現，至少對這樁事件，年齡也是一個相當重要的因素。對克林頓在白宮裡亂搞性愛關係又撒謊隱瞞的行為感到噁心的，年輕人的比例要比成年人或老年人高得多。這可能是因為年輕人一般比較天真純潔，他們大多是理想主義者，對人生的態度比較執著，不輕易妥協，事情非黑即白，沒有灰色地帶。相反地，歷經滄桑的成年人特別是老年人，比較傾向於現實主義。他們知道權勢及金錢是蜜糖，極易招蜂惹蝶。只要選出來的總統不濫用職權去強迫威脅，沾花惹草的行徑應該只是他個人的操守問題，用不著別人去大驚小怪。對他們來說，有能力治理國家，把經濟搞好，遠比要求總統去當萬民的表率或道德典範什麼的，來得實際也可靠得多。這使我想起幾年前寫的一首叫〈秋日林邊漫步〉的詩來：

　　　　小小的寒流一臨境
　　　　警覺的樹
　　　　便紛紛抖落
　　　　招風惹雨的葉子

一個個
面容冷肅起來

只有幾株今年才長出來的小樹
沒見過冰雪的模樣
仍在那裡踮腳引頸
新鮮興奮地
綠

　　住在芝加哥的史塔・特寇，是著名的口述歷史學家，曾得過一九八五年的普立茲獎。在最近一篇題為〈說謊的真相〉的短評裡，他引用了十九世紀末馬克吐溫在一篇叫做〈論生活藝術的沒落〉裡說的話：「當我談到說謊藝術的沒落，我指的是沉默的、沒說出口的謊言。它其實也無所謂藝術：你只要保持緘默，隱藏事情的真相就得了。……當整個國家為了專橫及騙局而對漫天大謊保持緘默的時候，我們為什麼要去斤斤計較一些私人的小謊言？」然後特寇想像馬克吐溫如果還活著，在今天會說些什麼話。當然他會對克林頓的課外活動說上一兩句，但他一定會去追獵那些更大的謊。當他說到「對專橫及騙局的緘默」時，對美國在推翻伊蘭、智利以及危地馬拉的合法政府所扮演的角色會有什麼說法？對美國在薩爾瓦多及尼加拉瓜的殺手小隊（美其名曰「自由鬥士」）所扮演的角色會有什麼說法？除了少數非主流刊物外，美國的新聞界絕大多數犯了馬克吐溫所說的「沉默的、沒說出口的謊言」的罪。當一個私人的小謊佔據了歷史上最大的篇幅的時候，那些沉默的巨謊卻連一個注腳的地位都得不到。
　　馬克吐溫一定會在他的墳墓裡暴跳如雷。特寇如此推測。

一九九八・九・二十四

非馬畫作：冰樹，21.6×27.9 cm，丙烯，2001年。

一笑泯恩仇

　　因丈夫的緋聞而再度成為人們談論對象的克林頓總統夫人希拉蕊，一向以高超的能力與理性著稱。在自己的丈夫成為全世界的笑柄時，她仍能不動聲色，為他的政績滔滔辯護，呼籲人們以國事為重。這種冷靜鎮定的工夫，贏得了包括一些政敵在內的許多人的讚賞。其實在能力與理性之外，她還有不同凡響的急智與幽默感。

　　兩年前夏天的一個週末，一本剛出爐的書宣稱她曾透過靈媒，向死去的羅斯福總統夫人討教請益。頓時，這位當今的第一夫人成了全國傳媒以及許多脫口秀的取笑對象。接下來的那個星期一，克林頓夫人必須出席一個在田納西州首府納什維亞舉行的會議，發表演說。鴉雀無聲的聽眾，都在暗地裡為她捏一把汗，不知她將如何面對這尷尬的時刻。

　　然後一個容光煥發的身影出現在台上。「這會議是一個把大家聚在一起的絕佳方式，」她輕快地說：「我同羅斯福夫人談過，她也認為這是個絕佳的主意。」引起了台下的記者們及聽眾的哄堂大笑，預期中的尷尬氣氛頓時煙消雲散。

　　這種敢於自嘲的幽默能力，在中國似乎並不多見。我常覺得中國現代詩太嚴肅正經，令人敬而遠之甚至望而生畏。生命裡當然該有嚴肅的時候，但整天緊繃著臉，也未免太累己累人。因此除了一些令人笑不起來的天災人禍外，我都盡量在詩中加入適量的幽默感。一首成功的幽默詩，是讓人讀了從心底升起微笑，繼而大笑，終於忍不住迸出眼淚來。究竟這笑這淚是甜是苦，是酸是辣，只有讀者自己心裡明白。這樣的詩

當然是可遇而不可求的。我也發現幽默的分寸很難把握。一不小心，往往成了插科打諢的打油詩，得不償失。

　　下面這首〈英雄詩〉，是我翻譯的加拿大詩人冷諾・科亨（Leonard Cohen，1934-）的作品：

> 要是我有個發光的頭
> 引人扭脖注目
> 在街車上；
> 而且我能舒展身軀
> 在明亮的水裡
> 同魚與水蛇競技；
> 要是我能焚毀我的羽毛
> 在太陽面前翱翔；
> 你想我會待在這房裡，
> 念詩給你聽，
> 還因為你嘴巴微微一動
> 便猛做大頭夢？

　　題目及詩的開頭，都讓我們期待一個英雄人物的出現。沒想到這些都只是詩人為他的自嘲營造氣氛。當我們在笑聲中猛然想到，在這個把球員及歌星捧成英雄的時代裡，那些以建設文化為己任的詩人及其他的文化工作者，在社會上所處的邊緣地位時，我們的哈哈大笑也許會變成無奈的苦笑吧？

一九九八・十・十三

虛擬的現實人生

林語堂在《生活的藝術》裡有一篇〈論靈心〉的文章，談到人類靈心的沿進過程。他說：

> 當頭腦每次和其他有關的知覺器官脫離聯繫，從事所謂「抽象的思維」時，當每次離開詹姆斯（W. James）所謂的「知覺的現實」（Perceptual reality）而逃進「意念的現實世界」（The world of conceptual reality）時，它的活力消減了，人性也消失了，也退化了。

如果他活在今天，我不知他對當前的「虛擬的現實」（virtual reality）會怎麼說。

根據卡內基・美隆大學（Carnegie Mellon University）一項對匹茲堡地區四個學校及社區選出的一百六十九名參與者長達兩年的的調查研究，發現即使每星期只花幾個鐘頭在電腦網路上，他們所經受到的消沉感與孤獨感，也比那些不上網的人要來得高。網路的應用顯然對心理健康產生了負面的作用。

這結果恰恰同一般的預期相反。它似乎指出，這互動的新玩意兒（如電子郵件及網上聊天），也許並不比那些「被動」的舊式大眾媒介（如觀看錄影帶）在社交方面健康多少。參與者報告，他們同家人的接觸以及朋友交往圈的減少，同他們花在網路上的時間有直接的關係。

根據這些資料，研究者推論，遠程關係無法像那些面對面的接觸一樣，為人們提供一種支持及相互作用的力量。而這種力量正是促進心理

安全及快樂的因素。許多時候，在網路上所建立的膚淺關係，反而會導致或增強人際之間的疏離感。

　　我自己便有這麼一兩次，半夜裡睡不著覺，爬起來上網路逛聊天室（chat room）的經驗。每次室內總有那麼七、八個人在那裡有一句沒一句地搭訕，說些呵欠連天無聊透頂的話。我待不了幾分鐘便趕緊離開，臨走時真想拋下一句：「你們為什麼不都上床去好好睡場大覺呢？」

　　虛擬的現實再逼真，也不可能變成真實。我常想，這世上能真正讓我們留戀的，恐怕只有那使我們身心舒暢的習習清風、和煦的陽光、以及堅實的土地，這些我們的感官能觸能摸能感的東西。金錢、成就與名位，有當然很好，但畢竟不是能讓我們確知我們還好好活著的直接證據。

　　最近受到全球許多地區的經濟惡化的影響，美國的股票市場也跟著大幅波動。這使我想起一九八七年的美國股市狂瀉。那時候我們正在夏威夷參加一個學術會議，消息傳來，引起了許多在那裡度假的遊客們的震撼。我曾寫了一首題為〈土生土長的土褐色〉的詩以誌其事：

　　　差點被數字脹死的
　　　華爾街
　　　終於狂瀉不止
　　　使遠在威奇奇沙灘上
　　　大晒其太陽的逐紅臉孔
　　　都一下子慘白了起來

　　　終年同陽光親昵的土褐色
　　　在土生土長的勞動者身上
　　　因此更顯得
　　　渾厚真實

一九九八・十・十六

非馬畫作：樹，30.5×40.6 cm，混合材料，2006年。

一起去吃冰淇淋

　　許多人也許還記得，一九九六年奧運奪得金牌的美國女子體操隊裡，那位年輕可愛的摩西阿奴。就是她，最近上法庭控告自己的父親，說他吞佔了她的競賽及表演所得。這位現年十七歲的高中學生，在記者招待會上大吐父母的苦水：「一切都離不開體操。我想：『你們難道除了體操之外什麼都不知道嗎？我們能不能一起出去吃個冰淇淋？你們能不能做我的爸爸媽媽，而不只把我當成你們的生意？』」去年她曾對另一個記者訴苦道：「當你想同你的朋友們在一起的時候，待在體育館裡可真難挨。根本沒有社交生活。」她說她父親除了控制她的金錢外，還強迫她去接受訓練，並打過她一兩次。

　　這類罔顧子女的志趣，只一心一意想把子女培養成搖錢樹，以滿足自己的野心與私慾的父母，不僅存在於體育界，其它的領域裡也不難找到。最近兩三年在美國便有兩個轟動一時的例子。一個是一位未成年的女孩在她父親的鼓動下，急於成為橫越美國大陸最年輕的飛行員，卻在風雨中墜機喪生；另一個是生前被父母打扮成載歌載舞的小美人到處參加選美，卻在家中被離奇謀殺，至今尚未破案的名叫雷姆西的小女孩。

　　但在資本主義的美國，這些只是些零星的個例，不像許多社會主義國家，為了爭取所謂國家榮譽，以便證明社會主義的優越性，大規模地進行從小嚴格訓練運動員的計畫。對那些小孩們來說，一天到晚的苦練，不啻剝奪了他們身心健康平衡發展的機會，也剝奪了他們一生中最無憂無慮的快樂時光。怪不得有人把它們目為對兒童有計畫的摧殘與虐待。

　　幾年前我在電視上看到一位中國跳水選手在教練、隊友、親朋以及全國同胞們的熱切期望與壓力下，因過分緊張而導致動作失常的沮喪場面。下面這首〈奧運跳水〉，記錄了我當時的感受：

　　　　熱切的眼光——
　　　　老的少的男的女的胖的瘦的
　　　　濕淋淋乾巴巴
　　　　透過鏡頭沿著天線
　　　　從四面八方匯集在他身上

　　　　被炙得突然患了恐水症的
　　　　年輕跳水選手
　　　　猛地把眼一閉
　　　　凌空躍起
　　　　卻因擺不脫
　　　　億萬個懶散身體寄托的重負
　　　　而踉蹌翻落
　　　　濺起了一大片水花
　　　　以及嘶嘶的嘆息

　　我常想，當初舉辦奧林匹克運動會的目的，應該是為了培養人們的好勝心及榮譽感，進而引發人們對運動的興趣，群起到運動場上去鍛鍊身體增進健康，而不僅僅是為了讓一些體育明星，為四體不勤的大眾提供娛樂，或成為某種商品的廣告與推銷場所。一個國家不能光靠幾塊金牌及銀牌來撐場面，更重要的是全民普遍的健康。

　　　　　　　　　　　　　　　　　　　一九九八・十・二十七

非馬畫作：篤篤的馬蹄，20.3×25.4 cm，油畫，1993年。

今早心情

　　我有時候想，《明報》副刊上這個「七日心情」專欄，如果只由一個人來寫，而不是七個人輪流執筆，情形會怎樣？或者，如果這七個人分屬於不同的國家或人種或文化背景，情形又怎樣？至少，像下面這首題為〈一九六八個冬天……〉的詩，黃種人的我肯定寫不出來或寫出來也味道大不相同：

　　　　今早起來
　　　　感覺好又黑
　　　　動動黑念頭
　　　　做做黑事
　　　　聽聽黑唱片
　　　　管管我自己的黑鳥事

　　　　穿上我最好的黑衣服
　　　　走出我的黑門
　　　　並且……

　　　　老天爺！
　　　　白
　　　　雪！

　　這首詩的作者是生於一九三九年的黑人女詩人 Jackie Earley。作為長期受欺壓的少數民族，黑人每天在白人主宰的美國社會上所面臨的壓力，是外人所難以想像的。因此一早起來，在同外界隔絕的屋裡，做做熟悉的家事，心情顯得既輕鬆又安全。詩人在詩裡使用了一連串的「黑」字，表示這些事物都同黑人有關，或為黑人所專有，自傲的成分顯然大於自卑。直到穿好黑衣服，信心十足地打開黑門，天哪！到處是一片白，炫得她眼花繚亂。把「白雪」分成兩行，又把「白」字用斜體標出，意思很明顯。它既是指白雪，更是指白人社會。詩題一方面指一九六八年的冬天，另一方面也隱示日子像一千九百六十八個冬天那樣，漫長而難捱。

　　又如下面這首〈裝義腿的黑傷兵〉（作者 Ray Durem）寫的也是美國南方的黑人才會有的獨特經驗：

　　　　大夫，大夫，它很合適。
　　　　但你給我的腿使我心餒。

　　　　大夫，大夫，聽我請求：
　　　　替我換一條假腿。

　　　　我要回到喬治亞老家去。
　　　　這白腿會使白佬們皺眉。

　　　　大夫，大夫，聽我請求：
　　　　我要一條黑假腿。

　　　　　　　　　　　　　　　　一九九八・十・二十九

把自己活活樂死

　　美國最近舉行的各種選舉中，最令人感到意外的，是明尼蘇達州的爆出冷門，選出了一個諢名「身體」（The Body）的摔跤明星為州長。這一方面表示正統的政黨沒留給選民多少選擇的餘地，另一方面，也驗證了一本名叫《把我們自己樂死》（*Amusing Ourselves to Death*）的書中論點。

　　這本出版於八〇年代中期的書，被稱為是二十年來最有遠見的哲學書籍之一，作者是 Neil Postman。他的理論是，美國的公眾生活已成為一個大「秀」。在電視控制一切的時代裡，我們沒有變成消息更靈通的公民，卻變成了極易分心的觀眾。我們必須時時刻刻用身邊的事事物物來娛樂自己。我們痛恨停頓；我們需要在醒著的每一秒鐘裡得到娛樂，否則便把注意力轉移到別處。在這個過程中，我們正努力把自己活活樂死。

　　這位「身體」州長是否能勝任愉快是另一回事，但美國這種「把自己活活樂死」的文化勢將變本加厲，是可預期的。在政治界、體育界、文化界、娛樂界甚至於社會上的每個階層，不管你有沒有才能，只要你能讓大眾開心，得到前所未有的娛樂，你便能成為焦點人物並財源滾滾。克林頓總統緋聞案裡的幾個女主角如此，芝加哥公牛隊裡那位每天噴一個不同髮色、做一些出人意表的動作與花樣的籃球明星如此，甚至一些以別開生面的殺人手法轟動一時的罪犯也是如此。而為了生意經而罔顧社會道德的出版商、電視節目主持人、好萊塢的製片者及導演們，更在那裡推波助瀾。我有一首叫〈明星世界〉的詩，針對的便是這現象：

　　自編自導自演

　　真人真事的

　　肥皂劇

　　每一天

　　從每個角落

　　血淋淋

　　搶著演給

　　好萊塢

　　看

　　這種「把自己活活樂死」的現象，當然不僅限於美國。在美風美雨籠罩下的許多國家與地區，遲早會迎頭趕上，甚至超前。突然想起，明尼蘇達這位新州長的諢名實在起得妙。把「身體」同「政治」掛鉤，竟可為 Body Politic（原意為法人團體、國家、民族）這個古老詞彙套上一個滑稽卻嶄新的意義。試想，如果他當選上台灣的立法委員，還有誰敢在會場上，公然耍什麼肢體動作，對他毛手毛腳嗎？

　　　　　　　　　　　　　　　　　　　一九九八‧十一‧十七

不白又不黑

　　克林頓總統緋聞案的塵埃還沒落定，關於美國開國元勳傑斐遜總統婚外情的新聞，最近也滿天飛來大湊其熱鬧。根據英國科學雜誌《自然》的一篇報告所寫成的新聞報導，研究者發現傑斐遜後裔的血統同他的一個名叫莎莉的黑種女奴的後代相符，多年的傳說終於得到了科學的證實。不僅如此，據說莎莉還是傑斐遜夫人的同父異母姐妹（又是一個白主黑奴的故事），在十三、四歲的年紀便被傑斐遜看上了。有的報紙說，這等於是替克林頓反擊彈劾案提供了彈藥嘛。接著芝加哥郊區也有一位女士出來宣稱她的祖母曾告訴過她，她是華盛頓總統一個私生子的後裔。

　　在奴隸制度盛行的美國南方，那時候這類黑白混血的私生子諒必為數不少。他們的心情與遭遇究竟如何，我們也許可從對美國黑白問題有深切體驗與感受的黑人作家休茲（James Langston Hughes，1902-1967）的作品裡，多少得到瞭解。生於密蘇里州，在林肯大學受教育，一生中寫了五十多本書（包括詩、小說及自傳等）的休茲，用他的作品反映並導引了黑人知識分子的變動心態，是他那個時代裡最具影響力的黑人作家，對美國黑人文學的建立，有很大的貢獻。他寫的這首〈我也歌頌美國〉，表達了當時黑人奴隸們所共有的對現實的憤懣與對未來的憧憬：

> 我也歌頌美國。
> 我是個黑弟兄。
> 他們送我去廚房吃飯
> 當客人來到，
> 我只笑笑，
> 吃得好，
> 長得壯。

明天，
我將坐在餐桌上吃
當客人來到。
沒有人敢
對我說，
「去廚房吃，」
那時候。

何況，
他們將看到我長得多美
而感到羞慚。

我也歌頌美國。

而下面這首〈雜種〉詩，則表達了這些混血兒無所歸屬的徬徨心聲：

我的老爹是個白人
我的老媽黑。
如果我曾咀咒過我的白老爹
我現在把它收回。

如果我曾咀咒過我的黑老媽
希望她下地獄，
我後悔我惡毒的願望
現在我祝她有個好結局。

我的老爹死在一棟巍峨的大廈內
我媽死在一間小屋裡。
我長得不白又不黑，
不知將死於何地？

一九九八‧十一‧二十四

電腦寫作漫談

　　早在七〇年代初期，當電腦的應用還遠遠沒有今天這般普遍發達的時候，我便已在那裡杞人憂天，寫了一首叫〈沉思者〉的短詩：

　　　支著腮
　　　思索
　　　如何
　　　支著腮
　　　看電腦
　　　思索

擔心人們會雙眼發直整天呆坐在電腦螢光幕前面，甚至擔心人腦會有一天進化（或退化）到不思不想的地步。畢竟，好逸惡勞是人類的天性。

　　也許由於這個緣故，再加上我一向沒有趕時髦的習慣，我到很晚才開始使用電腦從事中文寫作。

　　在美國，阿城是我知道的第一個使用中文電腦寫作的作家。在他洛杉磯的寓所裡，佔據大半個長方桌的電腦，是最醒目的陳設。他說他不但用它來寫作，還儲存了大量他正在研究的中國近代史的資料。

　　接著陳若曦也用起中文電腦來了，還不時向我鼓吹它的好處。起初我還以自己寫的短詩沒幾個大字，用電腦未免小題大作為盾牌，堅強抵抗。後來因為翻譯一些小說及篇幅較大的文章，謄起稿來實在費時費力，更嚴重的是右手肘因用筆過度而隱隱作疼，有如打網球者常患的網球肘，只好向潮流屈服。

　　一旦用上，便大有「不可一日無此君」之慨。但我可不願像一些後現代詩人一樣，做一個「電腦詩人」，讓電腦奪去寫作的樂趣。我只讓它當個可靠的助手，替我分門別類存檔保管，並且在我需用的時候，原封不動地交回到我手裡來。偶爾也讓它捧著鏡子，映照我瞬息萬變尚未成形的思緒，讓我在它的螢幕上，好好端詳修飾。儘管如此，更多的時候我還是喜歡拿筆在紙上塗塗劃劃，尤其是寫詩。

　　我這樣做主要是出於方便及習慣，並沒存著替將來的學者提供方便的念頭。但近來在美國，的確有人在為下一代的學者們，特別是那些靠鑽研作家原稿甚至翻撿作家廢紙簍過活的人，擔心飯碗問題。許多當代作家如約翰・厄潑代克（John Updike）、喬伊思・歐茲（Joyce Carol Oates）以及近年因《喜福會》及《灶神娘子》等書走紅的華裔作家譚恩美等，都使用起電腦來了。出版社收到的不再是厚厚的一疊稿件，而是薄薄的一片磁碟。根據一家出版社的統計，該社在一九九〇年有百分之六十的書稿是電腦的產品。其中一些是在電腦上寫成的，有的則是將手寫的定稿輸入電腦。這幾年電腦網路盛行，相信使用電腦的作家一定更多，而他們的許多書稿很可能通過網路，直接輸進出版社編輯桌上的電腦，連小磁碟都免了。

　　電腦的發明如提早個八、九十年，我相信馬克吐溫一定會用電腦寫作。他對新奇的事物一向興趣濃厚。在他那個時代裡，他是率先使用打字機的作家之一。果真如此，那麼幾年前在一個閣樓箱子裡發現的六百六十五頁塗塗抹抹的《頑童歷險記》原稿，大概只剩下清潔溜溜的一小片磁碟，而專門研究文體結構的學者們，便只好望磁碟而興嘆了。對他們來說，作者的手稿是他們的靈感來源。刪改、更動、錯別字，多多益善。如果他們能從一本古典著作的原稿及不同的版本之間找出足夠的矛盾，他們便可旁徵博引地大寫其學術論文，甚至可修訂出一個新的版本來，垂名千古。一九八四年《尤利西斯》（Ulysses）的新版本便是在對照了初版同喬伊思（James Joyce）的手稿，發現錯誤達五千多處之後才決定修訂出版的。

　　當然今天還是會有作家把他們的寫作過程，初稿二稿三稿地保存下來留給後世。但我相信更多的作家會欣然按下消除鍵，把那些可能令他們自己臉紅的亂七八糟的草稿，統統送入電腦的黑洞。

一九九八・十二・二十一

生活在美國

　　幾年前有一個讀者向《芝加哥論壇報》的一位專欄作家訴苦，說他連一件關於美國的好事都想不起來。這位作家不相信美國有這麼糟，便向他的讀者們徵求意見，結果收到了五萬多封信。他後來在他的專欄裡連續選登了一些讀者們列舉的生活在美國的好處。我當時讀了，不知是感到新鮮或什麼的，總之順手把它剪了下來。這兩天整理抽屜，重讀了這兩張沒有日期且已發黃了的剪報，頗有感觸。

　　也許是我住的美國中西部民風比較純樸保守，我認識及印象中的美國人，同好萊塢電影裡描繪的大有出入。他們一般都喜歡接近大自然，對生活都相當踏實執著且容易滿足。一個美麗的夕照，一條潺潺流動的小溪，一杯熱騰騰的咖啡，一本好書，一張舒適的床，小孩們嬉戲的聲音，甚至一個熱水澡，一通電話，都能使他們感到生活的自由、幸福與快樂。下面便是他們認為生活在美國的好處的抽樣：

新生嬰兒的初啼／八月的甜玉米／壁爐竄升的火焰，一缽爆玉米花，以及奧德莉‧赫本的《羅馬假期》錄影帶／夕陽下的密西根119號公路／教文盲識字的義工／寒夜裡一張溫暖的床／給編者寫信／供應貧民湯水的廚房／聖誕夜的唱詩班／西部土風舞／鋪好的路面／免費的戶外演奏／在鄰區公園看棒球或籃球賽／《頑童流浪記》／佛洛斯特的詩／一隻剛孵出來的小鴨子／鏟雪機的駕駛員／911緊急電話系統／新煮的咖啡／剛榨的檸檬汁／威斯康辛州北部空氣的味道／一看到有點不對勁便趕緊跑過來幫忙的鄰居

／老友的電話／熱水澡／在小溪涉水／風鈴／夜裡懶洋洋飄落並改變了院子、村鎮與世界的雪／一個十二歲的男孩用所有積蓄，買了一盒情人節糖果給他的媽媽／到處是高爾夫球場／一朵粉紅色玫瑰／保留給殘障者使用的停車位／星夜在鄉間後院看天，遠離都市燈光／禮拜天早晨，一份報紙和一杯咖啡／警察及救火員靜靜地執行任務／在田納西州納許維爾市的汽車牌照局工作的那位女士，她花了一個多鐘頭把三部汽車混淆的牌照號碼理直，臉上一直帶著微笑／救世軍／街坊派對／聽到你十多歲的小孩說：「媽，我愛妳。」／乾淨的床單／營火／夜光／小孩們玩耍的聲音／在人家家裡或任何地方聚會，談論任何話題／藍空上一隻小蜂鳥／舒適的鞋／車房的舊物大賤賣／在窗內吃早餐看飼鳥器引來紅衣鳳頭鳥／被迎入你孩子的學校教室看他們學習／造給低收入者居住的廉價屋／投票的人／州際公路／少年球隊的「每個人都打打」的哲學／急救病房裡的醫生與護士／一隻迷失的寵物回到主人的懷抱。

一九九八・十二・二十六

經理術

　　經理術講習會的最後一個鐘頭是分組實習。教授把幾部玩具小卡車分給坐在每排最右邊的人，要他們充當貨運公司的經理角色，召集坐在同排的送貨員開會，把公司用盈餘買來的一部新的送貨車，在四十五分鐘內以最公平的方式，依年齡、資歷、舊車情況、業務需要等等，做出決定給最適當的人。公司裡的每個人，連經理在內，各有一部舊卡車，但只有經理的車子同這部新車裝有空調。為了提高興趣，教授宣布，誰贏得了這部新車，誰便可把玩具車帶回家，不必交還。而且，他另外還準備了一部更大更好玩的玩具車，給能力最強、處置最有方的經理。

　　這一來，每個人都磨拳擦掌，眼睛盯著那部製作精巧的玩具車，志在必得。小組會議才開始，便各鼓如簧之舌，爭著把自己應得新車的理由說出。隨著時間的進展，情緒越來越高漲。放眼望去，到處是臉紅脖子粗的人。

　　時間到了，教授要大家回到座位上去。有一兩組還在那裡拖拖拉拉，壓低嗓子爭論。似乎可憐的經理正前後左右為難，無法擺平。

　　那些當經理的依次報告開會的結果：有把新車給年資最高的，給年紀最大的，給車子最破爛的，給老板的小舅子的，給大主顧的侄子的，給黑人的，給女的，不一而足。大多數的人都怒容滿面，只有少數幾個臉上掛著勝利的微笑。其中笑得最得意的，是那個叫麥克的傢伙。他到最後一分鐘才露面。當教授問他開會的結果時，他說他一直待在廁所裡打瞌睡，根本就沒召開什麼鬼打架的會議。問他那麼他到底把新車給了誰，他喜孜孜地回答：「我給了我自己！」

　　當教授把那部更大更好玩的玩具車給他的時候，我們都不約而同地捏起拳頭喊打。

　　　　　　　　　　　　　　　　　　　　　二〇〇一‧十二‧二十一

美國推銷員

　　在我來到美國之前，便已久聞美國推銷員之名。有個笑話說，要是你不當心，一個有經驗的美國推銷員會說動你為自己買下一副太陽眼鏡，即使你是個瞎子。我的一位大學老教授，早年在美國留過學，不止一次地在班上告訴我們當年他如何用在餐館裡打了六個月的工辛辛苦苦賺來的錢，買了一部老爺車的故事。他說他明明知道那部車子有毛病，卻不知怎地讓推銷員天花亂墜的說詞說動了，終於心甘情願地掏出腰包買下了那部開出停車場、卻開不到他住的公寓的老爺車。在他說這故事的時候，並沒顯出絲毫惱恨的表情。相反地，我們幾乎能從他的語氣裡感到一種欽服之情。

　　許多年以後，我自己的經驗似乎印證了他對美國推銷員的推崇。那天我同之群在一個購物中心閒逛。突然她在一個櫥窗裡看到一套她喜歡的男用西裝，便不由分說地把我拉了進去。在試穿的時候，我對之群說我雖然很喜歡這套西裝的款式和顏色，但腋下有股緊迫的感覺。我問站在旁邊的店員它是否嫌小了些。他說一點也不，它非常合身。我告訴他腋下有點緊。為了加強語氣，我深深地彎下腰去，說：「看哪！這裡很緊」，卻不料他冷冷拋來一句：「你彎下腰去幹什麼呢？」看到我張口結舌的樣子，他才慢悠悠地說：「你不會穿這麼一套昂貴的西裝去搬運重物吧？即使你真要彎下腰去搬東西，也該先把上裝脫掉呀！」之群知道我一向不肯花錢在自己身上，以為我又在製造藉口，便不停地慫恿，直到我買下為止。

　　每次當我穿上這套緊身衣，我總會自然而然地想起那位老教授，以及他那部開不回公寓的老爺車。

二○○一‧十二‧二十一

非馬畫作：裸女，20.3×25.4 cm，油畫，2001年。

當晚霞滿天

　　每次看到一位打扮得花紅柳綠的美國老太太招搖過市，我總在心裡頭想，區別中西文化，大概沒有比這更鮮明的例子了。

　　我記憶中的東方婦女，一上了年紀，大多穿著樸素，很少有大紅大綠搽脂抹粉的，更不用提那些守寡的了。離開台灣那麼久，我不知在這方面是否同別的變化一樣大。但我相信，再怎麼變化，台灣老年人的情況，同我最近讀到的一篇關於美國佛羅里達州一些退休社區的有趣報導，大概仍有相當的距離吧？

　　由於平均壽命的差異，在美國，七十五歲的男女比例是一比四。許多失偶的男士們，即使在中學時代受到女同學們的冷遇，到了七、八十歲的年紀，卻時來運轉，在這些退休社區裡成為單身女士們爭奪的對象。文章說今年八十五歲、兩度當寡婦的蘇菲亞，不久前在報上登廣告，找六十五到七十五歲的伴侶，結果有不少男士來應徵。只是在首次會面之後，這些男士們都打了退堂鼓。似乎他們也想要找比自己年輕的伴侶。雖然原來有一頭金髮的蘇菲亞，每天仍按時上健身房，看起來只有七十五歲的模樣。她同其他單身女性共有的一個悲嘆是，所有的好男人不是被搶走，便是死了。

　　所有遷入退休社區的夫妻，在配偶去世後，多半為了友誼、溫存以及性的需要，而投入尋伴活動。但在與同一個男人或女人結婚長達半個世紀以後，去同另一個人約會，確不是一樁易事。南佛羅里達州有一家替人刊登尋伴廣告的報紙，便經常有一些緊張的讀者來電話詢問：他們該說些什麼？他們該如何舉措？什麼時候他們一起上床？

　　七十九歲的肯尼茲是個退休的修水管工人，五年前在他的妻子去世後不久，走進了這家報社。「我當時很尷尬，」他回憶說，「竟當著他們的面哭了起來。我似乎感到對我的妻子不忠實。」但他還是在報上登了個廣告，簡單地敘述自己是個鰥居的男性，七十多歲，想找一個喜歡玩賓果遊戲及短程旅行的伴侶。結果他得到了五十七個回應。

　　雖然男人在選擇上佔有優勢，但也並非絕對。一旦他失掉了駕駛執照，或健康，這優勢便也隨著消失。在這裡沒有人搭公共汽車去赴約會，更沒有人願意在一年半載之後便得負起照料對方的責任。

　　隨著醫療的進步，老年人口將逐年增加。如何解決隨之而來的社會問題，相信台灣、香港以及大陸等地區也都遲早要面對。至於這些地方的高齡女士們，在離開兒女獨居以後，是否也會像美國的老太太們一樣，因耐不住寂寞而把自己打扮得花枝招展去吸引異性，只有等時間來說明了。

　　　　　　　　　　　　　　　　　　一九九九・一・三

大雪的日子

　　今年冬天芝加哥的天氣相當反常，前些日子人們還穿著單衣在戶外活動，這幾天卻遭遇到三十多年來最大的一次暴風雪。迎風的陽台上出現了一個有五、六尺高的小雪丘，落地窗也有一半埋在雪下。由於最近幾年的冬天都很暖和，雪也下得不多，所以當電視裡一再發出暴風雪的預警，我們雖沒把它們當耳邊風，卻也不夠警覺。等雪真的下來了，才想起汽車油箱裡的汽油所剩無幾，鏟雪機也還沒送去作例行檢查，連手用的鏟雪工具也不足。好在是新年假期，用不著出門，可好整以暇地來對付車道上那兩三呎高的積雪。何況風勢強勁，鏟過之後不久又會被雪鋪滿，等於做虛功。

　　但左鄰右舍的大人小孩們都已紛紛出動，看樣子我們也不好不自掃門前雪，而且經驗告訴我們，讓積雪堆壓成冰，鏟起來將更費勁。花了兩三個鐘頭的時間在刺骨的冷風裡連推帶鏟，我們終於把車道清出一條小巷來。而一直發不動的鏟雪機，這時大概也覺得不好意思，突然發動了起來，幫我們把車道上剩餘的積雪清除。我們的臉都凍得通紅，鼻孔呼出的霧水在我的眼鏡上結成一層白冰，而汗水卻濕透了我的內衣。放下工具，看著開闊的車道以及兩旁高高堆起的白雪堤岸，我們都滿意地笑了。

　　前一次的芝加哥大風雪是在一九七九年一月，一連下了十天，達三十四吋之多，街道的兩旁堆著比人還高的雪。我記得風雪過後有相當長的一段時間，每部汽車的天線上都高高紮著紅布條，以便車子在街口交會時讓對方看到。也是那一次，本來有望連任的芝加哥市長，因積雪

使整個公共交通系統混亂癱瘓並使旁街多日無法通行，而被選民轟下了台。從那次以後，在位的市長無不提心吊膽，一聽到有大風雪的預報，便早早做好準備：清掃街道，關閉學校，為無家可歸者預備好足夠的床位等等。這其實也是民主政治的基本功用：讓選出來的公僕們兢兢業業於公眾的福祉，不致顢頇自用。這次大風雪過後才兩三天，日夜出動的鏟雪車已清理了大部分的街道，公路也都暢通無阻，而公共汽車及火車雖有誤點卻大多能照常行駛。這樣的效率實在令人讚嘆。

關於雪，我曾寫過不少詩。這首寫於一九九七年的〈春雪〉：

愛做夢的你
此刻想必嘴邊漾著甜笑
我臨窗佇立
看白雪
在你夢中飛舞迴旋

真想撥通越洋電話
把話筒舉向窗外的天空
讓夢中的你也聽聽
氤氤氳氳
雪花飄盪的聲音

記錄我在窗邊看雪懷念遠方友人的心境，在寒冷中透著舒適的暖意。

一九九九‧一‧四

鏟雪少年何處覓

　　記得三十年前我們初到芝加哥的時候，每次大雪過後，總有年輕人拿著雪鏟上門，問需不需要人幫忙鏟雪。每次我都笑著婉謝。這次芝加哥遭遇到三十多年來最大的一次風雪，鏟著高可沒膝的積雪，我一邊惦念著住在幾條街外的一位朋友，不久前他才因心臟病開刀，不知此刻有沒有找到人幫他鏟雪。猛然想起，已經有好幾年沒看到那些肩挑雪鏟沿門找工作的年輕人了。

　　這兩天湊巧讀到《芝加哥論壇報》上一篇關於今年大風雪的報導，談論的正是這椿事。根據兩位記者到各社區的專訪所得反應，一般人都認為今天的年輕人太懶散了。一位五十六歲的公共工程技工說：「年輕人不想工作，他們手上有太多他們父母給的錢。」一位三十七歲的工人上個週末看到對街一個年輕人在玩摩托雪橇，而他卻在那裡掙扎著替這位年輕人的老祖父清除車道。「真有點可悲。」他搖著頭嘆息。而一位七十二歲的老寡婦說因為沒有年輕人來敲門，她只好每次花五十元找職業庭園服務公司的人來替她鏟雪。

　　事實上，在零用錢多多、工作到處是的郊區，拿著雪鏟挨門逐戶去替人家鏟雪賺錢，這樣的念頭在今天的年輕人看來，多少有點天方夜譚。「大部分的小孩都有了他們所需要的東西，」剛同男友逛完購物中心、在麥當勞歇腳的一位十七歲的女孩子說，「我不想同意大人們說的年輕人不願多做工的話，但那是事實。他們寧可在暖和的商店裡工作。」在另一個郊區的商場內，兩個十六歲的男孩在追逐女孩。問他們

為什麼不利用學校停課的時間去鏟鏟雪，既可賺點外快又可得些運動並消磨時間？「我們很懶，我完全承認，」其中的一個咯咯地笑著說。

當然還是有例外。一個十七歲的小孩說他整個週末都在替人家鏟雪。他的推銷廣告詞很簡單：「要不要我替你鏟雪？外頭很冷呢。」他說他共賺了九百元。

實幹苦幹的創業精神拓造了個人與國家的財富，但富裕的一代往往也容易養成好逸惡勞的下一代。我常想，日本近年來的經濟不景氣，是否同它嬌生慣養的年輕一代有關？至少，在亞運或世運上，我們已見不到日本當年叱吒風雲的氣勢。沒有多少個年輕人肯犧牲安逸的生活，去接受一個運動員所必經的艱苦訓練過程。

由於美國是一個開放多元的社會，我想在可見的未來，也許不會像日本一樣，走上盛極而微的困境。它的自由與兼容並蓄的寬鬆環境，吸引了來自世界各地的人才。從頂尖的科技工作者，到主要來自墨西哥的廉價勞工，都成了它的新血。

忽然想，上面提到的那位賺了九百元的年輕人，會不會是來自一個新移民的家庭？

一九九九‧一‧九

蠢蠢欲動的千年蟲

　　新年才過，便已有人在那裡為下一個新年倒數了。

　　下一個新年之所以引起人們那麼大的興趣與關注，有幾個原因。首先，新的一千年開始，當然是一個「千載難逢」的機會。其次，有人根據聖經《啟示錄》所載，認為世界末日前耶穌復臨（Second Coming）並親自治理世界一千年，也將發生在這一天。更重要的，是人類為自己製造出來的千年蟲（Y2K Bug，更準確地說，是二千年蟲）的「定時炸彈」，將在這一天的零時爆發。那是因為短視的電腦程式設計家沒想到他們在一、二十年前寫的軟件會沿用到今天。為了節省篇幅及存儲空間，他們只使用年度的最後兩個數字。在公元二〇〇〇年的一月一日，所有使用那個數據系統的電腦，將以〇〇來代表那一年，而把它解釋成一九〇〇年。

　　許多國家，特別是美國和英國，已經投入了大量的人力、金錢及時間來試圖修正這個嚴重的問題。不久前克林頓總統向美國人民保證，社會安全局已殲滅了千年蟲，社安支票的發放不會因為它而耽誤一天，退休人士大可放心，云云。

　　但還是有不少的人在擔心，如果公營企業、銀行和其它機構不能如期解決這個問題，屆時將導致諸如電訊、交通、水電供應、飛航管制和金融系統等的混亂，甚至停擺。也有人在警告，全球的防衛與國防系統可能發生危機。特別是那些情勢緊張對峙的敏感地區，預警系統可能受到干擾，甚至導致不幸。在一個電視節目裡，我看到一位千年蟲專家說他計畫在他的家中裝設一台發電機及燒柴的壁爐，並儲存現款及罐頭食物。他說他寧可有備無患，即使會被人笑話他在杞人憂天。

　　但許多人對親身經歷這個千載難逢的日子更感興趣。他們已在那些先得日如澳洲等地區訂好了旅館或買了遊艇的票，等著迎接新紀元。

　　且慢！我聽到《2001：太空流浪記》的作者克拉克（Arthur C. Clarke）在那裡大聲疾問：難道沒有人懂得計數了嗎？西曆既然是從公元一年而不是零年算起，二十一世紀及第三個千禧年不是該從二〇〇一年一月一日才開始嗎？你們急個什麼勁啊！

　　由於地球越走越慢，巴黎的國際地球運轉服務中央局曾在一九九五年尾加了一個額外的「閏秒」，我曾寫了下面這首〈一九九五年尾〉的詩表達我的興奮之情：

　　　望著地球母親

　　　越走越蹣跚的腳步

　　　他把驪歌的尾音

　　　幽幽拖長

　　　一邊把整整的

　　　一秒

　　　沉沉交到

　　　揮霍殆盡的浪子手裡

　　　看他又哭又笑

　　　緊緊握住

　　　這天外飛來的橫財

　　現在頭腦清醒的克拉克先生竟額外地給了我們整整的一年，教我們這些時間的浪子，如何能不欣喜欲狂呢！

　　　　　　　　　　　　　　　　　　　　　一九九九・一・九

非馬畫作：醉漢，12.7×17.8 cm，丙烯，2006年。

吃喝脫拉在巴黎

　　一到巴黎，我們很快便把地鐵的路線摸清楚，然後按地圖去逛了羅浮宮及其它的名勝，相當方便。只是忘了帶一本法文字典在身邊，也沒想到事先去學幾句法語。到飯店吃飯因此成了一種冒險，在一陣指手畫腳之後，不知端出來的會是什麼菜色。有一個晚上我們四個人一起去街上找地方吃飯，路過一個海鮮飯館。為了招徠客人，他們在路邊的玻璃冰櫃裡擺滿了大大小小的龍蝦螃蟹蛤蚌及魚蝦等等，看得我垂涎欲滴，櫃台邊站著的法國年輕廚師又在那裡打躬作揖拉我們，天又下雨，便打消去找中國飯店的念頭，走了進去。坐在點著照明兼取暖用的火炬的街頭雅座，我們對著手中五花八門的法文菜單發呆。好心的小廚師大概看出了我們的困境，便用他那極有限的英語建議我們點一個合一百美元左右的大拼盤，再加上一瓶葡萄酒。我們想這樣也好，省得單獨點，而且每樣東西都有機會嚐嚐。點了菜，小廚師馬上便捲起袖子忙碌起來，像一個藝術家般，用一個兩層的大盤子把各式海鮮切開排好，然後在它們上面堆滿了冰。蒸海鮮還要堆冰？一想不對勁，莫非要我們在這又冷又濕的晚上吃生冷的海鮮？趕緊叫停，把會說英語的經理找來，告訴他我們要吃蒸熱的。經理面有難色，但看到我們有站起來走路的可能，便說好吧，但生蠔得分開處理。我們說把生蠔也用開水燙燙吧，他斬釘截鐵地說「No！」，只好將就。等了約半個時辰，蒸好的海鮮終於端出來了。小廚師馬上又捲起袖子，以藝術家的姿態，把熱騰騰的海鮮分門別類地切開擺好，然後又往它們上面堆冰！老天爺！我說算了，別打斷他的藝術創作，就吃冰的吧。那頓晚餐，至少對我這老饕來說，還算不

錯，特別是那隻齒隙留香的螃蟹以及那些久違了的田螺。至於那些生
蠔，在葡萄美酒的護送下，溜滑進食道的那股味道，也不如想像中那麼
難以下嚥。只是朋友的太太，大概對其中的某樣東西過敏，那個晚上全
身發了紅疹塊，過了好幾天才完全消失。

　　法國到處種植葡萄，葡萄酒是法國人的家常飲料，也是最主要的
出口產品之一。比起苦藥般的咖啡甚至礦泉水來，葡萄酒真是又好喝又
便宜。我本來以為自己對紅葡萄酒過敏，幾天喝下來，居然什麼事都沒
有，不免開懷暢飲起來。每次宴席上供應的葡萄酒，不論紅的白的，都
被我們（其實多半是我）喝得點滴不剩。法國人真是個會享受的民族，
許多商店在中午時分都高高掛起打烊的牌子。問導遊，說是主人同店員
一起吃午飯喝葡萄酒去了。這種現象在分秒必爭的美國，簡直不可思
議。而他們平時的工作效率，也遠遠比不上美國。店員們可以一邊慢吞
吞招呼客人一邊同旁邊的人大聊其天。但就是這樣一個懶散悠閒的民
族，對守法的事卻是一點都不苟且馬虎。一次我們逛了美術館出來，口
乾舌燥，到附近一個小吃店想買瓶啤酒喝喝。店員說不行，除非你買了
到外頭去喝。我們不明白究竟是怎麼回事，但知道店員的英文程度，問
了也是白問，便改買可口可樂了事。後來在旅遊途中，也碰上同樣的情
形。問導遊，才知道法律規定，不買熱食便不准買酒，怕空肚子喝了會
醉，特別是在公路上開車。

　　香榭大道車水馬龍，夜景尤其誘人。十多年前我們第一次到巴黎
時，曾到街頭擠熱鬧，可惜這次沒時間去漫步其間。有一個晚上旅遊團安
排集體去一個夜總會吃飯看秀。上空的女郎給人美感，不像拉斯維加斯的
火辣性感。在法國街頭，裸體與性的暗示到處可見，卻予人乾淨純潔、理
所當然的正常感覺。這當然同它們不低俗的呈現方式有關。我問導遊為什
麼不去有名的紅磨坊？他說紅磨坊已變得國際化，失去了法國的特色。

　　其實在許多其它方面，法國的特色也已日漸稀微。從前在法國飯店
裡，侍者是不會讓你為牛排點白酒，也不會讓紅酒去配你的海鮮餐的。
但現在聽說他們已較能容忍，不太斤斤計較。雖然那位海鮮飯店經理仍
堅持原則，不肯為我們煮生蠔。

　　十多年前在巴黎逛街，最大的困擾是找地方方便。當然可以上大百貨公司，但找起來不是那麼容易，特別是上午許多商店還沒開門的時候。街頭到處有的咖啡店或酒吧是遊客們最常光顧的地方，但也有它的麻煩。光用洗手間不買一杯喝喝似乎有點說不過去，只是喝了之後又得找地方方便。這次看到一些街頭設有富麗堂皇乾淨衛生的洗手間，花幾個銅板便能解決問題，實在方便。

　　巴黎人養狗的大概不少，他們對狗的態度也似乎與美國不同。狗隻在街上亂跑不說，連商店酒吧也進出自由。十一月的巴黎天氣陰冷，走在街上，一不小心便可能踩到狗屎，確實令人不快。我問導游為什麼不立法要求狗主清除。他說那會引起革命的。然後他半開玩笑地問：我們都不想上斷頭台，不是嗎？

　　　　　　　　　　　　　　　　　　　　二〇〇〇・十一

單人戲院

　　獨樂不如眾樂！我的朋友看到我一個人對著電腦螢幕發笑，在我背後猛叫了一聲，把我嚇了一跳。

　　我正在閱讀網路上一則新聞報導，說由於電腦集成電路片的進步，未來的廠商將以個人為消費對象。他們將能配合每個人的喜好，而提供只給一個人使用的產品或服務。

　　這使我想起去年夏天，一個人到芝加哥城內一個電影院看電影的情景。整個電影院，連我在內一共只有五個人。當我環顧那個有高高在上的包廂、一千兩百個舒適座位的電影院時，竟興起了一種蒼涼寂寞的感覺。

　　那個電影院的前身是芝加哥的一個有名的劇場。在歌舞劇及舞台劇鼎盛的時期，聽說是人們碰面聚會的社交場所，經常座無虛席，一票難求。曾幾何時，電影的興起，搶走了大部分的觀眾，使得它不得不順應潮流，改裝成電影院。但隨著社會的多元化，人們的興趣越分越細密——雜誌不再以大眾為對象，而是針對某一個特殊的階層或群體，電影的對象也越來越小眾化。在這種環境下，只有單一銀幕的電影院，註定要讓位給那些擁有多個小電影場、可同時放映各種不同影片的大型電影廳。一家男女老少可一起走進大廳，然後分道揚鑣、各尋各的娛樂與消遣。而花樣繁多的有線電視、錄影帶、影碟、電腦網路等新媒介的普及，每天24小時把許多剛殺青的首輪影片直接送到電視或電腦的螢光幕上，更迫使許多電影院紛紛關門大吉。這是大勢所趨，誰也無法阻擋。而那間由劇場改成的電影院也終於在幾個月前關了門。

　　在這個鬧哄哄的時代，人們已慣於把曲高和寡的精緻藝術如詩歌及古典音樂等，劃入小眾文化的範疇。但當提供娛樂的戲院或電影院裡也只剩下你一個觀眾，迴響在偌大空間裡的，只是你自己一個人孤掌難鳴的笑聲時，這個世界便顯得有點空虛寂寞了。

　　獨樂不如眾樂！我的朋友在我背後的猛然一喝，確實讓我驚出了一身冷汗。

二〇〇一‧二‧二十

非馬畫作：靜物，40.6×50.8 cm，混合材料，1990年。

惡人勿讀

　　他做了一個噩夢，夢見他那本剛出版的詩集成了暢銷書。不但眼神迷離淚光閃爍的中學女生們人手一冊在那裡呢呢喃喃捧讀，連軍人早晚讀訓都以它為指定教材。它甚至成了送禮的佳品及搶手貨。一個向高官們行賄的富商便一下子買了滿滿的兩大箱。而政府也編列了預算，要給監獄裡的每個犯人都分發一冊。然後他在一個政見發表會上聽到一個候選人在那裡力竭聲嘶地朗誦他的一段詩，使他冒出一身冷汗而終於驚醒了過來。

　　從前他無論如何不會做這樣子的怪夢。恰恰相反，無論是下意識或上意識，他都在巴望著自己的詩集能有一天被擺上連鎖書店的暢銷書架。那裡，長久以來是命相書、股票書、勵志書及八卦書的天下。雖然他也許不至於（也花不起）自掏腰包買下一大批自己的書，製造暢銷的假象好擠上排行榜，像傳聞中的一位有錢的女詩人一樣。但不可否認的，他希望能多有幾個讀者來買他的書，讓好心的出版商不致太血本無歸。

　　但最近的兩樁新聞多少改變了他的想法。頭一樁是關於奧克拉荷馬市聯邦大廈爆炸案的恐怖份子提莫西・麥維。他在臨刑前發表的書面遺言裡，引用了十九世紀英國詩人威廉・亨利（William Ernest Henley）的一首名叫〈Invictus〉（拉丁文，意為不屈不撓，不可征服）的詩。顯然他想用這首膾炙人口的詩，特別是最後兩行：「我是我命運的主宰／我是我靈魂的船長」，來表達他的「英雄氣概」，或為自己壯膽撐腰。

　　生於一八四九年的亨利，一生中忍受著病痛的折磨。結核性關節炎使他四肢癱瘓，一次左腿不成功的切除手術更使他長期受罪。但他憑著非凡的意志力及道德勇氣，頑強地同命運搏鬥。因此有理由相信，亨利

對自己這首發表於一八七五年的詩，被一個殺害一百六十八條無辜的生命、至死不悔過的冷血兇手所沾污歪曲，地下有知，一定會輾轉反側。

這幾天，另一樁發生在以色列的新聞，也多少讓他對「有教無類」這一古訓的智慧產生懷疑。芝加哥交響樂團的指揮、在以色列長大並持有以色列護照的猶太裔貝倫波牟（Daniel Barenboim），最近應邀在耶路撒冷的以色列慶典上，指揮一個德國交響樂團的演出。本來節目上排有德國作曲家瓦格納（Richard Wagner）的一首歌劇音樂，但由於瓦格納的音樂曾受在他死後五十年崛起的希特勒的特別喜愛，被納粹用作文宣工具，並經常在集中營裡播放，他的音樂因此引起了猶太倖存者的強烈反感，在以色列境內被非正式地長期禁演。為了避免麻煩，主辦單位決定取消該曲目。一心一意想讓瓦格納的音樂在以色列重見天日的貝倫波牟，只好勉強同意。

本來一件作品發表後，便進入了公共領域，誰讀誰聽或如何讀如何聽，只要不侵犯到作品的版權，作者是無權置喙也無力干涉過問的。他最多只能希望，那些殺人放火、無惡不作的壞人們能高抬貴手、網開一面，別糟蹋扭曲他的作品罷了。

但他隨即對自己的過慮，啞然失笑了起來。且不去說他敝帚自珍得近乎自我膨脹，目下的現實是，好人讀詩的已經不多了，遑論那些整天忙著做壞事的壞人。我這不是杞人憂天麼？他笑著安慰自己。

後記

貝倫波牟後來還是忍不住在演奏會結束前，轉身用希伯來語問聽眾要不要聽聽瓦格納的音樂，引發了一場長達半小時的激辯，最後在大多數聽眾的認可，而少數反對者憤然退場後，樂團演奏了瓦格納的一首歌劇序曲，得到了全場聽眾的起立及熱烈歡呼鼓掌。

秉著藝術良心，貝倫波牟勇敢地站出來捍衛藝術的完整與尊嚴，並把事情交付聽眾討論表決，這樣的胸懷及民主場面，當然不可能在納粹德國出現。只是，生前有強烈反猶太傾向的瓦格納，是否願意自己的作品在這種場合裡演出，也只有天知道。

二○○一・七・十一

雪花與煤灰齊飛的日子

　　早年在台灣沒見過雪，只偶爾從有異國情調的小說或童話裡讀到，或從一些電影裡看到雪的影子，不免對雪充滿了神秘的想像與嚮往。一九六一年到美國留學，在中西部的密爾瓦基城首次見到了雪摸到了雪，當時的興奮之情，多少可從我寫的這首〈雪仗〉詩中看出：

> 隨著一聲歡呼
> 一個滾圓的雪球
> 瑯瑯向妳
> 飛去
>
> 竟不偏不倚
> 落在妳
> 含苞待放的
> 笑靨上

詩中的「妳」是與我幾乎同時到馬開大學唸書、後來成為我妻子的之群。密爾瓦基城在芝加哥北邊不遠，開車才一兩個鐘頭，但記憶中那裡的冬天似乎比素有風城之稱的芝加哥冷得多，風刮在耳朵上，比刀還利。當然也可能是因為那時候我們身上還殘存著亞熱帶的熱氣，驟然同北國的冰雪一碰撞，感覺特別敏銳的緣故。而屬於教會的馬開大學當時的校風相當保守，對學生的衣著有它一套要求，女生只能穿裙子不許穿

長褲。從宿舍到教室短短幾個街口，中途還有幾個可避風暖身的藥房和商店，之群那兩節介於裙子與長襪之間的膝蓋，仍被凍得紅彤彤，讓在戀愛中的我，頻呼我見猶憐。

馬開大學雖是教會學校，我們兩人也都拿了學校的獎學金，但開明的校方從沒要我們上過一堂關於宗教的課，更沒要我們入教。我認識的美國同學似乎也大多不是教徒，至少他們沒同我提起過。校園裡有一座大教堂，但我們從沒進去做過禮拜。除了偶爾抬頭看看它上面的大時鐘所指示的時間外，只有在鐘聲突然鳴響，高聳塔尖的十字架上的積雪紛紛下墜時，才吸引了我們的眼睛。但在我的記憶中，它的存在卻是同我們那段快樂的時光緊密結合在一起的。多年後我寫一首叫〈冬天的行板〉的詩時，寫到最後一節：

> 當鐘聲在晚風裡
> 靜靜點燃
> 明明滅滅的星星
> 天空成了教堂
> 肅穆而莊嚴

浮現心頭的，便是那座教堂。

當時在馬開大學唸書的華裔留學生，多來自台灣及香港。男多女少的十幾個人，在異國相濡以沫，相互扶助，週末假日經常結伴郊遊，或擠在公寓裡聊天。特別是在風雪交加的日子，一群人圍著熱氣騰騰的火鍋吃飯吹牛懷舊，是相當溫馨的場面。理工科的同學大多有獎學金，雖然每月才一百多美元，節省一點也還可勉強湊合，無需花時間去打工賺錢。那時候除了一位攻讀政治學位的同學外，我們都是單身。這位同學的太太燒得一手好菜，夫婦倆又熱心好客，他們相當高級舒適的公寓便成了同學們的活動中心。而我為了省錢，同三位比我早一兩年從台灣來的同學，在學校附近合租了一棟老房子的二樓，兩人一個房間。房租很便宜，每月每人才三十多元，只是房子太過古老，走在地板上嘎嘎作

響有如危樓，燒煤的暖氣設備更是簡陋，我記得冬天早晨醒來，鼻孔裡黑黑的全是煤灰。那年頭根本不知道房客有甚麼權益，只知自求多福，用一件破汗衫蓋住暖氣出口，過濾過濾了事。更可怕的是廚房裡燒飯的煤氣爐一打開，躲在裡面的蟑螂便傾巢而出四處奔竄，每次都讓我頭皮發麻。那時候的雞又肥又便宜，每隻只要幾毛錢，同房間的同學胃口奇佳，每天下課後順路從超市買回來一隻白白嫩嫩的肥雞，用白水煮，除食鹽外不加任何作料，赤裸裸的雞味瀰漫全屋，特別在門窗緊閉的冬日。他每次都吃得津津有味，我卻有好幾年一聞到雞味就反胃。

　　一九六三年夏天拿到碩士學位後，我到密爾瓦基城郊的一家大公司從事核能發電廠的設計工作，在離公司不遠處租了間公寓。六〇年代的美國還相當樸實，許多人家還在院子裡晾晒衣物。那時我們已結婚，之群懷孕行動不便，出大太陽的週末我常幫她端著簍子到院子裡去晾晒洗好的衣物，覺得這種舉手之勞沒什麼大不了。偶然聽到一位鄰居太太指指點點對她的卡車司機丈夫嘮叨：「你看人家丈夫多勤快！」也沒太在意。

　　十二月的一個寒夜，刺骨的冷風把停車場上的許多汽車都凍得斷了氣。第二天早晨附近的加油站忙得不可開交，到處是找他們發動車子的顧客。那天早上我剛好有一個重要的會議，給加油站連打了好幾個電話都打不通，正不知該怎麼辦才好，這位卡車司機老兄大概看到了機會，問我要不要他用卡車推我的車子，試試以土法發動。我感激地一口答應了。上了車還沒坐穩，他的卡車便猛然加速，頂著我的車子在一條高出地面好幾尺、還殘留著冰雪的馬路上狂奔起來。路面很滑，車子根本不聽控制，更不能踩剎車，只有雙手緊緊握住方向盤，眼睜睜看著兩旁的樹木直直向後飛逝，不知什麼時候會衝下溝去，任我怎麼大叫他都聽不見，或故意聽不見。這樣過了長長如一世紀其實也只不過幾十秒鐘的時間，他大概把一向受太太嘮叨的氣洩光了，才鬆開油門停了下來。我已不記得當時車子是否發動了，但這幕緊張如恐怖電影裡的飛車鏡頭，一直深印在我冰雪的記憶裡。當然這事也只能怪自己太健忘，沒記住在台灣課堂上聽到的一樁類似的惡作劇。教我們汽車原理的兼職教授是一位運輸軍官，經常開著吉普車到處跑。有一天在一條窄路上，一輛三輪車

擋在他前面，任他怎麼按喇叭，都不理不睬不肯讓路，他一氣之下用吉普車頂著它在路上飛馳起來，直到氣消了才放鬆油門。「當我一邊超車一邊轉過頭去看那三輪車夫，」他對我們說，眼裡閃著頑童惡作劇的得意，「那才叫面無人色哪！」

在台灣時曾讀到美國詩人艾略特在他的名詩〈荒原〉裡的詩句：「冬天為我們保暖／覆蓋大地以健忘的雪。」心想它大概同李白的「白髮三千丈」一樣，都是詩人豐富的想像，當不了真。冷冰冰的雪怎麼可能為我們保暖？在同雪打過多年交道以後，特別是在風和日麗的日子裡，那些又厚又輕又柔又白的新雪，可愛得就像我在〈裝置藝術〉一詩中所說的：「引誘一雙天真的腳／去踩去沒膝去驚呼去笑成一團」。在開闊的野地上越野滑雪，更令人頭頂直冒熱氣，一點都不覺得冷。倒是有一年冬天我回到沒有雪的台灣，連綿的雨季裡那種又濕又冷的感覺，滲入骨髓，使我寫下了下面這些詩句：

忘了冬天
曾是這麼冷
這麼風濕
每個記憶的關節
都在
隱隱作痛

覺得艾略特的話一點都不誇張。在北風狂嘯、氣溫劇降的時候，積雪覆蓋下的一些動植物，因雪中大量氣泡的絕緣保護，而不致被活活凍死。

這幾年也許是地球氣候轉暖的關係，冬天似乎越來越暖和，雪也下得比記憶中的少。而冬天燒煤取暖更幾乎已絕了跡。不久前同兩個兒子談起當年在密爾瓦基城所過的雪花與煤灰齊飛的日子，他們都笑我又在那裡編造憶苦思甜的故事。我說我這可是在憶甘思甜。在那些年輕且充滿對未來憧憬的歲月裡，許多本來是苦的東西，現在咀嚼起來，竟都帶點甘味，如青澀的橄欖。

二○○七‧十‧九

話說爛臭之後

　　小時候，讀到《三國演義》開宗明義的「話說天下大勢，分久必合，合久必分」，以為只是對歷史事實的一個簡單歸納與敘述。隨著年齡的增長，才發現它所隱含的「物極則反」的觀念，對社會心理的影響既深且鉅。表現在我們日常生活裡的聽天由命甚至逆來順受的種種消極心態（看你能橫行到幾時！），怕都多少同它有關。

　　在台灣，多年來我們看到工業污染日益嚴重，社會上功利思想瀰漫，色情暴力泛濫，文化被物化、商品化、庸俗化。而我們聽到的，卻是「轉型期不可避免的現象」，「後現代症候」以及諸如此類的辯解。有一年我回台北，親耳聽到一位也在台北的旅美詩人提到有人批評台灣的空氣污染嚴重，連台北西門町下的雨都是黑的。他說：「So What！黑雨又有什麼不好？」而另一位台北詩人則說：「我們不都長得白白胖胖的？」雖然也有人知道問題嚴重，但總以為船到橋頭自然直，而且個人的能力有限，擔心也沒用。

　　最近讀到《香港文學》上潘耀明先生寫的一篇談到世紀末的華人文化的文章，文中引用了我一向敬愛的作家朋友阿城的幾句話：

> 許多人擔心，世俗的空間越來越大，終必泛濫成災，達到不可收拾的地步，我的想法是，泛濫好啊，爛臭了之後，其他的東西才會收，才會達到生態的平衡，這其中會有自然調整，人為的干預反而適得其反。

　　我寧可相信熟讀歷史的阿城說這些話是出於一時的悲憤和對現狀的無可奈何，而不是真有一切從頭來起的消極念頭。由徹底破壞而達到新的生態平衡，將是漫長且代價高昂。也許我們可用近年來一些有心人士對拯救熱帶雨林的呼籲來作例子。如果我們坐視對雨林的繼續濫伐與破壞，則將來達到的，必不是我們所希望看到的生態平衡（死態平衡？）。我想不出有什麼理由我們不能同時進行經濟及文化的建設，正如我們沒有理由不能一邊發展工業一邊防治污染一樣。過去許多發展工業的國家（包括日本及台灣在內），在工業化過程中忽略了適當的環境保護，只一心一意想把經濟搞起來再說。結果雖付出了多倍的代價去治理本可預防的環境污染，卻無法完全彌補對環境所造成的永久性傷害，這應該是最好的歷史教訓。最低限度，在把經濟搞好的同時，不該讓文化去自生自滅去爛掉、去全盤崩潰。重建一個靈性價值觀蕩然無存的社會即使不是不可能，也是事倍功半。

　　這幾年大陸社會受市場經濟大潮的衝擊，大有全民皆商之勢。但一個社會裡不可能每個機構都去做生意每個人都去賺錢，總得有一些非牟利的機構，去從事教育及學術研究這類對社會看起來是消費，其實是最佳投資的事業。要這些機構自負盈虧自找經費來源只會使工作人員不安於位，是短視也是浪費人才的作法。試想一個晚上擺地攤的老師，如何能在白天教導出一批認真學習的學生？從前由於政治的原因造成斷層及整代失落的悲劇，今天難道還要為了經濟的原因而重演嗎？

　　最近幾年大陸的出版界以自負盈虧為藉口，大量出版賺錢的武俠小說及低俗的色情小說，純文學作品幾乎被擠入死巷，不少作家紛紛下海，或借後現代主義之名，理直氣壯、名正言順地為錢寫作。聽說有許多圖書館一年沒添購過一本新書。世界文學經典名著無人問津，書店不是關門就是兼營他業。這樣下去，文學將很快成為恐龍。這種以不完整的市場經濟去支配文化發展，將會給中華民族造成無可彌補的損失。

　　我個人對文學的前途其實並不太悲觀。一個人對物質的需求只能到某個程度，超過這個程度，他必會回過頭來尋找一些人之所以為人的屬於靈性上的東西，而文學就是這一類東西。但如果我們不想辦法讓年

輕人接觸並培養一點對文學的興趣與愛好，使他們將來有所回歸有所依傍，我們將會看到另一個失落徬徨的一代。

正如不是所有人都是精英分子，我們不可能要求一個社會裡的文化都是精英文化。但即使在資本主義最發達、通俗文化大行其道的美國，我們仍能看到有不少人為他們的理想在那裡孜孜默默從事精英的文化工作。芝加哥交響樂團演奏的仍是古典音樂而不是流行曲；莎士比亞的戲劇仍經常在各地上演；藝術館圖書館裡仍到處可看到一雙雙尋美求知的眼神；嚴肅的作者們仍在那裡寫賣不掉的十四行詩或實驗小說。後現代主義也許真如驕陽當空，卻仍有許多人寧願並堅持站在風雨飄搖的現代。

不久前我在《芝加哥論壇報》上讀到一則讀者投書，說一個現代公民必須懂得如何去運用他的意見來啟迪輿論，並影響政府官員的決策與行動。在目前的中國，我們可能無法以此來要求每個國民，但對於社會精英的知識分子，這也許不算是個太過份的要求吧？

一九九四‧十

科學與藝術

　　由於業餘寫詩，常有親友笑我不務正業。而在我工作的科研單位，我發現一般科技工作者，尤其是來自台灣的同事們，往往自摒於藝術大門之外，不屑或不敢去接觸文學藝術，不肯讓文學藝術滋潤豐富他們的精神生活。我常為此感到困惑。

　　日前碰巧在報上讀到一篇有關這方面的報導，算是為我提供了一點答案。

　　曾得一九八三年諾貝爾物理獎的芝加哥大學印度裔教授成都拉（Subrahmanyan Chandrasekhar，昵稱 Chandra），是本世紀天文學權威之一。他早年對星球死亡的研究導致了宇宙黑洞的發現。現年八十的他仍每天準時八點半到達辦公室，然後關起門來，整個上午用一支老式的鋼筆工整地寫下一頁又一頁的文章。只是，他現在寫的不是有長串方程式的天文學論文，而是分析藝術創作與科學發現的學術著作。

　　引起他對藝術與科學關係的探討發生興趣的，是下面這個問題：為什麼像貝多芬、莎士比亞這一類藝術家在晚年似乎都心境平和，而科學家如牛頓、愛因斯坦在年輕時建立了良好的事業，卻用餘生去苦苦尋求答案？

　　成都拉教授說，表面上看起來，在科學家的自律與藝術家的感情之間似乎有光年的距離，但他越來越相信，使一個人把顏料塗在畫布上同使另一個人透過顯微鏡去觀察的，是同樣的人類創造本能。

　　一般人都把科學家當成按部就班的研究者，小心翼翼地根據邏輯從一步走向下一步。但許多科學家在回顧他們的重大發現時，卻都覺得經歷了一種突發的創造力，幾乎是像詩人或畫家所常有的那種神祕而不

合理性的洞察力。偉大的科學家常把自己當成同藝術家一樣，是美的朝聖者。物理學家也如畫家與建築師對比例與優雅有天生的吸引力。但許多科學家的結局似乎指出了科學創造力的基本差異。在發現的瞬間，科學家往往為了自己能窺見大自然的奧祕而有一種超凡的感覺。在下意識裡，他開始把自己當成大自然的主宰，而不是大自然的學徒。可能就是因為這種感覺，導致了許多科學家在晚年停滯不前。

英國科學家兼小說家斯諾（C. P. Snow）多年前曾對所謂「兩種文化」的問題大加譴責。他說達文西是一個偉大的畫家、發明家及科學家。但現代的科學家及藝術家們卻躲在不同的知識小世界裡，各自為政互不干涉。

成都拉教授認為斯諾的論調對文學藝術家來說也許並不正確；他們當中仍有不少人感到有向外發展並廣泛吸收各種知識的需要。藝術家們因此常能在晚年達到一種成熟的寧謐，能夠繼續不斷地創作出新的藝術並欣賞他們同儕的貢獻。莎士比亞的最後劇本證明他晚年創作力並未減退。而貝多芬在臨終時仍孜孜研讀韓德爾的全集。

相反地，現代的科學家們卻大多把自己關在小小的實驗室裡，埋頭於自己的研究工作。他們很少關心別的領域，有時甚至連自己的研究動機都不去加以考察。

因為這個緣故，二十世紀最偉大的科學家愛因斯坦在發表相對論之後，直到他去世前漫長的四十年間，不曾對物理再做出重大的貢獻。從他的傳記裡，我們可看到晚年的他一天到晚坐在那裡，不搞任何實質的物理，只搬弄著他的數學方程式，徒然地尋求著一個新的、涵蓋更廣的物理定律。

成都拉教授說他常問自己，為什麼科學家們不能像藝術家一樣在他們的晚年展露出一種安詳雍和的神情？他說，你能想像貝多芬或莎士比亞在他們臨終時不快樂嗎？

附帶一提：作為詩人，我也常警問自己，寫了大半輩子的詩，如果無法使自己的心靈恬淡安舒，甚或終日棲棲遑遑，像那些為名利而奔逐鑽營的人一樣，我是否有臉稱自己為詩人？

一九九一

一點一滴不徐不疾

非馬畫作：碼頭，40.6×50.8 cm，混合材料，1997年。

銅像

——柏楊曰：「任何一個銅像最後都是被打碎的。」

　　小小的銅像是醜陋的

　　打碎！打碎！

　　　　我們的英雄說得斬釘截鐵

　　大大的銅像是美好的

　　萬歲！萬歲！

　　　　我們的英雄喊得興高采烈

　　根據來自台北的消息，以《醜陋的中國人》一書聞名的柏楊，最近結束了大陸探親之旅返台。報導中並說：

　　……柏楊的家鄉在河南輝縣。他在北京即聽說家鄉給他立了一個銅像。柏楊一聽，覺得這不像話，應該打碎。「任何一個銅像最後都是被打碎的」。但他還是忍不住想去看看。就在河南省新鄉市到輝縣的公路上，柏楊看到之後，大吃一驚！銅像有他本人的兩倍大，……柏楊以為一點點大，敲了就算了。但，這樣一尊龐然大物，使他非常感動。「這時候若我堅持打碎，就太矯情了。當時心中十分感激。」

　　上面這篇報導，如果不是因為它涉及了一位我素所敬仰的朋友，我也許會把它當成一篇有趣的極短篇來讀。試想，一向反對別人裝神弄鬼的英雄，如今自己卻被拿去當偶像；一聽到鄉人在替他造銅像，我們的英雄的頭一個反應是要把它打碎，因為他清醒地知道「任何一個銅像最後都是被打碎的」。等真的看到銅像，並非「一點點大」，而是有他本人兩倍大的龐然大物，我們的英雄卻也像歷史上的許多「大人物」一樣，忍不住膨脹發燒大感（動）特感（激）起來，再也捨不得「敲了就算了」！這是多麼新鮮而又熟悉的歷史反諷！

　　但我無論如何不肯相信這是一篇真實的報導；它多半是記者先生一時的靈感之作。理由很簡單：如果立銅像是好事，柏楊不會矯情地因為「一點點大」便要去把它「敲了就算了」；如果立銅像是壞事，柏楊見到了那龐然大物一定會覺得更不像話，更要堅持去把它打碎。這是三歲小孩都懂得的道理，同醬缸文化苦鬥了那麼多年的柏楊焉有不懂之理！

　　而居然有人這樣子以小人之心度君子之腹！而居然有人想用這種栽贓方式醬化我們的英雄！

　　我幾乎聽到柏楊在那裡力竭聲嘶地大叫：「醜陋的中國人！」

一九八九・三・一

如果我能使一顆心免於破碎

接讀來信。我從你早些時候給我的信及詩文裡，便依稀感到你略帶灰色甚至黑色的情緒，但總以為那是因為你感情太豐富，或少年強說愁的緣故。沒想到你這段時間居然為愛情的失落以及對生活的失望而變得這般消沉，甚至想到自殺。

「奈何許！天下人何限？慊慊祗為汝！」對於愛情，我們都會有這樣的感覺與反應。但人與人之間的感情是很微妙的東西，也是勉強不來的。我現在回頭看看，當年在台灣，如果順利地得到我所追求的，走的路不同不說，它是否真能帶給我想像中的快樂與幸福？我想誰都沒辦法答覆。

最近幾次你在信裡提到屈子以及臥軌自殺的詩人海子，顯然他們在你心裡頭佔有越來越大的份量。我前年同友人遊三峽，參觀了屈原的塑像及衣冠塚。不知是因為它們的粗製濫造或別的原因，總之回來後一直心裡有疙瘩。有一天突然想起，會不會是因為我對屈原的看法有所改變？屈原用自己的生命表達的氣節與勇氣，當然值得我們景仰尊崇，但無疑地它也有其消極的一面——為後世的人開了一個解決現世衝突的便門。我說便門，並不是說自殺容易。相反地，正如你所說，它需要極大的勇氣。但如果人們，特別是有才華有抱負的年輕人，能用這大勇氣來同現實搏鬥，多好！（其實在這個沒有英雄的時代，我們也不該期望有人能隻手改變這世界。但是我們可以要求每個人從身邊做起，一點一滴地貢獻所能，腳踏實地把這個世界改造成一個可居住可留戀的地方）我不相信杜甫所處的時代，會比屈原、王國維或今天的時代好到哪裡去

（幾乎每個時代都有人認為自己所處的時代最黑暗最無望、世界末日將臨），如果他也同海子還有投水自殺的詩人戈麥一樣，還沒經歷過多少人生，便早早放棄希望、結束自己，我們今天還有他的好詩讀嗎？

最近讀到報導，老作家徐遲去年年底在武漢跳樓自殺，使我大為震驚。十多年前他曾來芝加哥訪問，我們談得頗投機。當時覺得他對科技有相當的認識，是中國作家中少見的。報導說他近幾年沉迷於電腦網路，受網路上一些邪教宣傳的影響，竟以為末日將至。如果真是如此，那他不是像從前文人迷信「白紙黑字」一般，迷信起電腦裡的電子訊息來了嗎？電腦再神奇，仍是人腦製造出來的啊！而且即使真的末日將至，也沒必要過早地把自己的末日提前呀！特別是一個作家，這不正是大好的目擊與體驗的機會嗎？想不通！想不通！

你的兩篇散文都寫得很好，我把它們一口氣讀完，這是近來少有的事（不是沒時間便是沒心情或耐心）。你說你那個寫大學生活系列的文章寫得很累，寫不下去。既然如此，為什麼不暫時放下，讓它在下意識裡多待待，等它自己瓜熟蒂落呢？你反正還有小說、詩、評論、書畫等領域可去，天地遼闊得很，何必硬逼自己？即使什麼都不做，就看看花草樹木鳥獸星星月亮太陽，享受享受大自然，也是樂事。這個世界可做的事太多了，比我們不幸的人也太多了。如果我有一天厭倦了我現時的生活，我想我會找個窮鄉僻壤，去幫助那些不幸的人，特別是小孩子們。帶給他們一點希望，一點歡笑，都是很有意思的事。我常想起美國女詩人狄更森一首叫做〈如果我能使一顆心免於破碎……〉的詩：

> 如果我能使一顆心免於破碎，
> 我便沒白活；
> 如果我能使一個生命少受點罪，
> 或緩和一點痛苦，
> 或幫助一隻昏迷的知更鳥
> 再度回到他的窩，
> 我便沒白活。

　　我想這些話及道理不用我說你也知道。但如果長期抑鬱（我參加的工作坊裡有幾位作家便經常服用藥物控制情緒）或像小說裡所說的常為黑鳥之類的幻象所擾，便該同心理醫生談談，不要掉以輕心才好。

一九九七‧十‧七

口號與本分

　　報喜不報憂，一向是社會主義國家新聞的特色。播報員高亢的聲調，配上龐大雄偉的背景，的確會把觀眾的情緒給撩撥起來。而無論是販夫走卒、修女道士、廠長部長，在鏡頭前講到他們的工作時，無不異口同聲地宣稱，一切為了人民，一切為了國家（如果是黨員，當然還有偉大的黨）。這種慷慨激昂的畫面，像繃得緊緊的弦，看多了不但累人，有時還會令人無端地憂心忡忡起來。

　　但近來看大陸的電視節目，情形似已有所改變。針對個人日常生活各個層面的討論，日漸增多。前兩天居然還看到了一個節目，一位女主持人同兩位大學教授及一位醫生，在大談其男女的性生活！

　　從空洞的愛國口號到個人的喜怒哀樂，我想是代表著一種社會心態的成熟與進步。

　　表面看起來，一般美國人是太不愛國也太自私了。他們滿嘴的蜜糖甜心，對象只是自己的情人或配偶，偶爾也及於稚兒幼女，卻絕少是領袖人物或抽象的國家與人民。有些人甚至坦白承認，一切都是為了錢。但我相信，大多數的人努力把工作做好，只是為了盡自己的本分。清道夫的本分是把街道打掃乾淨，螺絲工人把螺絲上緊，教師把學生教好，學生把功課學好，作家把作品寫好，小提琴手把樂曲拉好、讓每個音符都準確悅耳動聽。一個社會裡的人如果都能各盡自己的本分，各敬自己所從事的業，這個社會必然比較合理健康。當然中國也有所謂「當一天和尚撞一天鐘」的說法，但我總覺得那裡面含有太多敷衍塞責的消極意味。

　　其實愛自己的親人與家庭是人的天性。擴而大之，一個人對生於斯長於斯的社會與國家的感情，也是如此，根本用不著時刻提醒強調。平時表現得那麼漠不關心的美國人，在緊急關頭（如自然災難或對外戰爭），卻大多能自動自發地站出來，發揮團隊精神共度難關，便是一個好例子。

　　要求每個人對自己負責，表面上看起來多少有點個人主義的味道，但比整天把「愛國」這字眼掛在嘴邊，動不動便振臂高呼口號，對一個社會的健全運作，要實際且可靠得多。我記得很清楚，當年在台灣當學生時，在慶典上起勁地跟著呼不知所云的口號，沒有別的，只為了知道馬上便可散會，不必繼續忍受那些冗長、口水橫飛的美麗謊言。

　　多年前我寫下了這首叫〈馬年〉的詩，目的便在提醒自己，要追求一個踏實的人生：

　　　　任塵沙滾滾
　　　　強勁的
　　　　馬蹄
　　　　永遠邁在
　　　　前頭

　　　　一個馬年
　　　　總要扎扎實實
　　　　踹它
　　　　三百六十五個
　　　　篤篤

　　　　　　　　　　　　　　　　一九九八・一・二三

警告：香煙即鴉片

　　在兩岸所有可見與不可見的進步裡，最使我心頭暖暖感到振奮的，莫過於人們對煙害的覺醒與認識。一九七八年我回台灣參加一個會議，看到長長的會議桌上，除茶水外，竟放著一包包裝潢美麗的香煙。而癮君子們更是毫無忌憚地在會場上吞雲吐霧，旁若無人。我同一位官員提起煙害這椿事，他反問道：「你知不知道，全台灣的公務員及教師的薪水有多少來自台灣煙酒公賣局？」回到美國後，我忍不住寫了下面這首〈警告：香煙即鴉片〉：

　　　　吞進吐出
　　　　吞進吐出
　　　　悠閒地為自己
　　　　編織一張麻醉的網

　　　　大大小小的鴉片戰爭
　　　　也不知打了多少次
　　　　每次照例是割肺賠腸了事
　　　　只當年大英帝國的東印度公司
　　　　現在卻換了個理直氣壯的大招牌
　　　　台灣省煙酒公賣局

　　一九八〇年我頭一次回大陸探親，同二哥從廣州搭乘小飛機到汕頭，有一首叫〈孤單的旅程〉的詩，記述了我當時的經驗：

煙霧瀰漫的機艙裡

眼睛們早已

視而不見

「禁止吸煙」

「請繫安全帶」

從廣州到汕頭

我發現

我竟是機上

唯一

失去自由的旅客

飛機安全著陸後，二哥笑指著磨得光禿禿的著陸輪說，要是飛機真的掉下來，你想綁不綁安全帶會有什麼分別嗎？

　　回到老家，發現除了二哥外，比我小十歲的弟弟也是個大煙客，連我年邁的母親也在抽煙。知道我對香煙的強烈反感，在我停留的那幾天，他們都暫時戒了煙，但我看得出他們強抑煙癮的不安，心中不免微微感到歉疚，特別是對年紀已大的母親。那時候洋煙難求，幾乎所有返鄉探親的旅客，都手裡拎著兩條免稅過關的洋煙，作為贈送親友的好禮物。只有我兩手空空。在從香港到廣州的火車上，鄰座一位中年婦人聽說我放棄購帶免稅煙的權利，連呼可惜。我想她一定在暗笑我的迂腐與不近人情。後來二哥自動戒了煙，弟弟也在我減少匯款回家的威脅下，勉強同意戒煙。但我一直不敢問起，九年後去世的母親，生前是否也戒了煙。

一九九八‧三‧十

對煙草商們說不

　　我一直不清楚，是什麼使自己對反煙這樁事產生了那麼不可理喻
的、原教旨派宗教式的狂熱。是因為煙草早早地奪走了我大哥的生命？
是因為看了兩個兒子小時候從學校帶回來的黑肺照片？是對那些給自己
帶來不幸、也無可彌補地傷害了家庭與社會的癮君子們的不耐與不屑？
他們明明知道有那麼多的科學證據，卻仍愚頑地以為自己是特殊的例
外，或煙毒無可奈何的天之驕子。是對那些依賴香煙尋找靈感的作家朋
友們，他們薄弱的意志力同他們以精神導師或靈魂工程師自居的身份差
距過大，使我因失望而不滿？總之我對香煙，不再僅僅是心理上的厭惡
而已。它已發展成一種生理上的自然反應。一聞到煙味，便開始頭腦昏
脹呼吸加速。

　　這樣的反應，當然是可笑的。更可笑的是對人無分男女老幼賢愚敵
友生熟，一有機會便大傳其戒煙之道。早在一九七八年我便已開始寫反
煙詩，〈飯後一神仙〉是其中的一首：

　　　　吞進，吐出
　　　　吞進，吐出
　　　　眯著眼的神仙
　　　　斜躺在沙發上
　　　　聽唸小學的兒子
　　　　在燈下，琅琅誦讀
　　　　鴉片戰爭的歷史

香煙繚繞裡

一段即將成正果的煙灰

突然被炙燙的一聲

「割肺賠腸」

震落凡塵

　　一九八四年十月，柏楊張香華夫婦及中國作家諶容趁到愛荷華大學參加國際寫作計畫之便，來芝加哥舍下作客，我在煙霧瀰漫中喋喋不休地向煙不離嘴的柏楊及諶容傳了一個晚上的道！一直到柏楊打起呵欠說：「對於吸煙的害處，我可寫出這麼一本厚厚的書呢。」我才猛然醒悟，在我面前是同醬缸文化搏鬥了一輩子的老將，我這不真成了班門弄斧麼？在他們回去後不久，香華從台北來信說：「告訴你一個好消息，柏楊戒煙了！」但我相信他的戒煙，多半是遵從醫生的命令，不是我傳道的功勞。

　　在這之後幾年，台灣一位年輕作家路過芝加哥，在我家過夜。第二天一早我開車送他上機場，路過一個小店，他問可不可以停車讓他去買包香煙。我說你吸煙嗎？他說吸呀。原來他的煙癮已發作多時，只是知道我反對吸煙，不好意思說出來而已。我在嘴上及心裡都連說抱歉。回到家裡同之群提起。她說我早告訴你別傳教，你不聽。現在好了，惡名遠播了！

　　退休之前，我的辦公室正好夾在兩支大煙槍中間，其中一支是我的頂頭上司。這位煙癮十足的老兄，有一次一個人跑去歐洲旅行。回來後我問他玩得如何，他說很不錯，只是有一個晚上在火車上，同一個從休士頓去的破女人鬧得不太愉快。我問怎麼呢？他說那個女人因為她的小孩子咳嗽，便要他別在車廂裡吸煙。他說我才不理她呢，又不是不准吸煙的車廂。結果當然鬧得不愉快。就是這麼一個自我中心的人物，我不止一次要他按照規定把房門關起來，以免煙氣外溢，讓別人吸二手煙。我想他在心裡頭一定恨得牙癢癢地，卻無可奈何，知道我造反有理，而且隨時可提早退休，不必太買他的帳。

　　最近幾年美國國內反煙運動的成功,把癮君子們趕出了許多公共場所,而連連被告敗訴的煙草商們也把目標轉向國外,特別是亞洲地區。美國政府為了疏解政治遊說壓力,同時也為了增加外匯,利用強勢迫使各國政府敞開大門,讓美國香煙傾銷。這種行徑,實在同昔日強迫推銷鴉片的大英帝國沒什麼兩樣。

　　在「對美國說不」之前,我想我們最好先對美國的煙草商們來一個大聲的「不!」

一九九八‧三‧十九

選舉與民主

　　一九八七年十二月裡的一天，一群正在投票的海地選民，被從門口一輛駛過的卡車上橫飛過來的子彈不分青紅皂白屠殺。顯然主謀者知道自己當選無望才出此下策。為此我寫了下面這首題為〈投票〉的詩：

　　　　用呼嘯的子彈
　　　　在空白的肉票上
　　　　打上一個個
　　　　血淋淋的記號

　　　　他們又一次
　　　　民主地
　　　　投了自己
　　　　神聖的一票

　　在台灣，雖然近幾年也有黑道蠢蠢伸出魔掌的跡象，金錢仍大致主宰了各種選舉。那些迎神賽會般熱鬧滾滾的競選活動，同血腥的海地比起來，畢竟要民主且文明得多。我曾用這首〈競選〉詩紀其盛：

　　　　嘴巴要吃熱騰騰的流水席
　　　　眼睛要看火辣辣的野台戲
　　　　耳朵要聽爽呼呼的政見擴音

手要領大家都用得上的
肥皂與毛巾

聽說民主即大多數
腳一向對民主特別歡喜
那裡人多就沒頭沒腦趕去
那裡

　　幾年前偶然同一位來自大陸的作家朋友談起選舉的事。他說國內的一般老百姓知識水平及政治素養都還沒達到可選賢舉能的地步。我說你未免太理想化了。在我看來,選舉毋寧是一個學習的過程,我們只有在邊做邊學裡獲取經驗,教育自己。即使在選舉行之有年的歐美民主國家,選舉出來的也不一定是(其實多半不是)頂尖的賢能人才。但這並無礙於民主的運行操作。由於任期有限,人民的眼睛又相當雪亮,在位者不得不戰戰兢兢試著順應民意把事情做好。否則任期一到,便只有乖乖鞠躬下台捲鋪蓋走路。有選舉這把寶劍牢牢握在人民的手裡,做官的便不敢過分明目張膽胡作非為、肆無忌憚地騎在人民的頭上當一輩子的土皇帝。

　　而這,我想,便是實行民主的最大目的。

一九九八‧四‧八

難兄難弟

　　曾經有人用「難兄難弟」形容兩岸的政權。意思是說兩個政權雖然表面上體制不同，在本質及統治手段上卻何其相似。作為詩人，我更關注的是兩岸的社會。我常發現，即使隔絕了幾十年，有些現象卻是緊密相連不分伯仲的。

　　最近在報上讀到了一則新聞，說浙江省永嘉縣有一位因車禍重傷、還有心跳及呼吸的女青年，被醫生以「救不活」為由，送進了太平間。八個小時之後，在其親屬強烈要求下，才轉送其他醫院搶救，傷勢已有好轉云云。這使我想起，十多年前發生在台灣的一樁怪事，雖然結局不同。根據報導，花蓮市一位因車禍受傷的少女，被聞風趕來搶生意的葬儀社人員用白布蓋起宣告死亡，並示意隨後趕到的救護車折返，因而喪生。我曾為此寫了一首題為〈白色的夢魘〉的詩：

　　　　他的眼皮才微微合攏
　　　　白布便漫天迎頭蓋下
　　　　頓時，死亡的氣味充斥鼻腔
　　　　他掙扎，卻無法從噩夢中醒來

　　　　只有他的耳朵完全清醒
　　　　他聽到呼天搶地狂奔而來的救護車
　　　　給一個職業性的宣告吱吱迎住
　　　　（他甚至聽得出

聲音裡壓抑不住的絲絲欣喜）：

太遲了！一切都太遲了！

眼睛已經閉起

別驚動他，讓他安息

陽光亮麗的午後

一個少年舒展四肢

躺在公園青綠的草地上假寐

卻莫名其妙陷入了白色的夢魘

不再醒來

　　幾年前上海有一個大學研究生受騙賣給山東鄆縣一位農民當妻子，被蹂躪多年後才被發現救出。對於一個大學研究生居然那麼容易受騙，受騙之後也沒有最起碼的法律知識去自保或求援，相信每個人讀了都會忍不住搖頭嘆息。但更使我感觸良深的，是當地一位黨支部書記的一段話。他說：「她如果早告訴我她的身世，她的共產黨員身分，我說啥也不能讓她在這兒受這麼大委屈。國家培養一個人才不容易呀！」言下之意大有如果她不是大學研究生，不是共產黨員，受這麼大委屈便無所謂！在即將進入二十一世紀的今天，竟還有這樣偏枯的人權觀，不免讓人感到悲哀。大概在同一個時候，我在海外版的中文報上讀到一則來自台灣的報導。一位民意代表駕車到一個警務機關參加慶典，出來時發現車窗上夾了張紙條。打開一看，赫然是有眼不識泰山的交通警察，為他那部停在「不准停車」牌子下的車子開的罰單，不禁勃然大怒，馬上找警察主管理論。結果是警察主管一笑撕罰單，並再三向這位貴賓道歉。這富有人情味的一幕被記者先生看到了，大為感動，忍不住沾沾自喜地向國外的華人宣揚一番。他完全沒想到，這種知法犯法的特權行為，正是導致社會公信力低落的原因。他當然更沒想到，他自己本身所應負起的輿論職責。

一九九八・四・八

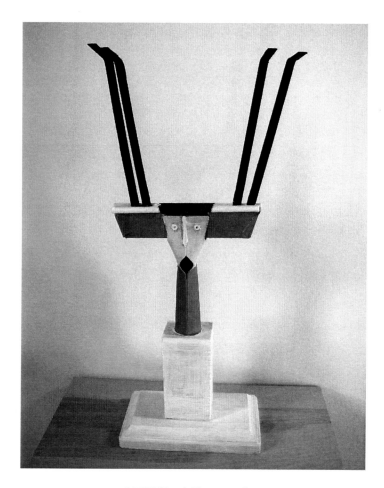

非馬雕塑：官樣，2005年。

張大嘴巴的廢紙簍

　　前年十月參加在中山及佛山舉行的第三屆國際華文詩人筆會，一群年輕學生在一個詩歌朗誦會上問我，什麼地方能買到我的詩集？我抱歉地搖搖頭說我也不知道。感於他們的熱情，我把手邊僅剩的一本已題贈詩友的詩集，送給了他們。

　　我真的不知道。在大陸，我到目前為止共出版了兩本詩集，還有三本同別人一起的合集。但我無法知道究竟市面上有沒有我的書賣。我曾收到過幾位讀者輾轉寄來的信，訴說購買我的詩集之難，有一位還托朋友徒然找遍了廣州的書店。他們的信常使我感到抱歉，不僅對他們，也對我自己的詩。我不知該如何才能把書送到讀者的手裡。

　　回到美國後，積極把近幾年來在報刊雜誌上發表過的兩三百首詩，編成一集，同時向國內多方探問出版的可能性。我當然明白當前的出版界現實，幾乎所有文學方面的書籍，都得自掏腰包，更不用說詩集。但當北京的詩友燕祥兄在信裡為我列舉，他去秋為杭州一位詩人向一個國家級的出版社打聽來的各種印張的價錢，順便提到：「這類出版物一般出版社不代發行，書出後掃數交作者運走」時，仍不免大大震撼了我。多麼觸目驚心的一個「掃」字！莫非出版社真把詩集當成垃圾，出版後迫不及待地要把它們掃地出門？這樣，至少對身在美國的我來說，出了書等於沒出或白出。

　　在美國，這類要求作者掏腰包資助的出版社也到處是。但大多是屬於私營的小出版社，稍有聲望的出版社是不會這樣做的。而即使是作者資助的出版物，出版社也多少會負起發行的責任，很少會「掃數」交給作者，撒手不管的。

　　讀完信後百感交集，撫著自珍的敝帚，翻到了多年前寫的一首叫〈廢紙簍〉的短詩：

　　　張著嘴
　　　　　　隨時準備
　　　把吞咽下太多的
　　　　　　生命渣滓
　　　噴你個
　　　　　　滿頭滿臉

眼前竟莫名其妙地浮起了一個國家級出版社的鮮明形象，廢紙簍般蹲在那裡，張著大嘴……

　　　　　　　　　　　　　　　　一九九八・四・十六

特別不受歡迎

　　根據最近來自雪梨的報導，由民意測驗以及一個歷時十年的研究結果顯示，在澳洲的移民中，亞洲人「特別不受歡迎」。

　　在美國的舊金山灣區，最近也有炸彈攻擊亞裔社區的新聞報導，並有華文報社收到手寫的華文傳真恐嚇信，抨擊華人入侵佛利蒙市。信上說：

　　……你們這些華人（台灣人）到底是抱著什麼心態來到我們這個社區與國家？除了看到你們人口大量擁入，房地產被炒得節節生高，接二連三的亞洲店緊接地開之外，我不知你們所為何來？除了賺錢、買房、買車消費之外，你們的真正人生觀是什麼？……我看不出華人好的文化在哪裡？他們的企業家可曾聯合起來成立一個社區中心做點好事，行一些有用的建設？……這些人真奇怪。你看過一個社區沒有正有德的領袖嗎？你看過那麼多的人只為賺錢而賺錢嗎？華人與美國人立國的理想差太遠？我們的心靈沒法溝通，我最後只能過說，他們並不屬於這裡，他們必需要走。

並威脅道：「今晚，我送一棵炸彈給他們看。」雖然沒有證據表示爆炸事件是專門衝著亞裔或華裔而來，而且寫這封錯別字連篇的恐嚇信的人（居然是來自台灣的移民）也很快出面聲稱他只是揣摩當地人對移民不滿的心態，用本地居民的語氣來撰寫，原意只是想呼籲華人自省而已。

　　無論如何，我想這是個不容忽視的警訊。我最近去了一趟洛杉磯，從許多親友們的談話中，深深感到華人社區的負面形象正日漸擴大，

有可能替日漸抬頭的種族主義者提供反亞裔或反華裔的理由與藉口。本來移民應該最有可能把新舊文化傳統中最好的東西結合在一起，開始一個新的生活。但部分華裔移民卻似乎反其道而行，專撿其中最糟糕的。小台北的浮華不輸於大台北，投機取巧的風氣更日益盛行。一位朋友氣憤憤地問，你知道有多少華裔移民把財產放在子女名下，厚顏領取社會救濟金，還沾沾自喜甚至理直氣壯地說：「不拿白不拿！」的嗎？你知道有多少好端端的華裔車禍「受害者」，為了貪圖小利，同不肖的華裔掮客、律師及醫生所組成的集團合謀，明目張膽地向保險公司騙取賠償金的嗎？從前我們痛恨上海的外國租界，今天我們如何能怪當地人痛恨飛揚跋扈的外來者，用金錢把整條街甚至整個社區買過去，高築族群圍牆，自外於當地社會的行徑？

　　也許我的朋友言過其實。但當一位來自台灣的移民，對同文同種的移民們發出恐嚇信的時候，我們難道不該好好地反省麼？我想我們都不希望看到有那麼一天，民意測驗或研究報告指著華裔移民的鼻子說：「你們特別不受歡迎！」

一九九八・四・十七

老掉佛牙的神話

在電視上看到台灣上下「鮮花鋪地，散髮接足」，恭迎來自曼谷的佛牙的盛況，嘆為觀止之餘，不禁翻出自己在一九八五年寫的一首叫〈投資〉的詩：

香火鼎盛的廟裡

人們用金箔

裝飾一座座

被燻黑了臉孔的

神像

期待諸神

金碧輝煌之後

能大顯神通

替他們裝飾

浮塵的天空

沾毒的地

枯萎的草木

油污的水

冷漠的眼光

自棄的心……

　　時間過去了十多年，台灣社會的迷信風氣，似乎不減反增，甚至滲
透到各級政府機構，達到了「政教合作」互相利用彼此勾結的地步。各
式各樣大大小小的宗教集團生意興隆，財源及票源都如紅塵滾滾。聰明
的宗教領袖及權貴政要們便都各取所需，完成了我所稱的〈供桌上的交
易〉（寫於一九八二年）：

　　　在香煙繚繞裡完成的
　　　人與神的交易
　　　多半是人佔便宜

　　　失掉靈魂的豬羊雞鴨
　　　吃起來一樣滋唇肥腸
　　　而籤上的保證
　　　再渺茫
　　　總是希望

　　　擔任掮客的廟祝們
　　　因此兢兢業業
　　　怕菩薩們突然認起真來
　　　把被煙火燻得發黑的臉一沉
　　　吼一聲
　　　「人間事
　　　你們自己去管！」

一九九八・四・二十一

一點一滴不徐不疾

　　有一次幾位寫詩的朋友在一起聊天，我說我心目中大詩人的形象是「從容」。不久我讀到一篇大陸年輕詩人寫的文章，在文末他奉勸一位台灣著名老詩人要沉靜些，別為一個自己詩歌朗誦會什麼的，就毛頭小伙似的心浮氣躁，四處奔忙。顯然他的想法同我的頗相近。

　　但在這一切講求速度的時代，已經沒有多少人能沉得住氣、慢工出細活、用文火耐心地烹調美味了。更多的人爭求一泡即食的方便麵，或一炮即紅的速成名。詩人是人，自也難以例外。

　　文學作品來自作家心靈對外界環境的觀察、反應與省思。只有平靜的湖面，才有可能映照天空的雲。文學作品到底不同於工業產品，很難根據意識形態的規格設計，在鬧哄哄的生產線上被成批地製造出來。任何含有功利的念頭，都會破壞作品的純粹與完整，減低感動讀者心靈的可能性。

　　每次回台灣，看到一些詩人們馬不停蹄地四處奔波趕場，總覺得很累。他們三天一小聚，五天一大會，讓我不禁在心裡頭懷疑，他們什麼時候有時間坐下來寫詩？當然一個詩壇也需要有擅搞活動的人，但魚與熊掌不可兼得。而他們搞活動的目的，卻似乎只為了撈個詩人的虛名。這就未免有點捨本逐末，甚至緣木求魚了。畢竟，詩人不能沒有詩，好詩人不能沒有好詩。或許我們該有一個「詩活動家」的名位，來容納這批人，給他們應得的承認與榮譽。在電影界，除了演員之外，不是還有導演，製片人等等的頭銜嗎？大家有錢出錢，有力出力，各安其位，各得其所。魚目不去混珠，各自堅持本色，各放各的異彩。

多年前我曾到黃石公園遊玩，對那些搖動山岳的瀑布印象特別深
刻，回來後寫了好幾首瀑布詩，下面是其中的一首：

　　吼聲

　　撼天震地

　　林間的小澗不會聽不到

　　山巔的積雪不會聽不到

　　但它們並沒有

　　因此亂了

　　腳步

　　你可以看到

　　潺潺的涓流

　　悠然地

　　向著指定的地點集合

　　你可以聽到

　　融雪脫胎換骨的聲音

　　永遠是那麼

　　一點一滴

　　不徐不疾

　　　　　　　　　　　　　　　一九九八‧五‧十五

看電視過年

除夕夜，打電話回台灣，問家人在幹些什麼？回答總是：「在看除夕特別節目啊！」

什麼時候起，看電視竟成了過年習俗與傳統的一部分。一家人圍坐在電視機前，看美俊的男女明星們在螢光幕上輕歌曼舞，刻意為大家營造一個過年的氣氛。在海外，觀看國內傳過來的春節聯歡節目，近年來似乎也已成了許多人過年的儀式。在電視的鞭炮與賀年聲中，飄泊海外的遊子，彷彿也置身故鄉，分享著家人過年的歡樂。

無可置疑地，電視已滲透並操控了人們的日常生活。手持啤酒罐躺著看電視上緊張刺激的球賽，取代了在太陽底下汗流浹背的運動；人們寧可聽信電視上的氣溫報告，也不願把頭伸出窗外，用自己的感覺去體驗一下陰晴冷熱。多年前我寫的〈布穀鳥〉，便是現實裡的一個小寫照：

彷彿聽到
電視裡的鳥叫
布穀！布穀！

爸爸
您今天有沒有澆過
陽台上的
花

　　電腦網路盛行以後，許多人日夜坐在電腦的螢光幕前，不眠不休地遨遊太虛宇宙。我的〈日蝕〉一詩，說的便是這嗡嗡逼近的虛擬現實：

　　　童心未泯喜歡開開玩笑的
　　　老太陽
　　　又搬出那副黑面具
　　　想嚇唬嚇唬
　　　迷信膽小的
　　　影子們

　　　全沒想到
　　　萬能的新人類
　　　早把幻影化成
　　　聲色犬馬的現實
　　　日日夜夜在電腦上
　　　大做其愛

　　　根本不需要
　　　什麼鬼太陽

　　　　　　　　　　　　　　　　　　一九九八‧六‧十四

雛雞與雛妓

　　報載台灣的中學女生賣淫現象日益嚴重。一種利用「電話交友中心」作為賣淫管道的課後兼業，已成為愛慕虛榮的國中、高中女生最主要的賺錢方式，在台北市特別是西區一帶流行泛濫。

　　這種屬於新新人類的新潮流，顯然已同我記憶中的舊日印象大有出入。從前出賣肉體的年輕女孩子，大多是些孤苦伶仃的養女，或來自窮困的山區。她們幾乎都是被迫、被騙或被賣，很少有為了一套名牌時裝而自願同陌生人上床，用自己的身體與靈魂做交易的。十多年前，我曾為一位因沒錢吃喝的山地同胞，把未成年的親生女兒，賣到當時台北著名的華西街紅燈區去當妓女這樁人間慘事，寫了下面這首叫〈冬令進補〉的短詩：

　　　想吃雛雞

　　　沒事幹

　　　便把女兒

　　　送去華西街

　　　當雛妓

　　　吃了雛雞

　　　沒事幹

　　　便把自己

　　　送去華西街

　　　找雛妓

　　聽說這一兩年因市政府大力禁娼，華西街已無昔日熙來攘往的盛
況。雛妓問題也受到一些有心人士及團體的關注。但在一個一切向錢看
的社會裡，耳濡目染，浮華糜爛的風氣早已在年輕一代的腦子裡生根，
不是一兩個禁令或幾次街頭示威抗議活動便掃除得了的。再加上日新月
異的電子交通設備在那裡推波助瀾，看樣子中學女生賣淫現象只會越來
越惡化，除非奇蹟出現，心靈改革真的成為事實，而不只是掛在嘴邊的
漂亮口號，或笑話。

　　當然，向錢看的現象，也不僅僅存在於我們中國人的社會。早在
一九八五年，美國便有女人把子宮租給人家生小孩的新聞，喧騰一時。
我有一首題為〈肚皮出租〉的詩，便是針對這樁事件：

　　　　萬眾矚目的
　　　　肚
　　　　皮
　　　　隆起

　　　　愛
　　　　錢
　　　　的
　　　　結晶

　　只是，從人數的多寡到人生價值的高低取向等各方面來考量，台北
的中學女生們無疑地是後來居上，後現代得令人驚心咋舌。

一九九八‧七‧九

敞開胸懷的春天

一位從大陸來美國探親的朋友，是國內知名的研究華文文學的教授與學者。他因有感於國內對美國華文文學的缺乏了解，發願要寫篇長文介紹。作為美國華文文學界的一員，我當然樂觀其成，盡我的能力提供資料，並幫助他同我認識的有數幾位作家取得聯繫。

在這些人當中，有一位是當地一個華文作家組織的負責人。當我的朋友在電話裡提到希望能取得一些作家的通信地址以便聯絡時，得到的卻是一個冷冰冰的拒絕。理由是，在尊重隱私權的美國，不能隨便提供個人的資料。

是的。我安慰我的朋友說，的確如此。沒有得到當事人的同意，是不能輕易透露別人的地址的。這並不表示對你個人的不信任。

話雖這麼說，心裡頭還是免不了有疙瘩。試想，如果不是我信得過的朋友，我會介紹他去給你打電話麼？如果為了慎重起見，便打幾個徵求同意的電話也不是什麼大不了的事。何況如真的有人存心要找一個人的地址，在這資訊泛濫的時代，還怕找不到麼？再說，除非你是電影明星或名人顯要，真有必要這麼隱秘嗎？小偷用不著知道門牌號碼，照樣能登堂入室。

我總認為，作家的職責之一是消除人與人之間的隔閡。如果連作家都對人性持否定與懷疑的態度，處處猜忌設防，這樣的社會便已夠可怕可憐的了，何需惡人來摧殘破壞。每次看到父母對自己的小孩再三叮嚀：「不可相信陌生人，不可同不認識的人講話，不可……」，總使我感到悲哀。在小孩的成長過程中，對人性建立信心正是最重要的一環。

但這是時代的現實，也是時代的悲劇。我自己不是曾規勸太過忠厚的大兒子，別為了成全別人，而儘讓自己吃虧？

　　我不禁又想起多年前一個難忘的經驗。一位我素所敬仰的、在台灣白色恐怖時期受過迫害的作家來芝加哥探親。我由他的親人帶領到他的住處會面。一進門，便見到有兩個人（我後來才知道另一位也是當年在台灣的受迫害者）神色詭秘地從內屋走出，有如他們正在討論一件天大的秘密，不慎被我撞見。歉疚之餘，我不免為在獨裁政權下受到如許扭曲的中國知識分子心靈，感到揪心的悲哀。連在遠離台灣的美國，也要如此緊張兮兮神秘兮兮地遮遮掩掩躲躲藏藏。

　　「過分信賴別人當然不好，」我記得當時在唸中學的大兒子這樣回答我的規勸，「可我到現在也沒吃過什麼大虧呀！」我不禁為自己多餘的世故感到臉紅。我竟忘了自己在不久之前才寫成的一首讚頌春天的短詩：

　　　風和日麗
　　　看我們敞開胸懷
　　　把生命裡最嬌嫩
　　　最鮮艷的花蕊
　　　呈獻給這世界

　　　雖然
　　　冰雪的影子不遠

　　　　　　　　　　　　　　　　　　　　一九九八・七・十一

孤星淚

連續看了好幾天台灣的新聞報導，螢光幕上展示著血跡斑斑傷痕纍纍的幼小身體，慘不忍睹。事情好像是由一樁虐殺小孩的慘案引發的。不但檢察官、法官、醫生們紛紛出來對事情的嚴重性表示震驚與重視，新聞媒體也用春筍般冒出的、一件比一件更血腥殘酷的案件，把虐待兒童炒作成熱門新聞。對糾正掃除這個社會弊病，這當然是好事。只是我相信這種現象一直就存在著，肯張開眼睛的人都應該看到才對，為什麼要等到有小孩被虐殺了，才如惡夢初醒，來加以重視？更令人擔心的是，一陣熱潮過後，這樁事又將如過眼雲煙，逐漸被人們淡忘。

在一個封閉的父權社會裡，子女的地位不受尊重固不待言，身體及思想的制控權更牢牢握在大人的手裡。要打要罵，悉從他們的尊便。十多年前，台灣有孤兒受雇為喪家哭墓的慘事，我曾為此寫了一首題為〈孤星淚〉的詩：

　　既然活的父母此生再不可得
　　這些可憐的孤兒
　　便多給他們幾個剛剛死去的
　　也算是一樁功德

　　而那滿滿一眼眶的淚水
　　晶瑩如純真的珍珠
　　不善加利用
　　豈非暴殄天物

何況醫生早囑咐過
有淚
便該讓它流出
越流
越通暢無阻
越不會乾涸

隨著社會的變遷，離婚越來越普遍，家庭解體下的子女受到迫害的可能性也越來越大。對自己親生的骨肉加以有意識的虐待與摧殘，也許不會太多。但對兩個苟合的男女來說，別人的子女很可能是礙事的眼中釘或方便的出氣筒。這時候如果社會上沒有一套完整有效的法律來保護弱小者，後果便堪憂了。

不久前芝加哥有一對來自中國大陸的夫婦，因女兒說謊而施以體罰，雖然醫院檢查不出什麼傷痕，卻差一點被檢察官起訴，面臨被遞解出境的危險。對這件事，許多人都覺得檢察官有點小題大做，連女孩自己都說父母處罰她是為了她好，愛她。但即使像美國這樣，有相當完備的法律與執法機構，兒童受虐待的事件仍時有所聞，特別是在一些家庭破碎、失業嚴重的黑人社區。在一個法律不完善、人們又不怎麼守法的社會裡，保護兒童的問題，更值得大家來關注重視。

一九九八・七・三十

張得大大的嘴巴

　　我相信美食是人類文明進步的一個成果。我也相信，烹飪是一門值得重視的生活藝術。只要不過分奢侈浪費，我不反對講究食不厭精。但我理想中的食物一向是：簡單、營養、衛生、可口。面對一些山珍海味，我有時反而會有無從下箸的感覺。特別是在那些用公款請客的場合，山珍海味常使我感到難以消化。我常常不得不花很大的工夫向好客的東道主說明，我不要他們在餐館裡為我點山珍海味，不是為了客氣或替他們省錢。

　　小時候，我曾因飯桌上擺了一鍋熱騰騰的貓肉，而胃口全失，好幾天拒絕上桌吃飯。被許多人目為美味或補品的狗肉與蛇肉，也一直與我無緣。這當然要被老饕們大大取笑的。連我自己，也曾在一首〈狗〉詩裡，自我解嘲一番：

> 從來沒吃過狗肉
> （雖然忝為廣東人）
> 所以能比較客觀地問
>
> 狗成為人類的好友
> 是在發現自己長有一身香肉
> 之前？或之後？

　　但我實在無法理解，把一些動物趕盡殺絕，只是為了滿足一時的口腹之慾。特別是這些口腹本已肥滿得飽嗝連連，卻仍要千方百計在一些

稀有動物的身上動腦筋。掌，舌，唇，眼，膽，尾，甚至多少有點虛張聲勢或壯膽作用的、他們稱之為「鞭」的玩意兒。似乎越稀奇古怪的東西越珍貴、越滋補，也越能滿足虛榮心。這是什麼樣的暴發戶行徑！何等的暴殄天物！

　　台灣有些濱海地區，每年冬天都有成群的伯勞鳥過境，引來了人們用網大量捕殺，街頭巷尾到處是賣烤鳥的攤子，遊客們人手一鳥，或數鳥，在那裡喀喳喀喳，蔚為奇觀。我曾寫了一首叫〈羅網〉的詩，為伯勞鳥請命：

　　　　一個張得大大的嘴巴
　　　　是一個圓睜的網眼
　　　　許多個張得大大的嘴巴
　　　　用綿綿的饞涎編結
　　　　便成了
　　　　疏而不漏的天羅地網

　　　　咀嚼聲中
　　　　珍禽異獸紛紛絕種
　　　　咀嚼聲中
　　　　彷彿有嘴巴在問：

　　　　吃下了那麼多補品的人類
　　　　會是個什麼滋味

　　我當然不是說人們有一天會真的飽極無聊，打起同類的主意，吃起人來。但人類如不好好珍惜保護那些數目少得可憐的動物品種，不好好節制自己莫名其妙的食慾而濫捕亂殺，一但大自然微妙的生態平衡遭到無可挽救的破壞，我們的子孫便有得寂寞孤單的了。

一九九八・八・十五

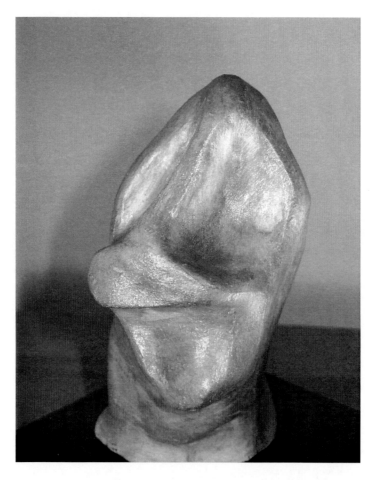

非馬雕塑：張得大大的嘴巴，2004年。

剽竊與版權

我必須坦白承認，多年前在台灣，我曾做了一件可稱為剽竊的事。

我從一本大陸的舊書刊上讀到一篇翻譯的短篇小說，題目似乎是〈後院〉，寫一個住院病人的故事。這病人住的是間雙人房，他的同房佔據了靠窗的好床位。每天從太陽東昇，那幸運的同房便津津有味地向他描繪外界多彩多姿的風景與活動，使他既羨且妒。隨著無聊日子的增長，他的妒意竟變成了不可抑制的恨意，終於使他在一個深夜裡，狠下心來看著他的同房病情惡化死去，也不去替他拉一下警鈴求救。第二天早上他們把屍體抬走，將他移到那靠窗的床位。志得意滿的他迫不及待地探頭下望，天哪！竟是個雜草叢生、荒廢的後院！

故事動人，譯筆更是美妙。我忍不住想讓更多的人共享。可能是因為譯者是個知名的作家，或別的原因，總之當時我隨便替它安了個筆名，改動了幾個僻字，便抄寄給一個報紙副刊去登出，得到了一筆夠請兩三位同學去看場電影的稿費。

我從沒為這事後悔過。在兩岸隔絕的情況下，不可能去徵求譯者的同意（也師出無名）。我想不出這樣做會對他的權益構成什麼損害，反而他心血的結晶因此得以感動並溫暖許多新讀者的心，不致完全被浪費埋沒。

後來我自己也陸陸續續翻譯了不少現代詩及短篇小說。但在台灣及大陸相繼簽署了國際版權公約後，我幾乎已完全放棄了這項有趣的工作。中文刊物為了避免麻煩，大多不再輕易採用翻譯的東西；而為了得到作者及出版社的同意，所需花費的時間及精力也令我望而卻步。三、

四年前台北一個出版社同意出版我的一本譯詩選，要我向作者們取得授權。經過了許許多多的日子與麻煩，卻仍只得到部分的同意。

其實詩集很難登上暢銷榜，也大多無利可圖。我在給出版社及作者的信上便希望他們能放棄稿酬的要求。我猜這可能是許多出版社懶得回信的原因。我曾問過一些美國詩人，他們都覺得自己的作品能有機會被譯成另一種文字，是求之不得的殊榮，沒有人會在乎稿酬的有無。看樣子版權法一方面保護了作家的權益，另一方面卻也多少阻礙了文化的交流。

電腦網路興起後，有些詩人把自己的作品搬上網頁上任人瀏覽，版權也出現了新的問題。不久前一位美國詩友氣呼呼地告訴我一個別開生面的剽竊故事。一位朋友祝賀她的詩獲得某個網站舉辦的詩賽首獎，問她為什麼不用真名？使她丈二金剛摸不到頭腦。原來是有人偷抄了她網頁上一首詩賺獎金去了。我只好安慰她說，反正她原本也沒想到要去參賽，這不是替她的作品製造了一個得獎及廣被閱讀的機會嗎？

一九九八‧十‧二十九

那漢子一毛五

　　是黃色封面上，那三個蒼勁的黑色大毛筆字，吸引他停下來。

　　他在芝加哥唐人街的公共圖書館裡等朋友，朋友還沒來，他便到處走動瀏覽，在近門處看到了這個堆滿舊書的攤位。這些舊書是圖書館淘汰下來的，大多是因為太舊太爛了，但也有些是沒人光顧的冷門書。可以看得出來，這本像新書般、標價美金一毛五的《那漢子》，是屬於後者。

　　一毛五！掉在地上很少人會彎身撿起來的一毛五。

　　他拿起書，一翻翻到「賣劍」那一章，讀到「看劍的人也搖頭嘆息著散去了，那漢子仍木然坐在地上。他感到春天暖洋洋的陽光，在他頭頂移動；他聽見趕集的人，像定期的潮汛漸漸散去；他感覺他四周越來越空曠，越來越寂清。／那漢子仍然坐在地上，下午的斜陽把他的孤獨影子越拉越長，祇有他那瘦長的劍影默默地伴著他。」，一股悲涼竟不禁自體內緩緩升起。一毛五，流落在美國唐人街的那漢子，在標價賣身呢！

　　他把《那漢子》緊緊挾在腋下，深怕它被別的手奪走似的。這當然是可笑的過慮。冷眼看過去，那些手忙著翻檢的，都是些占卜算命、股票生財、修身益體、言情偵探，或血光刀影的武俠小說之類的書。誰會有興緻來聽一個飽經風霜的江湖客寂寞的獨白，一個卑微的個人在離亂中所發出的微呼輕哼？這本小說不像小說，散文不像散文的書，既沒有血腥色情的故事，又沒有皆大歡喜或令人拍案驚奇的結局。他知道在這個時代裡，真正讀書的人是越來越少了。許多讀書的人也只是在趕時

髦，跟排行榜或暢銷書目。他們讀書的目的只是為了表示自己跟得上時代，或在為社交場合準備速成的話題。他不禁想起，多年前他寫的那首叫〈讀書〉的詩來：

　　打開書

　　字帶頭
　　句跟隨
　　一下子跑得精光

　　只剩下
　　一個暢銷的書名
　　以及人人談論的
　　作者的名字

　　果然好書

　　他不知道逯耀東寫的這本《那漢子》當年在台灣是否也屬於暢銷書之列。但不管怎樣，從圓神出版社的定價新台幣一百元到美國中文書店的標價十美元到芝加哥唐人街公共圖書館的一毛五，《那漢子》可說是又風塵僕僕地經歷過一次人間的冷暖與滄桑了。

　　　　　　　　　　　　　　　　　　　一九九八・十二・二十九

過年

　　在美國待久了，許多中國節日，如果不是香港一位父執每年年初都給我寄來一本新舊對照的日曆，恐怕過了都還不知道呢。這些節日，對兩個在美國土生土長的兒子來說，意義不大；而對我們自己，由於沒有那種氣氛，也實在熱鬧不起來。久而久之，有些節日在記憶中竟變得模糊不清，甚至淡忘了。

　　只有舊曆年是例外。不但許多細節仍清新如昨日，那些在除夕元旦交會的時辰此起彼落燃放的爆竹，此刻似乎還在耳邊爽脆地爆響。而隨之而來的新年氣氛，更在心頭瀰漫盪漾，久久不散。

　　那種興奮歡樂的氣氛，當然只有天真無邪、無憂無慮的兒童才能真正領略享受到。隨著年齡與世故的增長，即使是單純的一串爆竹，點燃起來有時候也不免會透露出些許蒼涼的味道，令人徒呼負負。下面是我多年前寫的一首叫〈除夕〉的詩：

　　　　對三百多個沒發芽的日子
　　　　也只有這樣狠下心來
　　　　爆米花般把它們爆掉

　　　　而經歷過槍林彈雨的手
　　　　引燃這麼一串無害的鞭炮
　　　　卻依然戰戰兢兢
　　　　如臨大敵

眼看著日子一個接一個飛逝,怎能不令人戰戰兢兢如臨大敵呢?

　　去年二月底我曾應邀參加在新加坡舉行的第二屆「人與自然──環境文學國際研討會」。行前一查日曆,恰好是在過年後不久。心想何不趁便回台灣及大陸走一趟,重溫一下兒時的舊夢。廣州一位文友知道了,很高興地邀我到她家過年。她在給我的信上說,許多識與未識的詩友及文友們,包括她的丈夫在內,都已在那裡翹首以待了。

　　而近鄉情怯的我,一邊想起唐代詩人賀知章的七言絕句〈回鄉偶書〉:

　　　少小離家老大回
　　　鄉音無改鬢毛催
　　　兒童相見不相識
　　　笑問客從何處來

一邊在心裡頭苦笑。別說是兒童,相見而能相識的大人恐怕也已不多了吧?

一九九九‧一‧十八

侏儒的形成

　　幾年前我曾寫過一首叫〈侏儒的形成〉的詩：

　　他從口袋裡掏出一大堆

　　響亮的名字

　　奮力向上拋起

　　讓它們

　　天女散花般

　　紛紛

　　在他自己的頭上

　　加冕

　　就在他沾沾自喜

　　顧盼自雄的時候

　　那些非親即故飄飄盪盪的名字

　　卻一下子變得沉重了起來

　　空空空空

　　氣錘般

　　把他錘壓成

　　侏儒

　　我在附注裡說：「英文 name-dropper 這個詞，具體而形象，可惜一般英漢辭典裡找不到它。我手頭的一本較詳盡的英漢大辭典也沒有相

應的中文詞，只解釋成『（在談話中）抬出名人顯要（暗示與之相識）以提高自己身價的人。』又未免嫌囉嗦了些。不然拿來當標題倒是挺合適。」

　　這首詩，是我到舊金山參加一個華文作家的聚會，回來後不久寫成的。在那個聚會上，我聽到一位聞名已久的學者作家，在台上講話時抬出了一大串「名家」的名字往他自己的臉上貼金。不是林某某是他的好朋友，幾年前曾在一起吃過飯，便是王某某是他的親戚，曾在他家裡過夜之類的，而這些名字同他所講的主題並無多大關聯。其實從我讀到他的少數幾篇文章，他在我的心目中已可自成一家，為什麼他覺得需要抬出別的名人來烘托自己呢？我到現在還不明白。

　　曾有一個時期，人們慣以「我的朋友胡適之」來笑話那些動不動便以名人的名字來自高身價的人。其實只要不過分，我想也未可厚非。畢竟，能見賢思齊總是好事。只是如果自己拿不出一點像樣的東西來，而又拚命想擠進一群高個子中間，不會更顯出自己的矮小嗎？

一九九九・一・十八

沉默十秒鐘

　　突然，沉默凝凍在電話線的那一頭，足足有十秒鐘之久。

　　他同一位台灣籍的作家朋友在電話裡聊天，正聊得熱絡，不知如何，話題竟扯上台灣的方言，彼此的聲音不知不覺地提高了半音，然後便是那難堪的沉默。

　　他馬上警覺，他已打破了自己所訂的不跟朋友談論牽涉到宗教或政治問題的戒條。

　　在他的經驗裡，宗教與政治，都是充滿危險的火藥庫，即使親如夫妻，一旦陷身其間，隨時都有觸爆的可能。他認識的一對美國夫婦，每四年總要為投共和黨或民主黨總統候選人一票的事而爭吵一番。對於這種純屬私人的、情緒化的信仰或信念，幾乎無理可講，而且誰也別想說服誰。

　　他只是提到他最近在香港，從中港碼頭搭乘計程車到西環他親戚家的一個不愉快經驗。他用普通話告訴司機要去的地點，司機卻沒好氣地白了他一眼，然後嘰哩呱啦講了一大堆他聽不懂的廣東話，而且越講越大聲越氣憤，使他丈二金剛摸不到頭腦，不知到底說錯了什麼或做錯了什麼。後來聽出來好像是要他指出顯明的路標之類的，他只好用英文說他對香港不熟，只知道街名及門牌號碼。後來同親戚談起，親戚笑說：「一定是把你當內地人了。近年從內地來港的人口日眾，有些本地人把一些社會治安及經濟問題都歸咎於外地人，你剛好成了他的出氣筒。」

　　他在電話裡對他的朋友感嘆道，要是香港也像台灣早年一樣，在學校裡推行國語普及教育，多好！至少不會令人有置身比外國還外國的難堪感覺，像從前不會說台山話的人進入唐人街一樣。可惜現時的台灣，本土意識高漲，居然要在學校裡教方言，未免開倒車。

　　他的朋友說，這我可不同意。國民政府以提倡國語為名，把台灣的方言幾乎摧殘殆盡，補救的辦法，當然是在學校裡實施雙語教育。

　　但台灣有說閩南話、客家話、高山族話以及內地各種各類方言的族群，如廣東話、潮州話、福州話、上海話、四川話、湖南話、安徽話、山東話，甚至新疆話與蒙古話等等。在一個學生來自不同族群的學校，如何界定雙語？難道要少數服從多數，強迫所有的學生都學某一種方言？那豈不又落入了你所反對的霸權教育的覆轍？其實，一個在講方言的家庭裡長大的孩子，自然而然地會講方言，何需特別去學習？不如把時間拿來學好一兩種外語，在這個地球村的時代，也許更實用些。當然我也不反對，把方言列入課程，讓有興趣的學生去選修。他滔滔地說。沒聽到對方搭腔，便又接了下去。

　　美國近年來也常為雙語教育的問題發生過激烈的辯論與爭執。雖然正反意見雙方都各有他們的理論根據，但我相信你會同意，除了在過渡時期對新來的移民子弟有所幫助外，雙語教育有時反而會減少他們學習及精通英語的動機，對他們的融入主流社會以及日後的事業發展，可能成為一種障礙。同時我也擔心，強調某一種方言，在一個多族群的社會裡，會造成族群之間的隔閡與摩擦。不如大家從小都學習一種共通的語言，作為溝通的工具，即使我們有漢語這共通的文字可充當書面上溝通的媒介。當然我也知道，像黃春明及王禎和等台灣作家，曾經用台灣方言豐富了中文的詞彙，使中文的運用顯得更靈活，更多彩多姿，但他們不是都沒在學校裡受過正規的方言教育嗎？我們實在沒有必要去為每個地區的方言都另創一套文字。

　　他的朋友說你這就不知道了，閩南話及客家話都已有它們各自的文字系統。

　　他突然想起最近從台灣詩刊上讀到的幾首用閩南話寫成的現代詩。即使他會說流利的閩南話，仍讀得滿頭霧水，比後現代詩還晦澀難猜。便不禁用充滿質疑的口氣說「是嗎？」

　　然後便是那使他匆匆結束談話掛上話筒、短短十秒鐘卻長如一世紀的沉默。

二〇〇一・一・七

沒有主義及其它

1.

　　我不曾讀過高行健寫的《沒有主義》一書，但最近讀了他的《一個人的聖經》，深深覺得他正如劉再復在該書的跋裡所說的，「是一個渾身顫動著自由脈搏、堅定地發著個人聲音的作家，是一個完全走出各種陰影尤其是各種意識形態陰影（主義陰影）的大自由人……」。只有在這種完全自由的狀態下，一個作家才有可能無懼無求無掛無慮，發出真正屬於自己的聲音。

　　但劉再復畢竟是一位學者。學者的慣例，是對研究的對象分門別類，再貼上標籤。所以他終於還是給宣稱沒有主義、拒絕主義的高行健，加上了一個「極端現實主義」的稱呼。

　　但我相信（也希望）高行健不會像一些作家一樣，得了諾貝爾獎以後，便江郎才盡，或志得意滿，開始走下坡路。在今後的寫作路上，他一定還會繼續從事各式各樣的試驗與探索，而他個人的生活變化與遭遇也可能影響到他的寫作。你這不是在替他製造陰影，遮去他最珍惜的熱烘烘明晃晃的陽光嗎？我在電話裡笑問劉再復。

2.

　　我還以為只有詩的讀者越來越少，沒想到小說的命運也好不到哪裡去。聽說高行健的代表作《靈山》每年只賣出幾十本。連美國著名的漢學家、中國文學翻譯專家葛浩文教授都承認，《靈山》他只看了一部分，《一個人的聖經》也沒有看完。一般的讀者，能全部看完的可能更

少。當然現在情形完全不同了，買他的書讀他的書的人一定很多。只是諾貝爾文學獎每年只頒發一個，下一次落到漢語作家的頭上不知又要等多少年？耐不住寂寞或不願意「退出市場」（高行健語）的作家，看樣子只有另謀出路了。

3.

最近去汕頭參加一個文學會議，有機會接觸到國內一些寫作的朋友。對高行健的得獎，一般都認為是件值得歡欣鼓舞的事，特別是年紀較輕的作家們，雖然他們幾乎都說沒讀過他的作品。但也有人對高的獲獎頗不以為然或表示不服氣，他們說國內比他好的作家多的是。那當兒我還沒機會讀過高行健的東西，所以無法置評，而且也覺得諾貝爾文學獎又不是奧運的冠軍賽，比什麼高下？我對他們說，有漢語作家得獎，無論如何總是好事。要是國內真如他們所說的有那麼多比高行健更高明更傑出的作家，我們更應該感到高興才對。說不定下幾屆的諾貝爾文學獎桂冠都會落到中國人的頭上，那中國便成了真正的文學強國，皆大歡喜了。

4.

舞蹈家江青在〈與高行健共「舞」〉一文裡說：「高行健是位在創作途徑上永遠求變、創新、不炒冷飯、不耐寂寞、永遠躍躍欲試之人，他也希望能嘗試跨類別，打破固定的格式，尋求新『語言』新形式的作品。」我相信，這同他成為破天荒頭一位獲得諾貝爾文學獎的漢語作家，有極密切的關係。

談到跨類別及打破固定的格式，我自己幾年前在為《明報》的一個副刊專欄寫文章時也嘗試過。雖然香港有些詩友對我把現代詩帶進專欄文章的作法頗表嘉許，我也曾接到幾位年輕讀者從香港給我寄來加油打氣的電子郵件，但該專欄後來還是不得不「根據讀者調查的結果」叫停。台灣也有副刊編輯說我那些「有詩為證」的文章，同他們版面的體例不合。可見，編者及讀者的閱讀慣性的影響還是相當大的，即使在這個顛覆反叛的所謂「後現代」。

二○○一・一・十

大家手筆

　　知道黃永玉這個名字，是多年前在舊金山陳若曦家裡看到他送給她的一幅水墨畫，她把它當寶貝似地炫耀。後來又讀了他一些詩文，新鮮活潑，令人不能不從心底喜歡起。便想，有機會一定要見見這個人。

　　沒想到會在一個詩人的場合上見到他。一九九六年十一月，我去參加國際華文詩人筆會在中山及佛山兩地舉行的年會。聽說黃永玉先生也來了，當天晚上便興奮地去找他，但圍繞著他的人很多，沒機會多談，只送了他一本詩集。第二天一早碰到他，他說昨晚我讀了你的詩集了，特別喜歡寫菲律賓前總統夫人伊美黛在後宮囤鞋三千雙的那首〈長恨歌〉。他說多年前訪問馬尼拉時，她曾陪了他一整天。

　　會議最後一天的節目是參觀鄉鎮建設及一家鞋廠。正要去搭車，會議主持人過來要我去給接待單位留點墨寶，說黃永玉先生正在給他們畫畫呢。我說我怎麼敢在黃先生面前賣弄。不過我想機會難得，便順手拿了我的照相冊去請他看，上面有我一些繪畫及雕塑的照片，都是些沒有章法的隨興之作。他仔細翻看，微微點頭，嘴裡說沒想到我不只是鬧著玩兒的。他每點一次頭便多給了我一份信心，知道他不是那種喜歡敷衍的人。我也告訴他我很喜歡他的水墨畫，希望將來有機會也學學玩玩。

　　這時紙墨已準備好了，他一邊潤筆一邊構思，然後寥寥幾筆，便勾勒出一幅意境幽遠的晚鳥圖來。在等墨乾的空檔，他要人替他裁半張紙，然後用筆在上面勾出了一隻馬的輪廓。我心一動。這時有人來催，說大家在等著出發去參觀。我說我寧可看黃先生畫畫，不去了。有兩三個人，包括會議的主持人在內，看我不去，便也跟著留了下來。大家凝

神屏氣地看他揮動畫筆，東一筆西一筆，不久一隻白馬便浮現了出來。當他在畫頭題上「白馬」兩個字時，我終於忍不住說，白馬非馬，是給我的吧？他點頭說是。其他的人看了，便也紛紛趨前向他索畫。平易近人的黃先生很慷慨，一口氣連畫了三張花鳥給他們。這時有人來催他上車，去碼頭搭水翼船回香港。他說不急。回頭問我喜不喜歡我的白馬。我說當然喜歡。他說我可不滿意。這樣吧，我重畫一張給你。雙手一擠攏嘩啦一聲便把一張白馬圖揉爛撕毀。旁邊的人伸手去搶救，已來不及了，連說可惜可惜。等他裁好紙鋪平再潤好筆，慢條斯理地一筆一劃完成另一幅不同構圖不同神韻的畫並在上面題上了「白馬圖」三個字以後，我提著的一顆心才放了下來。他端詳了一會兒，說這幅我滿意。並對我說回去後找些宣紙試試吧，有機會到香港來找我。我說一定一定。

回美國後東忙西忙，早把學水墨畫的事忘了。有一天突然收到香港來的一個特大的信封，打開一看，竟是黃先生用毛筆寫的將近兩米的長信！在信裡他說：「知你要試試宣紙畫，我聽了好像很興奮，而且有許多不放心處。宣紙和水這兩樣東西開始都不好對付，如果自己摸索會浪費很多時間精力，悶頭做下去，很容易耗損耐心的，所以我試試給你提供一些要點，這似乎不太禮貌，顧不得了，請原諒。」然後他圖文並茂地告訴我要準備些什麼樣的筆、紙、毯子、墨、顏料及盤子等等材料工具，還有筆墨的運用要點與宣紙的作用效果等等。他說運用得宜，你會得到意想不到的大快感……會讓你工作得神魂顛倒，累死累活。最後他說：「我太太和孩子去飛機場接參加畫展開幕的老朋友去了。我能放肆地寫這些粗淺的經驗給你。見笑了。」

這樣坦率真摯的藝術家！我手裡拿著信感動得久久出神。

二〇〇一・一・十五

非馬雕塑：馬的架勢，2005年。

我愛你

——口述史學家史塔慈·特寇的故事

　　如果要芝加哥的市民投票選出一個最受愛戴尊崇的芝加哥人物，我相信剛於去年萬聖節去世，享年九十六歲的著名口述史學家史塔慈·特寇（Studs Terkel，1912-2008）一定會高票當選。

　　有濃重芝加哥口音的特寇，在許多方面是芝加哥的同義詞。但事實上他是在紐約布朗克斯區出生的。在紐約度過了不快樂的童年後，於一九二三年隨家人搬到芝加哥。在父母經營的供膳宿的公寓旅館裡，他從那些屬於社會底層的各行各業的人物，獲得了一生中最重要的教育。

　　他平生不喜附庸風雅或自命不凡。雖然他在芝加哥大學獲得哲學學士學位，後來又在該校得了法律學位，卻很少提到他在大學的生活，倒是常提到公立中學裡對他產生過影響的幾位老師。如果說他對芝加哥大學有什麼好感，那是因為他的妻子愛達，一個在一九九九年去世的社會工作者，也是該校的畢業生。

　　特寇的頭一個生涯是在一個電台裡擔任節目主持人，播放他喜愛的爵士音樂及黑人的布魯斯音樂，還有一些詼諧的訪問。但讓他建立起國家聲譽的是一九六七年當他五十五歲的時候，開始的第二個生涯——寫作及口述歷史。矛盾的是，他訪問的對象大多是些他稱為「以及其他」的卑微的不出名的人物，可他自己卻因此而成名。而他對錄音機的狂熱，也許只有尼克森總統差可比擬。

　　在三〇年代便成為政治激進份子的特寇，喜穿紅白相間的格子襯衫，紅領結，紅襪子（紅色象徵左傾），以及灰長褲，還有一根咬爛了的雪茄。這套裝束數十年如一日，幾乎成了他的道具，或商標。他一輩

子沒學開車，當他搭乘公共汽車去上班的時候，常複印一些他認為有趣的文章，分發給車上的乘客們閱讀。甚至當他獨自在街上行走的時候，這位職業健談者也憋不住話。出於需要，他常自言自語。

有趣的是，就是這麼一位愛講話又充滿愛心的人，在把「我愛你」當口頭禪的美國，卻承認他一輩子沒說過這三個字。

之後特寇在一個地方電視台主持一個叫「史塔慈的地方」的節目，問人家各種問題，相當受歡迎。一九五二年國家廣播公司曾把他的節目接了過去，但不久便被取消，原來是特寇的名字出現在反美的黑名單上。一九五二年特寇到芝加哥另一個廣播電台去主持一個每日一小時的節目，主要是播放音樂，偶爾加上一些訪問。他很少邀請明星或政客，但他的訪問名單相當廣泛，包括經濟學者，歷史學家，作曲家，神經病學家等等。記得我在阿岡國家研究所的同事、來自新加坡的物理學家兼業餘音樂工作者沈星揚博士也曾被他訪問過。訪問的內容是中國音樂。

在特寇接近退休年齡時，一個出版家向他提出了一個不平常的想法：用對市民的訪問來描繪這個城市。特寇猶豫了一下便答應了。結果就是一九六七年出版、得到好評並成為暢銷書的《分界街：美國》。接踵而來的是更多的口述書：《艱苦時代：大蕭條的口述歷史》（一九七〇年），《工作：人們談論他們整天在幹什麼和他們對他們的工作的感想》（一九七四年），以及獲得一九八五年普立茲獎的《好的戰爭：第二次世界大戰的口述歷史》（一九八四年）。他花很多的時間去準備，但從不使用書面問題。他的訪問不拘形式，幾乎有點散漫，卻很受評者及讀者的喜愛歡迎。特寇常說美國患了「國家痴呆症」，而他關於勞工、大蕭條以及第二次世界大戰的口述歷史便是他的藥方。

特寇也出版了帶有自傳性的回憶錄之類的書：《自言自語：我的時代的回憶錄》（一九七七年）、《無法預知》（二〇〇七年）以及去年出版的最後一本書《又及：從一輩子傾聽而來的深層想法》。雖然特寇的訪問通常都很率直且富啟發性，他的回憶錄卻含糊甚至有點狡黠。書裡沒提到他的父親，幾乎沒提到他的母親，只浮光掠影地談到他的兄弟，還有一兩個關於他的妻子的故事。特寇聲稱他碰到過那麼多有趣的人，「我體內幾乎沒有餘地讓我對自己的感覺與思想感興趣。」

　　為了表彰這位備受尊崇的作家與歷史家，在他八十歲生日時芝加哥以他的名字命名了分界街橋。除了一大堆大學的榮譽學位外，他還獲得了國家書獎的終身成就獎，而克林頓總統也頒給了他國家人文獎章。有一個小插曲：他因畢生不開車沒有駕駛執照而被擋在白宮的門外。結果還是用芝加哥的老人乘車證證明身份後才得以進入白宮去領獎。

　　在他晚年，這位偉大的傾聽者卻幾乎全聾，但他繼續寫作，在九十歲以後出版了四本書。他把五千小時的錄音贈送給芝加哥歷史博物館，其中大部份已被搬上網。對一個現代技術的低能者（不會開車、勉強能操作錄音機、從未使用過電腦）來說，實在是個甜蜜的反諷。

　　特寇對他的訪問對象有一種不可思議的神秘的移情能力，使他迴異於一般的訪問者。「史塔慈就是喜愛人們，」一個幫他整理過許多訪問記錄的同事說，「深深地，以無邊的熱情。」

　　「我曾同他一起坐過計程車，對他能讓司機在我們抵達目的地之前便把一生的故事和盤托出的那種能力，感到不可思議。」另一個朋友說，「那是一種天賦，來自同情、好奇以及願意讓別人表達他們的觀點，即使他也許並不認同。」

　　特寇是一位有良知與勇氣的知識分子，對社會上的不公與謊言常勇敢地站出來指責。但讓我覺得特寇特別可親的，是他永遠無法說「我愛你」這回事。「從不，」他對一個傳記作者袒露胸懷說，「我開不了口。我能感到它，當然，我想我能感到它——但我無法說出。別問我為什麼。人們對我說它，愛達對我說它，但我就是無法說回去。」

　　無獨有偶，不久前我家老二也說他從未聽我說過「我愛你」這三個字，害得他也沒養成說「我愛你」的習慣。偏偏二媳婦是個喜歡說又喜歡聽「我愛你」的人。她每天至少對丈夫甚至對他們養的小狗說上不知多少遍的「我愛你」，聽不到回音當然免不了會有怨言。

　　但正如一位評論者在談到特寇難於出口的「我愛你」時所說的：「其實也真沒必要。他不說人家也知道。」

　　　　　　　　　　　　　　　　　　　　　　二〇〇九·二·十四

交通管制

　　旅遊團從八達嶺回到北京，大家都很累，巴望著快點回到酒店去休息，卻在途中被困在進退不得的大巴上，足足有一個多鐘頭之久。問導遊，說是前面交通管制，大概又有甚麼外賓或高幹經過。他說這是經常發生的事。他平靜的敘述語調著實讓我吃驚。更讓我吃驚的是，前後停滯不動的成百上千部車輛，居然比一群綿羊還要來得溫順安靜，連一個咩咩聲都聽不到。這同我記憶中喇叭亂鳴的景象距離太大了。旅遊團裡面本來有善唱愛說的團友，這時不是緊閉雙眼在休息，就是睜大眼睛呆看著馬路上淤塞的風景。我突然想起了多年前寫的一首叫〈路〉的短詩來：

　　　兩小鎮間的
　　　那段小腸
　　　在一陣排洩之後
　　　無限
　　　舒暢起來

多麼希望這時候來一陣痛痛快快的排洩啊！

　　貴為京城，經常有外賓來往是正常的；管制交通讓貴賓們能順利通過去赴國宴或趕飛機也是可以理解的。讓我不解的是，公安人員應該老早就知道什麼時候需要交通管制，為什麼不事先發佈消息，讓車輛改道，不致大家措手不及，把整條街道都堵死成了停車場？而且一堵就是一個多鐘頭！而在任務完成後，我只看到那幾部車頂亮閃著紅燈攔在街口的警車，拍拍屁股一溜煙走個精光，讓積聚了好幾里長的車輛在沒有

頭腦的紅綠燈死板的控制下匍伏前進自生自滅。他們難道沒有責任或不知道該留下來指揮疏導，讓兩邊的交通盡快恢復正常嗎？後來同一位當地新聞界的朋友談起此事，他笑說大家對這種情形早已麻木了，更多的時候是把它當成笑談。我發現他的笑裡含有太多的苦澀與無奈。

兩天後，我們在天津的火車站又經歷了另一次交通管制，雖然形式不同，而且時間只有短短的三、四分鐘。

我們正排著長隊要進入車站，突然前面的隊伍停頓了下來。正奇怪發生了什麼事，我從眼角看到左邊遠處有幾個像是官員或幹部模樣的人，正大搖大擺走了過來。顯然是有高度警覺性的車站服務員，早早地為這些官員們摒除障礙開道。這時在我前面一個年輕人突然冒出一句「貪官！」把我嚇了一跳。我想這些官員當然不可能都是貪官，但國內這種「官主」（相對於「民主」）文化，等於在製造分裂隔閡，也很難為外界的人所了解接受。在芝加哥機場，我親眼看到一位在美國國會裡舉足輕重的眾議員，同普通人一樣排長隊接受檢查過關，也沒看到有哪個馬屁精會想到要給他一點額外的優待或方便，更不要說交通管制了！為什麼在國內連一個芝麻小官都要處處擺出高人一等的姿態呢？我不由得又想起多年前寫的另一首叫〈小草〉的詩來：

> 被烤得死去活來的小草
> 再怎麼平反
> 都是一樣枯焦
>
> 卑微的心
> 只希望
> 阿諛的向日葵們
> 別再捧出
> 一個又紅又專的
> 大太陽

至少，我希望，別捧出一大群刺眼的小太陽來。

二〇〇九・十一・七

有詩為證

非馬雕塑：天書，1995年。

讀書樂

　　我不是來自書香門第。在我記憶裡，小時候家裡除了我們學校用的課本外，幾乎沒有一本書。今年年初我回到鄉下的老家去，冷清清地總覺得有什麼地方不對勁，後來才發現，原來家裡不但沒有一本書，連雜誌報紙都沒有，使我怵然心驚。

　　幸好我有一位風雅的伯父。他在南洋經商，每年夏天都要回到家鄉來度假。每次回家，總得找個大太陽的日子，曬他珍藏的一箱箱字畫，而幼小的我，便成了他得力的助手。他會滔滔地為我解說攤在地上的每一幅字畫——它們的作者、年代、意義與神韻。其它無所事事的夏日午後，他便拿出他私人的藏書，席地而坐，教我跟著他朗朗誦讀，偶爾也稍作解釋。但他的藏書似乎只有幾本《古文觀止》，還有一兩本詩詞，包括唐詩。

　　我真正開始享受到讀書之樂，是我念小學五年級的時候。依照伯父的主張，家裡把祖母葬禮節省下來的錢，購買了一大批圖書捐給我就讀的學校。所謂學校，其實是村裡的一個祠堂。為了這批書，校長還特地撥出一個小房間來充作圖書室，而我便成了享有特權的讀者。別的同學一次只能借一本，我卻可一次借三本。每天晨昏，我必捧著一本書蹲坐在家門口大理石牆的角落裡，就著陽光全神貫注地猛讀，直到該吃早飯上學或天黑得看不清字為止。使我受益最多的，是那些豐富的民間故事與傳說，還有歷代名人的傳記。到了六年級下學期，我幾乎已把所有的幾百本書都讀遍了。不久我便去了台灣。

　　在台中一中念初中的時候，圖書館裡還可借到三、四○年代大陸作家的作品。第一次接觸到新文學，我的眼睛為之一亮。那時候我讀的大

多是小說。新文學之外，我也耽讀租來的武俠小說及通俗的演義小說。接觸到新詩，則是進入台北工專以後的頭一兩個暑假的事。住在台中家裡，我每天天微亮便帶著一本徐志摩的詩集到公園去，在草地上邊走邊背，直到日頭高高升起，公園裡的遊人多了起來，才漫步回家吃早飯。那時候台灣的經濟遠沒有今天發達，學生找暑期工作幾乎是不可能的事。暑假裡我最大的野心，便是計畫好好讀幾本大部頭的翻譯小說，包括《基度山恩仇記》、《戰爭與和平》、《約翰克利斯多夫》、《高老頭》、《三劍客》等。每次大致都能依照計畫完成。

　　隨著畢業而來的一年半預備軍官訓練，雖然被分發到最辛苦的步兵，對我來說，並不是什麼不愉快的經驗。原因之一是我充分利用那「不屬於自己」的時間，讀了不少自己想讀的書。聽訓的時候、上課的時候、站衛兵的時候、打野外的時候、休息的時候，一有機會，我便取出隨身攜帶的活頁（我把一本本買來的新書化整為零），豎著耳朵津津偷讀。盧騷的《懺悔錄》便是這樣一活頁一活頁讀完的。南台灣的大太陽曬得人一身臭汗，我的心卻經常涼爽愉快，飽滿盈實。

　　來到美國以後，時間似乎被分割得太厲害了。除了讀一些短篇小說及短詩外，我幾乎已不敢去碰那些重量級的大部頭。偶爾勉強自己，也已失去昔日那種忘懷一切的專心。畢竟，有些東西是一去不復返了。想想不免令人感到悵惘。

一九八五·一·十五

詩的經驗
——談三本美國新詩集

　　一位美國名詩人在最近一次訪問裡說，每次他讀到當代詩人的詩，總忍不住想：「是的，意思很好。可是為什麼他不能把它做成一首詩呢？光是把它寫下來是不夠的。」大部份的當代詩只是把它寫下來，而不是努力為讀者塑造一種詩的經驗。這種照錄的誘惑來自想把來到我們面前的東西保存下來的基本衝動。不管它是一個多年與我們同在的故事，或是一個似乎帶著一些我們想抓住的特殊知識或經驗的稍縱即逝的瞬間。

　　幾本新近出版的美國詩集卻顯示這種寫下來的衝動能採取各種不同的途徑。瑪吉・皮爾西（Marge Piercy）在她的詩集《石頭、紙、刀》（Stone, Paper, Knife，Knopf 出版社）裡處理許多政治上及文化上的題目，也寫日常生活的事物。但當詩人為了心中的某個題目而寫作，詩很可能成為意見的工具而非探索的方式。如果皮爾西是在競選，《石頭、紙、刀》裡的一些詩，也許是很好的精短演說，能夠引起聽眾的強烈反應——歡呼聲或噓聲。但很少人會說她對她的主題——污染、性別偏見、戰爭販子、無知男人及唯利是圖的大企業對無助的人們特別是婦孺的虐待等等——有深刻的思考。她似乎滿足于把表面的物象塞進詩裡去。不管她的攻訐有多真實，讀者——不同于選民——要的是好作品，而不是過份的渲染或濫用的語言。雖然也許會有讀者因為認同詩人的意見與態度而喜歡她的書，但如果一首詩缺乏優異的藝術，它將無法引起那些不認同的讀者的注意力，更不用說去說服他們了。

　　約翰・海恩斯（John Haines）是個略帶冷酷氣質的自然詩人。他的《冰河來的消息》（News From the Glacier，衛斯理大學出版部）在表面上看起來同皮爾西的詩似乎毫不相類。但皮爾西與海恩斯有一個共同

點：親近讀者。他們都不曾在他們與詩中自己的聲音之間保持距離。他們都患了那種直抒胸臆的毛病。要是讀者同意海恩斯對大自然的觀點，那麼他的這些詩也許不致過目即忘。但若讀者不同意他的觀點，那麼這些原野上的生生死死的象徵能被記住乃是因為它們精確直接的觀察與描寫，而不是因為它們的藝術效果使我們的心再度充滿感情與思想而引起共鳴。像皮爾西的書一樣，這本書的力量不在個別的詩，而在海恩斯的注意力與態度的累積效果。

　　這兩本詩集可用來作為最近獲得美國書獎的蓋爾威・金內爾（Galway Kinnell）《詩選》（Selected Poems，Houghton Mifflin出版社）的背景。金內爾除了在紙上有強烈的親切感外，更有強烈的觀察力並且知道如何在他自己與作者之間保持距離與平衡。他的詩同皮爾西與海恩斯的詩有兩個不同點：一為語言，另一為詩的意識。金內爾是一個善於使用語言的藝術家，不是一個只會記錄的作家。像皮爾西及海恩斯一樣，金內爾也寫大自然，家庭瑣事或社會事件，但在他的詩裡，這些不僅僅是詩的主題，而是我們躲不開擋不住的悲歡的根源。他為我們生命裡這些洶湧著生與死的無邊感覺的時刻找到了最合適、最有力、最富情感的字眼。

　　雖然皮爾西及海恩斯也許會給我們許多使我們深思的東西，金內爾給了我們他自己最強烈的經驗裡的精華，而這是全然不同的樂趣。這是詩。

　　在台灣，近年來的鄉土文學論戰終於使現代詩從迷幻的困境裡走出來。這本是極可喜的現象。但正如所有的改革運動一樣，有時免不了矯枉過正。不少詩人因此也多多少少患了直抒胸臆的毛病。所幸許多有自覺的詩人及詩評家都已清楚看到了這種偏差。像《笠》詩社一再倡言的「現實經驗的藝術導向」及復刊的《文季》在發刊的話裡所說的「偉大的文學，必須是具有高度的藝術性及高度的現實性的作品。」便是例子。我們有充份的理由相信，假以時日，我們的詩人們必能寫出兼具高度現實與藝術的偉大作品來。

一九八三・五・一

永恆的泥土

　　從十三歲離開廣東鄉下，先到台灣，後到美國，這幾十年當中，很少有機會接觸到泥土，但泥土似乎早已滲入了我的血液。即使身處鋼筋水泥高樓大廈的都市，仍有許多東西能引起我對泥土的記憶。我隨時可聞到泥土芳香的氣息。

　　在我的記憶裡，母親的赤腳常同泥土混為一體。小時候，每天早上被從菜園工作回來的母親叫醒，第一個聞到的，便是這泥土氣息。那時候父親一個人在南洋做生意，母親帶領我們兄弟姐妹在家鄉過活。不識字的她，只希望我們好好唸書，田裡所有的工作幾乎都由她一個人包辦。而小時候體弱的我，大忙也真幫不上。但我喜歡跟著她在綠油油的菜園裡轉，拔拔草，捉捉蟲，澆澆水。她似乎有用不完的精力，從不讓自己閒著，也很少聽到她訴苦。

　　一九八〇年我頭一次回國，同離別了三十多年的母親見面。歷盡滄桑進入暮年的母親同二哥及弟妹都已離開原來的鄉下，搬到汕頭附近的一個小縣城定居。在那個陌生的環境裡，我總感到有點格格不入。當時以為是由於我多年不用家鄉話，許多感情無法充分表達的緣故。但後來想，沒有故鄉的泥土來觸發昔日的記憶，恐怕也是原因吧！

　　如今母親同父親已雙雙安息地下，永久地同泥土融為一體。泥土對於我，除了孕育萬物之外，又加上了包容一切的新意義。我記不起沒受過一天教育、不識一個大字的母親，曾說過什麼驚天動地的話，但她對泥土的真摯感情，她那如泥土般執著與淳樸的性情，對體力勞動的喜愛，腳踏實地的苦幹精神，對子女無私的奉獻與犧牲，都深深地影響了我的一生。

多年前我曾為天下所有苦難的婦女們寫過一首題為〈老婦〉的詩，心中浮現的便是母親的影像：

沙啞唱片
深深的
紋溝
在額上
一遍
又一遍
唱著

我要活
我要活
我要

默默的母親，默默的泥土，在我默默的思念裡，都成了永恆。

一九九四・一・十

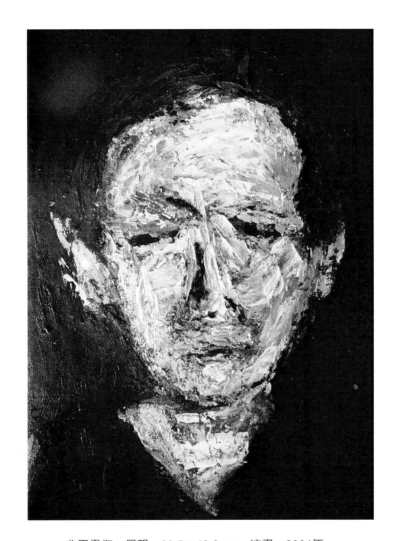

非馬畫作：母親，30.5×40.6 cm，油畫，2004年。

泥縫中的詩種

　　萌芽，必須先有種子。

　　我的詩種撒得很早很偶然。大概是在村塾裡唸小學二、三年級的時候吧，那年夏天廣東大旱，河流乾竭，土地龜裂，稻禾枯死，又紅又大的太陽每天從早到晚毒毒地罩在頭頂上，烤得人畜草木黃黃徨徨。祈神拜佛的儀典不斷，雨就是不下來。

　　我們的村塾設在祠堂裡，學生不多，由一位受過新式教育的「全能」老師執教，學費是每人幾斤白米。這位老師雖是外地人，這時也同舟共濟，神情肅穆地要大家寫一篇求雨的作文，並特別交待，一定要寫得虔誠，才會靈驗。我虔誠地寫了繳上去，第二天到學校一看，牆上高高地貼了一首新詩，邊上赫然是我的名字。原來是老師一時興起，大筆一揮為我改成分行。我還清楚記得它的最後三行：「雨啊／快快下來／救救萬萬生靈！」

　　本來我在班上一向成績不錯，作文被貼牆示範這不是第一次。只是這一次恰好被我那位從南洋返鄉度假的伯父看到了，並大加讚賞。每當有客來訪，伯父一面撮吸著名貴的鼻煙，一面朗朗背誦我的這首「傑作」，並當眾誇獎。

　　那時候，我的伯父在我們小孩子的心目中，是一尊令人敬畏的神。不僅僅因為他赤手空拳帶領幾個弟弟在南洋開創出一番頗為像樣的事業，更因為他析理明確，做事果斷，思想開放，雖然沒受過多少學校教育，在鄉下卻享有一言九鼎的崇高地位。

　　就這樣，新詩的種子，在無意間被撒落在我的心田上。但它的萌芽，卻在多年後的台北。

　　不知什麼時候起，我開始嚮往手拿丁字尺身穿藍色工裝、建設新中國的工程師。總之，初中一畢業，我便一心一意考上台北工專，唸機械

工程。開始時還新鮮，不久便發現，成長中的心靈極需理工之外的東西滋潤，便同一位志同道合的同學，在學校裡創辦了一本叫《晨曦》的文藝刊物。從拉稿編排插圖寫鋼板到油印裝釘分發都一手包辦。稿源極端有限，每一期十之八九的篇幅都得自己動手用各種筆名寫各種不同體裁及題材的東西去填滿。在少數的幾個作者當中，有一位筆名叫「莊妻」的，是高我兩三屆的同學，頗有詩人氣質，常在報紙副刊上發表新詩。每次看他領到稿費時的得意相，常使我羨煞，便也跟著寫起新詩來。而他也經常給我鼓勵，見面時總要用他那口台灣腔的普通話問我寫書（他常「詩」、「書」不分）了沒有？好像也就在那個時候，徐志摩的詩撞進了我的世界。我每天捧著他的詩集，邊背誦邊模仿，寫了不少音韻鏗鏘的徐體詩。下面這首題目叫〈山邊〉的詩，用「達因」的筆名發表在當時的《中央日報》副刊上，發黃的剪報現在還夾在我的日記本裡：

我在山邊遇見一個小孩，
──一個會哭會笑的小孩！
淚珠才從他聖潔的雙頰滾過，
甜美的花朵就在他臉上綻開。

最純潔的是這小孩晶瑩的眼淚；
說真美也只這未裝飾的臉才配！
造物者的意旨我似乎已懂，
為這無邪的天真我深深感動。

我深情地注視著他許久許久，
溫暖的慰藉流遍在我心頭。
感激的淚水迷濛了我的雙眼，
再看時，小孩的蹤影已不見！

就這樣，從《晨曦》到報紙副刊到文藝刊物到詩刊，我的詩開始冒出芽來。直到今天，它似乎還在那裡不斷地一點點往上冒。

一九九四‧一‧十五

祖母詩人

　　卡森太太不認為自己是個詩人。早在我擔任伊利諾州詩人協會會長之前，她便同年紀一樣大、行動一樣不方便的卡森先生，彼此攙扶著前來參加開會。但她不是會員。每次當我們輪流讀自己的詩並接受大家的批評時，她都靜靜地坐在她丈夫的旁邊，幫他整理詩稿，偶爾替重聽的丈夫重複或轉述意見，或要喜歡同人家辯得面紅耳赤的卡森先生安靜下來。有時她也會怯怯地插上一兩句，表達她自己的看法。我們都覺得她的見解比卡森先生的還高明。

　　有一次在休息吃點心聊天的時候，她向我透露她也寫過幾首詩，但都見不得人。我鼓勵她拿出來給大家看看。她說讓她考慮考慮。協會每兩個月聚會一次，下一個會議剛好輪到我主持。在大家的同意與鼓勵下，她聲音柔細地朗讀了她的兩首短詩，頓時贏得了滿場的驚異與喝彩。從此她也正式成了我們的會員。

　　卡森夫婦在退休前都是英文教師。他們兩人一直生活在詩裡。特別在這風燭晚年，他們相依為命從詩裡找到溫暖與慰藉，實在令人羨慕。他們有不少子女，但只有一個女兒住在附近，經常替他們打字謄稿。他們有一個兒子，二次世界大戰期間曾在中國服役過，所以老夫婦對我及我的詩都感到特別親切。我的英文詩集《秋窗》出版後不久，我曾在一個書店裡朗誦並簽名賣書。那天晚上下了點雪，我們抵達時，他們夫婦已在那裡等候多時。他們住的地方相當遠，卡森先生視力不佳，對附近的路又不熟，不敢在晚上開車，怕迷路，所以無法留下來聽我朗誦。他們要我在他們購買的四本書上簽名，說要分寄給他們散居各地的子女。

看著他們蹣跚地抱著書走出書店的門，我的眼睛都有點潤濕了起來。

卡森太太的詩小巧玲瓏，只寫些小花小草小鳥小松鼠，卻都真摯可愛，給人溫暖的感覺。像下面這首題為〈彼此彼此〉的小詩：

鳥在煙囪內
對我悲啼
在這冰雪交加的夜晚
我將同你共享這塊石壁
雖然天很冷
我不會把火點起
怕我的溫暖將你凍斃

不說爐火把鳥燒死，而說自己的溫暖把鳥凍死，有力而新穎，予人極大的震撼。另一首叫作〈同居〉的十四行詩，也同樣可愛：

我也許不會看到你們
那被廊柱遮蔽的窩，
要不是你們急急投入
當我站在那裡等著離去。

你們真大膽，知更鳥，
同人類雜居一起，
我們不常在這裡
你們也許以為它已廢棄。

我們的幼雛確已遠走高飛，
夜晚我們才回到這空巢。
我們將把燈火扭暗聲音壓低
直到你們的子女也準備好離去。

我們將同你們分享這居處——
你們用前廊，我們用後室。

　　詩人協會裡的另一位祖母級詩人卡爾森太太，姓氏同卡森太太相近，但多了個「L」字。平時我們都以名字相稱。卡森太太叫洛蕾塔，卡爾森太太叫安。安是個家庭主婦，寫詩，但更多的時間寫散文，是當地一個作家工作坊的成員。她在我擔任詩人協會會長期間擔任秘書工作。白天她多半在家裡替她的一個女兒帶小孩。身體比洛蕾塔輕健得多，喜歡同她的丈夫到處旅遊看鳥，因此各地的景物成了她詩的主題。我的詩集一出版，她便買去了一冊。兩天後我收到她的一封信。在信上她感謝我把我的詩結集，讓英文讀者有機會共享。美國詩人就是這麼天真可愛，花錢買書還要寫信道謝（不只安一個人如此）。不像有些中文詩人，自以為大牌，姿勢擺得極高，你免費送他書，他連謝一聲都懶得謝，更不用說要他花錢買你的書了。好友劉荒田把這稱為「熱臉貼上冷屁股」，確是妙喻。閒話表過不提。有一次安在朗讀她的一首叫做〈聚散〉的詩之前說，這首詩是受非馬的影響，有點非馬詩的味道。在這首詩裡，她寫被歲月磨鈍了感覺的一對老夫妻的窘境。他們各自活在自己的小天地裡，對彼此的存在（或不存在）視而不見，把對方當成了家俱的一部分。風趣而深刻，是一首不可多得的好詩：

　　　　有一天我外出
　　　　你問我一個問題
　　　　忘了我不在
　　　　那個慣常的角落裡
　　　　蜷縮在沙發上

　　　　有一天我在家
　　　　蜷縮在沙發上
　　　　在那個慣常的角落裡
　　　　忘了你外出
　　　　我回答了你的問題

一九九六‧九‧二十

漫談小詩

　　不只一次，好心的詩評家及詩友，在讚揚幾句我的詩作之後，會加上這樣的話：「你的短詩是寫得沒話說的了。能不能顯一手你的長詩才能讓我們開開眼界？」他們的話常使我啞然失笑。

　　如果我的小詩已很好地表達了我所要表達的，我幹嘛要把它摻水拉長？如果我小詩都寫不好，誰還有胃口要讀我的長詩？

　　長詩的時代老早過去了。像《伊利亞德》、《奧德賽》以及《失樂園》那樣的長篇巨構，在今天一定可找到更合適的形式與媒介（比如小說及電影）。我們的老祖宗老早便給我們示範，短短的五言七言，便能塑造出一個獨立自足、博大深邃的世界。何況還有更現實的考慮：現代人的生活那麼緊張，時間被分割得那麼厲害，誰還有閒功夫來聽你囉嗦？

　　我最近為了編一本選集，檢視了自己所有的詩作，竟發現越是短小的詩，越能激盪我自己的心靈。這其中的道理，我猜是由於文字空間的減少，相對地增加了想像的空間，因而增加了詩的多種可能性。

　　我相信小詩是世界詩壇的主流，如果不是目前，至少也是不久的將來。「芝加哥詩人俱樂部」的一位詩人在讀了我的英文詩集《秋窗》後寫信給我說：詩本該如此。我猜她指的便是小詩的形式。

　　談到詩的形式，我想順便說幾句。我一直不明白，為什麼今天還有詩人在那裡孜孜經營並提倡固定的詩形式。幾年前詩友向陽熱衷於試驗他的十行詩，我便寫了下面這首〈十指詩〉調侃他：

　　　如果詩是手指
　　　詩人便可買一雙
　　　精美合適的手套
　　　給它們保暖
　　　這樣

　　　詩人便不用擔心受涼
　　　不用對著手裡一大堆
　　　忽長忽短忽粗忽細
　　　忽多忽少忽有忽無的詩思
　　　徬徨

並提過這樣的問題：「如果九行便能表達詩思，是否要湊成十行？反之，如果非十一行不可，是否要削足適履去遷就？」對於我，詩是藝術。多餘或不足都是缺陷，都會損害到藝術的完整。

　　順便也談談詩的押韻問題。詩的韻律應該是無形的、內在的、隨著詩情的發展而起伏游動的。纏足也許還能滿足今天某些人的審美需要，我們也無需去干涉或禁止。但畢竟這是個自由開放的時代，我們還是撒開我們的天足，無拘無束地走我們的大路吧。

　　一位美國詩評家在《芝加哥論壇報》上談到我的詩時說：「沒有比非馬的詩更自由的了，但它自有嚴謹的規律在。」畢竟，自由不等於放任。而一首詩的內容決定了它的形式。千變萬化的現代生活內容需要有千變萬化的詩形式來配合、來表現。我們沒有理由要局限自己甚至僵化自己。

　　回到小詩上面來。一九八五年五月五日《文學界》（現已停刊）在台北舉辦了一個「非馬作品討論會」。會上，詩人兼詩評家林亨泰在聽到一位詩人希望非馬「能夠寫出更龐大的作品」的發言後，說了下面這段話（見《文學界》第15集）：

我覺得非馬的詩並不短，如果把它的題目都去掉，然後編成1、
2、3、4……。他的一本詩集可以變成一首詩，那麼便可變成很長
的詩了。這只是編輯、整理的問題。可以說他的詩還沒寫完，只
是一段、一段，一首龐大的詩還繼續不斷地在寫。

這樣高瞻遠矚的知音，常使我溫潤感念。我希望我的每一首詩，都是我
生命組曲裡一個有機的片段，一個不可或缺的樂章。

　　在詩空撒上幾顆星星，是作為詩人的我的責任。至於它們之間的關
係與運行，我想還是讓天文學家或詩評家們去發現去觀察去歸納吧。

一九九七・一・八

鋪天蓋地話網路

　　我不是個喜歡時髦，或善於追逐潮流的人。雖然忝為科技工作者，花樣百出的科技新玩意兒不但不會使我砰然心動，常常還會讓我據隅頑抗一番。當年如果不是陳若曦向我大力鼓吹使用電腦寫作的好處，我說不定到現在還在那裡土法煉鋼，用一枝禿筆塗塗抹抹寫我的詩呢。

　　近年來興起的電腦網路，因此也被我拒於門外。直到有一天，一位美國詩友用他那些多彩多姿的網頁，使我大開眼界，並改變了我的觀念。

　　同我一樣，他也有個可供溫飽的正業，寫詩只是業餘喜好。在幾次投稿碰壁之後，他自費出版了一本詩集。不用說，除了饋贈親友之外，幾乎血本無歸。就在這時候他發現了電腦網路這個幾乎免費，卻四通八達的管道。本來，寫詩最大的樂趣是與人共享，但梗在作者與讀者中間，是操生殺大權的編輯們這個瓶頸。網路突破並消除了這個瓶頸，直接把作品送到讀者面前。他的網站平均每天有一百多位訪客，兩三年下來，訪客已達好幾萬。對許多詩人來說，這是個令人動心的數字。

　　在他的指引下，我把一些英文詩選製成了網頁。我當初的目的，只是為了替我剛出版的英文詩集《秋窗》促銷。但不久接到台灣朋友的來信，說希望能看到中文版本，更有些朋友想看看我的畫作及雕塑。就這樣，我逐步把網站擴大，包容了中、英文詩頁，畫廊，以及其它的資料。開頭幾個月是孤軍奮鬥，門前冷落車馬稀，訪客寥寥無幾。後來同那位美國詩友的網站以及幾個中文電子雜誌連了線，才漸漸熱鬧了起來，也引起了我對網路前景的興趣與關注。

網路的發展，我想可從兩方面來考量。一個是它充任比較傳統的角色，主要作為訊息的儲存與傳播。另一個則是利用電子日新月異的聲光媒體，擔任迥異於傳統的未來角色。

同白紙黑字的印刷出版方式相比，網路顯然佔有較大的優勢。像上面提到的我那位美國詩友以及我自己的個人網站，不需經過刊物或出版社及銷售網的關口，便能無遠弗屆，同讀者建立起直接的關係，並有便捷的管道可供讀者做即時的回應。而網站的儲存量大，內容可隨時更新修改，作者更可別出心裁地設計獨特的展示方式，這些都不是傳統的出版方式所能勝任或提供的。

網路上還有各種張貼板。為了好玩，我曾在一個讓詩人自由張貼的網頁上，張貼過幾首英文詩，也因此接到加拿大一個叫「藍詩社」的網頁主持者的邀稿，有一首詩還被選為「今日詩粹」。「越戰以來的故事」則屬於專題網頁，收集同越戰有關的東西。我一首題為〈越戰紀念碑〉的詩被選去同來自各地的紀念文章，一起張貼在「牆」上。這類張貼板，也許可作為讓作者投稿參賽並由讀者直接投票評獎的好場所。

另一個讓同好者互通聲息的管道是通訊網。我曾參加一個中文詩通訊網，每天都會收到網友們自各地送到電子信箱裡來的詩作及訊息。當然現在花樣更多。而五花八門的電子雜誌也所在皆是。其中有的是單一性（如詩刊），更多的是綜合性。這些雜誌大多免費，有的讀者量大得驚人，我看到一個中文雜誌的計數器上顯示的數字達幾十萬之多。而一些電子雜誌之間日益普遍的聯網，勢將增強地域間甚至文體間的交流與刺激。

當然對研究工作者來說，網路最大的方便是資料查詢。網路上除了有百科全書式的資料庫外，更有五花八門的作家網站。這些網站，有的是大學或學術機構的研究成果，也有的由作家請人或親自動手製作，提供了比辭典、百科全書或手冊更新更迅捷的資訊。我最近為了編選一本譯詩集，必須查核一些原詩的出處以及作者的詩觀與生平，包括有些詩人是否仍在人間這類問題，這些網頁便幫了我不少的忙。

一個號稱最大的網上書店「亞馬遜」，擁有幾百萬個書目。每本書都列有詳盡的出版資料，包括封面及封底的照片、主要內容及目次、

作者生平、有關評論、以及是否絕版或訂購所需時間等等。作者或讀者如對該書有話要說，亦可留言，即時上網。另外還有作者訪問等服務項目，增進作者與讀者之間的了解與溝通。這類網上書店的存在，大大地擴展了由經銷商及書店所構成的傳統銷售網。

對於網路的發展前途以及它對未來文學的影響，也許更多的人會注目於它前所未有的各種可能性上。由聲光新科技配合文字符號所組成的多媒體，或許更能迎合或滿足後現代對人工合成（或雜碎）的表現需求。作者與讀者之間的互動，將日形重要。這種互動可能激發靈感的火花，帶動人們去從事一種集體性的創作，或對某一件作品反覆修改增刪的集體「再創作」。對那些認為現代生活複雜得不可能有定論的人們，文學作品將不再是單方向的，也不可能是完成式的。讀者必須從作品中彼此矛盾或互不相干的斷片與碎屑裡去推敲、去搜集、去拼湊意義。以數據傳播見長的電腦網路，勢將在這方面推波助瀾。虛擬實境的可能將大大地擴展人們的想像空間。有些作家甚至會成為名副其實的電腦作家，把自己的腦子束之高閣，讓電腦去為他們寫作。

不管電腦網路如何發展變化，也不管未來的主流是現代主義或後現代主義，我想文學裡有些東西是不變的，除非你不叫它文學。這些東西包括文學的固有特性及功能。詩人愛略特說過：「詩必須給與樂趣及人生影響。不能產生這兩種效果的，就不是詩。」又說：「『傳統詩』和『自由詩』的區別是不存在的。因為只有好詩、壞詩和一團糟而已。」我對「現代詩」和「後現代詩」（或文學）的看法也是如此。一個作家必須擇善固執，堅持自己的生命價值觀以及對人文理性的信心，不能為了迎合討好而去隨波逐流，或玩弄時髦的新花樣，製造一大堆浮光掠影、隨看隨丟的文學垃圾。另一方面，他也不該拘泥保守或局限自己。為了達到文學必須感動人並同讀者溝通這個基本要求，他可以也應該「不擇手段」，包括利用有聲有色、鋪天蓋地的電腦網路。

一九九七‧十‧七

打開你的心門
——給台灣一位詩友的信

　　你在來信裡說，看到我在那樣的社區報上刊登作品，不禁要為我的詩叫屈。我能清楚地感到隱藏在你好心背後的不滿。

　　事實是，從創刊號開始，我已經在這個芝加哥的華文社區報上發表了將近三百首詩及許多相關的評論。五年多來，每週一首詩，從未間斷過。沒有分文的報酬，我只把它當成對生活於斯的華人社區的服務與回饋。許多讀者說這是他們頭一次接觸到現代詩。

　　你會對我寄給你的這份社區報產生這麼強烈的反感，當然是因為它的政治立場與你的相左。在美國，這一類華文社區報，稿源同財源同樣有限，一般不得不大量轉載台港與大陸的文章，立場不是偏左便是偏右，其間還夾雜著所謂主流及非主流等政治恩怨及糾纏，很少能讓我認同的。所以除非我不在美國發表作品，實際上沒多少選擇的餘地。

　　但從深一層來考量，一個作家是否非要在物以類聚的報刊上發表作品不可？依我看來，在一個立場相近的刊物上發表作品，也許能得到較多的掌聲與認同，影響卻不一定會比在一個觀點相異的刊物上來得大。而我們寫作及發表的目的之一，豈不就在影響讀者？

　　一個作家如一味寫些犧牲立場、討好讀者的東西，見人說人話，見鬼說鬼話，當然可恥。否則不管他的讀者是敵是友，是賢是愚，都沒有理由要感到抱歉。你說是不？

　　聽你說你現在連像《某某報》那樣的報紙都不看，不免使我怵然心驚！就如同當初讀到李登輝總統宣稱他不看某某報的報導一樣。在美

國，笑罵當政者的文章幾乎天天有，但搞政治的人，特別是身居高位的，至少該有聽聽異見的雅量。即使不自己閱讀，也需有專人每天為他收集摘錄各方面的新聞報導與評論（尤其是反對的聲音），作為施政或對付政敵措施的參考。如果為了耳根清靜，堅持某某報不看或某某電台不聽，如何能知己知彼百戰百勝，或維持整個社會的和睦與安祥？何況，從反對的聲音裡，不管它如何偏激扭曲，也多多少少可發掘出一些積極有用的信息，增加對社會一角的瞭解。至於知識分子，由於個人的時間精力有限，或如您所說的「潔癖」，當然有權選擇合乎自己口味的東西來讀。但如僅因意識形態不同而把心門緊閉拒絕溝通，對發展一個民主多元的社會來說，恐怕也不是好事。以前在台灣有外省籍的作家對《台灣文藝》及《笠詩刊》等本土性較強的刊物不屑一顧，難道今天本土作家也要用拒讀某某報某某刊物來呼應他們的偏狹嗎？

一九九八・一・二十

我們需要詩的中層階級

　　不管科學怎麼進步，也不管每天有多少五花八門的工業產品上市，我們的日常生活裡，仍充滿著各式各樣無聊的重複，麻木了我們的神經。太陽底下無新事。超現實畫家達利有一次說，如果他在飯館裡點一客龍蝦，他知道端上來的絕不會是一個烤熟的電話機。一切都是那麼可預料那麼缺少變化。這日復一日的重複，很容易使我們對生活感到厭倦。我們需要一些新的刺激，我們希望聽到一些新鮮的話或看到新奇的事物，使我們的心頭活水潺潺流動，不致停滯枯竭。

　　藝術家的基本任務便是為人類提供新穎的東西：新穎的敘述方式，新穎的視角，新穎的意義，新穎的美。一味摹仿名畫不可能成為畫家，一味抄襲名句不可能成為詩人。不創新便不配被稱為藝術家，也永遠進不了歷史，這是可斷言的。一個有抱負的詩人絕不甘心只做個追隨者，他必須努力把話說得跟前人不同，並且試著說得更好。

　　求新的壓力產生了藝術。在藝術的領域裡，舊的法則必然不斷地被違反，舊的規律必然不斷地被破壞。這一切都是為了求變與創新，我們大可不必大驚小怪，更不可抱殘守缺。為了彌補因不斷重複所造成的衝擊力的減弱以及人們反應的疲憊遲鈍，藝術家們不得不想法增強作品的刺激性。作曲家也許採用越來越大的音響，畫家也許採用越來越大的畫布。但人類的耳膜對音響的承受力有一定的限度，空間的限制也使畫面沒法無止境地增大。超過某個限度，音響會把耳膜震痛甚至震聾，繪畫會找不到可懸掛的牆壁，而且也會讓人覺得喧賓奪主。類似的情形也可能發生在以文字為媒介的詩上。如果過分地求新求變使一些作品成為

「打翻了的鉛字架」，讓讀者見而生畏甚至走避，實在是得不償失。心理學家們曾對刺激因素做了許多試驗與分析，發現一件藝術品含有太強烈的刺激性，同刺激性不足一樣，都會引起觀眾的反感與排斥。一般人不喜歡偏離現狀過大的變化。這種傾向導致了文學藝術史上漸進有序的平穩變革。即使有時候社會動亂可能引起革命性的劇鉅變化，或人為的有意識的矯枉過正，但這種變化通常都很短暫，不可能持久。

當今的中國詩壇，常給我兩極化的不安感覺。一方面是一批過分保守的老詩人儘在那裡唱老調炒冷飯，有的甚至回過頭去寫舊體詩，另一方面卻有許多標榜前衛或後現代的年輕詩人，他們不但唾棄中國的傳統，也忽視西方的傳統，天真地以為只要截取西方某個時期裡的某一個流派，便能在它上面築造起中國的新詩。他們不知道，沒有傳統作基礎的詩，是不可能生根更不可能開花結果的。而急躁的他們只一心一意想超越別人甚至超越自己，對一切都稍嚐即止，無暇站穩腳跟定下心來，把手邊的工作好好做出一點成績貢獻。結果不是在那裡兜圈子，便是走進晦澀的死胡同。白白消耗了許多自己寶貴的時間與精力，以及讀者對詩的熱情。

我們都知道，在一個社會裡，如果中層階級（不太窮又不太富的小康階級）的人口佔大多數，這個社會通常會比較穩定。我想我們的詩壇也需要這樣一個中層階級。這個處在兩極之間的詩人群，將遵循中庸之道（既不太保守也不太激進），用扎實的創作成果來構成詩壇的主流。主流之外，當然也需要有勇於冒險敢作試驗的前衛詩人群。但前衛詩人群只是也只能是少數（不可能人人都去充當先鋒），而且他們必須出身於詩的中層階級，才有足夠的歷練與膽識來從事有意義的探索。而詩的百萬富翁——高瞻遠矚、著作等身的大詩人——也只能從中層階級裡脫穎而出，而不是在一夜之間突然暴發起來的。

文以載道的時代當然早已過去，但如果一個詩人的作品不能引起人們對苦難者的同情與憐憫、或對大自然的喜愛；不能激勵人們的精神向上，或帶給人們溫暖慰藉；不能促使人們嚮往自由與光明，並在他們的內心深處點燃希望，覺得活著真好；無法擴展人們的視野、加深對人

性的瞭解並為人類的文明增添財富；如果這個詩人只知道盲目地追逐時髦，不分青紅皂白地從事破壞顛覆，甚至鼓動帶領人們走向分崩離析、猜忌冷漠、孤絕黑暗的心靈境地，我們要這樣的詩人幹什麼？

一九九八・一・三十

有詩為證

　　如果有人問我，我生平的「本行」是什麼，我一定會毫不猶豫地說：「詩！」

　　認識我的人，大概都知道，我的本行其實是科技工程。台中一中初中畢業後，從台北工專到美國的馬開大學到威斯康辛大學，一路所受的訓練，不是機械工程便是核能工程。直到兩年前從美國阿岡國家研究所退休，我所從事的，也一直是科技方面的研究工作。但我自己心裡明白，科技只是我賴以謀生的工具，詩才是我夢寐以求全力以赴的生活內涵。或者用時髦的說法，科技是冷冰冰的硬體，詩才是溫暖並活潑我生命的軟體。作為硬體，科技工作為我提供了溫飽，也給了我觀察事物領悟宇宙生命的知識與智慧。作為軟體的詩則忠實地記錄了我生命中的每一個重要歷程，成為我的印記，像我在〈生命的指紋〉中所說的：

　　　　繪在我地圖上
　　　　這條曲折
　　　　迴旋的道路
　　　　帶我
　　　　來到這裡

　　　　每個我記得或淡忘了的城鎮
　　　　每位與我擦肩而過或結伴同行的人
　　　　路邊一朵小花的眼淚

天上一隻小鳥的歡叫
都深深刻入
我生命的指紋

成了
我的印記

　　但近來我發現我花在寫詩上面的時間，似乎越來越少了。除了應付詩人工作坊及芝加哥詩人俱樂部（每月一次）及伊利諾州詩人協會（每兩月一次）的聚會，需要提出英文詩作以供批評討論外，更多的時間，我用來親近我的新歡：繪畫與雕塑。偶爾也寫寫散文或搞搞翻譯。使我漸漸對詩疏淡的潛在原因，我猜是由於詩讀者的日漸稀少，缺乏最低限度的讀者反應與刺激。詩集出版的困難與滯銷不說，連中文報紙副刊也越來越少刊登詩作。不久前紐約一位副刊主編來芝加哥訪問，竟要我多多提供散文稿。向詩人要散文稿，雖然不一定是問道於盲，卻也多少令人感到尷尬沮喪。

　　在美國華文界，八〇年代是詩的黃金時代，至少對我個人來說是如此。陳若曦主編的《遠東時報》副刊、王渝主編的《海洋副刊》以及曹又方主編的《中報副刊》，都大量刊登過我的詩作。特別是陳若曦，她登得快，我也寫得勤。其實為了活潑版面或調劑口味，篇幅短小的詩，應該是編者手中最有用的玩意。我常望著一些副刊版面上的空白興嘆。多浪費！多可惜！

　　不久前《芝加哥論壇報》的一位專欄作家曾大力讚揚日本報紙用俳句寫社論的美好傳統。說短短幾行勝過千言萬語，還不去說它帶給人們的美感享受。我們的詩人工作坊也因此用新聞評論作為該月份的指定詩題。但我們都心知肚明，要在這個時代把詩搬上報紙，是不可能的事。我曾問一位美國詩友，從前美國報紙也像中文報紙一樣刊載過詩作（老詩人黃伯飛先生便曾拿給我看他早年在一些紐約的報紙如《紐約時報》上發表過的英文詩作），為什麼現在統統不見了蹤影？她說罪魁禍首是

一些冒失的自認為新潮的年輕主編們，他們大量刊載一般人看不懂的實驗性的前衛詩，大大地敗壞了讀者們的胃口，終於導致詩被逐出報紙，同社會上的廣大群眾斷了緣。

會不會放棄詩，像許多同輩詩人一樣，改寫散文、小說或乾脆下海做生意？我聽到有聲音在問我。不會！我聽到心中一個堅定的聲音回答。散文、繪畫、雕塑，這些藝術創作活動，固然也帶給了我許多樂趣與滿足，但在我心底，詩仍是我的根本，我的最愛，我的本行。有詩的日子，充實而美滿，陽光都分外明亮，使我覺得這一天沒白活，不管到底會有多少人讀到我的作品。

我希望，有一天會聽到人們在提起非馬這個名字的時候，說：「這個人還可以，有詩為證。」

一九九八・二・二十

哪裡的詩人

　　一位以色列詩人最近在給我的電子郵件裡問：「你自認為是中國詩人呢？或美國詩人？」他說他正在編譯一本美國現代詩選，希望能選用我的作品，但需要先確定我的身份與歸屬。他不久前曾把在電腦網路上讀到的我兩首英詩翻譯成希伯萊語，張貼在《來自地球的詩》網頁上我的名下，同其它的英詩並列。

　　記得從前也碰到過類似的問題：「你是台灣詩人呢還是海外詩人？」

　　無論是從詩的語言、發表園地或讀者群來看，我想我都應該算是台灣詩人。至少在早期是如此。

　　為一位作家定位，最簡便的辦法當然是看他所使用的語言。詩的語言應該是詩人的母語。但如果把母語狹義地定義為「母親說的話」或「生母」語，那麼我也像大多數從小在方言中長大、無法「我手寫我口」的中國人一樣，可說是一個沒有母語的人。而從十多歲在台灣學起，一直到現在仍在使用的國語，雖然還算親熱，最多只能算是「奶母」語。等而下之，被台北工專一位老師戲稱為「屁股後面吃飯」的英語，思維結構與文化背景大異其趣，又是在成年定型後才開始認真學習，則只能勉強算是「養母」語或「後母」語了。

　　既橫行又有點霸道的英語，雖然不曾太對我板起晚娘面孔，但在同它廝混過這麼多年以後，感覺上還是免不了有隔膜。伊利諾州桂冠詩人布魯克斯（Gwendolyn Brooks，1917-2000）有一次在給我的信上說我的英文詩「怪得清新」（refreshingly strange），我一直不知道她這讚語的

背後含有多少貶意。有時候，「怪」是對習用語或俗語陌生或無知的結
果，不是裝瘋賣傻故意作出來的。像有一次我在詩人工作坊的聚會上朗
讀我那首〈拜倫雕像前的遐思〉詩的英文版：

多少個年代過去了
你就這樣站著
站在時間之流裡
這凝固的空間

那些被剝奪了一切的囚徒
只能用灼熱的目光
炙烙暗無天日的牢壁
一句句
默默
在心裡
寫詩

但你有廣闊的天空
而飄揚的風衣下
你少年的激情依然昂揚
你扭頭瞪視遠方
是緬懷過去
抑瞻望未來

或者你只是在傾聽
你沉思默想的果實
此刻正在金色的陽光下
在一個愛詩者溫煦的心中
篤篤墜地

當我唸到「and underneath your fluttering coat／your youthful passion is still on the rise」（而飄揚的風衣下／你少年的激情依然昂揚）時，幾位美國男女詩友笑成了一團。我莫名其妙地問他們怎麼了？他們笑說沒想到非馬原來這麼黃。我猛然醒悟，莫非他們習於把「on the rise」解釋成「高高翹起」？老天爺！諸如此類的有趣又尷尬的例子，還有不少。

隨著交通的發達，人類的流動性越來越大。今天使用華文的作家，可說已遍佈全球。英文或其它語言的作家，情形也大致相似。所以僅用語言來歸類作家，似乎已不切實際。語言是必需的、但非充分的條件。同樣的，發表園地與讀者群，也隨著移民人口，有逐漸向各地擴散的趨勢。因此我認為，用這些外在或客觀的條件來決定一個作家的歸屬，不如用內在或主觀的寫作對象與感情來衡量，比較來得恰當。只是在人類社會已成為一個地球村、電腦網路四通八達的今天，一個作家注目關心的對象，恐怕也不可能再局限於一地一族或一國了。那麼有志的詩人何妨大膽宣稱：「我是個世界詩人」。何況人類之外，還有宇宙萬物。或者我們竟可模仿商禽在〈籍貫〉一詩的結尾，輕輕且悠逸地說：「宇——宙——詩——人。」

一九九八・二・二十七

作品首發權

　　我問一位從前常在香港一個文學刊物發表作品的文友，為什麼好久沒見到他在該雜誌上露面。他說他雖然同我一樣敬佩該雜誌主編的文學風骨，但實在無法再忍受他們對稿件「首發權」的要求（我摸摸頭髮正要開口，他白我一眼說，首次發表權）。他說他辛辛苦苦寫出來的一點東西，如果得等上個半年一載，才能同人數少得可憐的讀者見面，實在心有未甘，也覺得對不起自己那些帶有時間性的作品。更令人惱火的是，即使他們決定不用，也不退稿或通知作者一聲。這樣便等於把作品判了無期徒刑，永遠見不了天日。天底下有比這更霸道的事嗎？他憤憤地問。我說你等上幾個月也就罷了，何必無限期癡癡地等下去？他說你有所不知，主編曾當面向他保證，他寄去的稿件一定會用，只是遲早問題。

　　作為投稿人之一，我當然能體會並同情他的牢騷。每個作者都希望能儘早讓自己嘔心瀝血寫成的作品，讓更多的人讀到。在我的經驗裡，詩人瘂弦大概是比較尊重並體諒作者的極少數編者之一。在他主編台灣《聯合副刊》的歲月裡，每次在收到我的稿件後不久，都會寫信告訴我是否採用，或大概要多久才能見報，讓我不致有石沉大海的難堪感覺。當然要求編者對不附退稿信封的海外投稿者一一作覆，未免奢求，但總該想辦法對來稿做出交代才是。我最近看到有些報刊，在徵稿啟事裡明白聲明，如稿件在一定期限內不見發表，作者可另行處理。這是開明也是比較合理的作法。

　　在美國，有不少專欄作家寫的文章或漫畫，即使不是當天，也遲早會在全國大大小小的報刊上出現。越有名的作家，刊載或轉載的報刊也越多。這是因為每一個報刊都有各自不同的讀者群。即使像《紐約時報》這樣的大報，也不是全國各地的人都能讀到。我實在想不起有任何

理由，一首好詩不能像一篇好的政論文章或漫畫一樣，在各式各樣的報刊上出現，讓更多的人有機會接觸欣賞。一位最近從大陸來美訪問的教授告訴我，目前大陸上已有許多刊物不再反對作者一稿兩投甚至數投。我想這是一個進步的好現象。

　　當然，要一稿兩投或數投，作品本身必須具有相當的「硬度」。否則一投便散，哪裡還經得起再投多投？我每次看到那些我在一首叫〈明星詩人〉的詩裡所描繪的習於做秀的「名詩人」或「名作家」：

　　　軋軋
　　　攝影機
　　　掃過

　　　他嘶喊
　　　倒下

　　　螢光幕
　　　從此
　　　成了他的
　　　天空

把一首平凡得不能再平凡的詩或一篇爛得不能再爛的文章，僅靠著所謂的名氣到處曝光招搖，總免不了在心裡頭嘀咕一聲：「又來獻醜！」但如果碰上一首好詩或一篇妙文，即使已在別處讀過，也會滿心歡悅地再讀一遍，從來沒有覺得它浪費了報刊的篇幅或我自己的時間。

　　「在這文學被擠壓得幾乎無立錐之地的資訊時代，一個以繁榮文學為職志的刊物，如果還在那裡斤斤計較作品的『首發權』，未免迂腐可笑。」我那位朋友似乎氣猶未消，仍在那裡繼續他的牢騷：「我不禁要聯想到（雖然我知道你會認為它不倫不類），那個要求獨家取得新娘『初夜權』的舊禮教時代。躲在那個假道學面具後面的，多半是不可救藥的大男人心態。」

　　看到我沒再搭腔，他便也跟著緘默了下來。

一九九八・三・二

芝加哥詩人桑德堡

　　也許是因為在芝加哥住了這麼多年，我對芝加哥出身的桑德堡懷有一份特別的感情。但更大的原因，我想是因為他是現代美國詩人當中，社會意識最強烈、最關懷民間疾苦的一位。一八七八年生於伊利諾州，一九六七年去世的桑德堡，是瑞典移民的後裔，有一個當鐵匠的父親，十三歲便在一輛送牛奶的貨車上工作，以後又在戲院裡換過佈景，做過搬運工、農場工、洗碗工，又當過兵，做過救火隊員，搞過政黨組織活動，還當過密爾瓦基市（我來美國後度過最初幾年的城市）市長的秘書，後來又當過售貨員、記者等等。生活經驗非常豐富。

　　桑德堡在二十六歲時出版了他的第一本詩集，但一直要到十年後他發表了一組詩，其中一首叫做〈芝加哥〉的詩得了獎，才引起詩壇的注意。他一生中除了寫詩（出版了七本詩集）外，還寫過散文、小說，並且出版了厚達六卷的《林肯傳》。此外他還搜集了許多民歌。

　　他的詩繼承了早期美國詩人惠特曼的平民化傳統，關心廣大的下層階級，社會性很強。他的詩題材大多是關於美國中西部的人物及景色，特別是芝加哥這個工業城市的生活。

　　從下面這兩首譯詩，我們也許可看出，桑德堡的確不愧為美國一位重要的新詩人。他對社會的關懷，對平民老百姓的熱愛，以及對工業文明的擁抱，使他成為一個很獨特的工業美國的桂冠詩人。

　　　　把手交疊在胸前——這樣子。
　　　　把腿扯直一點——這樣子。

把車召來帶她回家。

她的母親會號幾聲還有她的兄弟姐妹。

所有其他的人都下來了他們都平安

　　　　火起時沒跳成的只有這不幸的女工。

這是上帝的意旨也是防火梯的不足。

這首題為〈安娜・茵露絲〉的詩，抨擊資本家為了賺錢，忽略保護工人的安全設施。倒數第二行長得有點出奇，頗有一口氣要說出滿肚子的憤懣與不平的味道。下面這首題目叫〈圓圈〉的詩，則巧妙地譏諷了白人的種族優越感：

白種人在沙上畫了個小圓圈

對紅種人說：

「這是紅種人所知道的。」

又在小圓圈外面畫了個大圓圈，

「這是白種人所知道的。」

印第安人撿起小樹枝，

在兩個圓圈外面畫了個大大的圓圈：

「這是白種人同紅種人，所不知道的。」

一九九八・六・十六

頭一級

　　每個人在一生當中，總免不了有不滿自己的成就，或懷疑自己能力的時候。在漫長的寫作生涯裡，作為業餘寫作者的我，便不止一次停下來問自己，花那麼大工夫只換來這一丁點兒可憐的成績，值得嗎？該不該繼續在這條路上走下去？有沒有更合適的道路或較不費力的捷徑呢？

　　在這種患得患失的徬徨時刻，一首我多年前翻譯過的、希臘詩人卡法非寫的〈頭一級〉，總及時微笑著浮上心頭，安慰我，鼓勵我，使我鼓起勇氣，再度向另一層樓爬升。畢竟，我已盡了我所能。即使在這頭一級上，我也該知足常樂，沒有理由要自暴自棄，或見異思遷。

　　　年輕詩人伊夫孟尼斯
　　　有一天向席歐克利透斯訴苦：
　　　「我已寫了整整兩年的詩，
　　　卻只寫成一首牧歌。
　　　它是我唯一完成的作品。
　　　我看到，傷心地，詩的長
　　　梯，高不可攀。
　　　而從我站著的這頭一級，
　　　我將不可能爬得更高。」

　　　席歐克利透斯駁斥道：「這種話
　　　既不得體又褻瀆神明。

單是在這頭一級，
便該夠你高興驕傲。
到達這一步已非同小可：
你已做了一椿神奇的事。
即使這頭一級
也已高出凡世多多。
能站在這一級上
你必須是獨當一面的
思想的市民。
能加入這城市為市民
可不是件簡單平凡的事。
它的議會裡多的是
不上騙子的當的議員。
到達這一點非同小可：
你已做了一椿神奇的事。」

雖然柏拉圖曾聲言要把詩人逐出他的理想國，但我相信他針對的只是那些捕風捉影的模仿詩人（Imitative poets），不是特立獨行的真正詩人。我從不後悔把寫詩當成我一生的追求。每當有沉不住氣或耐不住寂寞的年輕詩友們來信發牢騷或訴苦，我總用這首詩勉勵他們，為他們也為我自己加油打氣。

一九九八‧六‧二十六

寫在大地上的詩

已去世的楊逵先生是個身體力行的台灣鄉土作家。在他晚年，他一個人在台中的東海大學附近的山坡上墾地種花，自得其樂。他有一篇叫做〈墾園記〉的文章，寫的便是這段生活的經驗。文章的最後一段是這樣寫的：

> 最近有一位編輯來遊，問我近來有沒有寫詩。我笑著說：「在寫，天天在寫，不過，現在用的不是紙筆，是用鐵鍬寫在大地上。你現在所看到的，難道不美嗎？」
>
> 他承認了我的說法之後說：「是的，這是一片美好的詩篇，是你不凡的創作。尤其你這六年多來的奮鬥，更是一部感人的故事。不過，能夠到這裡來參觀而聽你講這故事的究竟有限。用筆寫的東西，傳播力更大、更廣、更久遠的，這事實你能否認嗎？」
>
> 「是的，我不否認。」
>
> 就這樣，我把這隻禿筆找出來了。

當初讀到這段文字的時候，我的想法也同那位編輯一樣，覺得楊逵先生把大好的時光花在種花這種小事上，未免可惜。但後來仔細一想，覺得也不盡然。在這個文字大爆炸大泛濫的時代裡，各式各樣的出版物把大家都衝得昏頭轉向。有時候，搜索枯腸、絞盡腦汁用紙筆寫出來的文章，反而不如身體力行、流血流汗用鐵鍬寫在大地上的東西來得新

鮮、扎實、動人、耐讀，其影響力可能更大、更廣、也更久遠。因此我
寫了下面這首詩獻給他，題目就叫做〈寫在大地上的詩〉：

用鐵鍬
寫在大地上的詩
他們說
美是美
卻容易枯萎

這種白紙黑字的迷信
我現在知道
祇不過是士大夫們的
一廂情願

因為遠在地球的這一頭
我的心
正砰砰響應
你永不停息的鐵鍬
沉著的落地

而從你腳下的石頭上
迸出的火花
我深深相信
將在無數個暗夜裡
點燃許許多多的眼睛

一九九八・七・三

從兩首詩看男女關係

　　我喜歡從詩裡看人生。這當然跟自己寫詩有關,但更重要的,是因為文學反映人生,特別是作為文學尖兵的詩。詩人一般都比較敏銳,常能從細微平凡處見出全貌,在紛紜的浮象中找到事物的本質與真相,給我們以「一花一世界,一葉一菩提」的驚喜。

　　在人類的生活裡面,兩性關係大概是最基本,最強有力,也是最複雜的東西。歷代的詩人們為我們描繪了各式各樣的兩性關係:純真的初戀,生死相許的海誓山盟,恬淡持久的體貼關懷,愛恨交織的激情,半推半就的纏綿與矛盾心情,現實的斤斤計較與帶有條件的感情交易等等,琳瑯滿目不一而足。

　　在我翻譯過的英美現代詩裡,由兩個不同時代的詩人寫的兩首詩,最能看出兩性關係的變遷。生於一八八六年的芙蘭瑟絲・孔佛德(Frances Cornford)是達爾文的孫女,擅寫抒情詩,出版了七、八本詩集,一九五九年獲英國女王詩獎。她的這首〈吉他手調音〉,表達了上一輩人對愛情的呵護與隨之而來的溫馨感覺:

　　　　用專注的殷勤他俯身
　　　　向樂器;
　　　　不是以征服者的姿態
　　　　對弦與木發號施令,
　　　　而是像男人對他心愛的女人
　　　　細聲甜問

有無重要的小事要說
在他們，他同她，開始演奏之前。

　　新一代的情人們則比較現實，談情說愛得講條件，誰也別想佔誰的便宜。生於一九三五年的李查・包提岡（Richard Brautigan）寫的〈羅密歐與茱麗葉〉，描述了這對千古情侶在今天社會裡的尷尬處境，是個令人忍俊不禁的好例子：

　　要是妳肯為我死
　　我便為你亡

　　而我們的墳墓
　　將如自動洗衣店裡
　　一塊兒洗衣服的
　　兩個情人。

　　如果你帶肥皂粉，
　　我就帶漂白劑。

　　　　　　　　　　　　　　　一九九八・七・二十三

為誰而寫

　　芝加哥的公共電視台不久前介紹了美國鋼琴演奏家克萊本（Van Cliburn，1934-）的卓越成就與生涯。談到演奏的對象時，這位著名的音樂家說，他要為每個人而演奏，而不僅僅為那些音樂工作者。這同我一向對寫作對象的認知，有異曲同工之妙。

　　有越來越多的學者，包括一些詩人本身，都認為詩是貴族文學，或小眾文學。有的人乾脆宣稱，他們的詩只是寫給同一個圈子裡的詩人們讀的。他們這種說法，多少有點負氣的成分在內。既然你們（大眾）不珍視甚至漠視我錐心瀝血辛辛苦苦寫出來的東西，我便也不把你們放在眼裡或心上。但我知道有不少寫詩的人也不常讀其他詩人的作品。在這種情況下，我相信沒有多少詩人能長期熬得住孤芳自賞的寂寞。

　　今年年初在北京舉辦的「後新詩潮研討會」上，詩人歐陽江河說：「懂不懂的問題不在於詩人的寫作，而在於讀者還沒有找到一種解讀的方法，閱讀語言還沒有建立起來。」這當然沒錯。但他也許沒理會到，一般人不喜歡偏離現狀過大的變化，這一個心理學上的事實。一件藝術品含有太強烈的刺激性，同刺激性不足一樣，都會引起觀眾的反感與排斥。那些千篇一律、沒有絲毫詩味的口號式的所謂新詩，當然早該被摒棄淘汰，但詩人們一窩蜂趕著去寫那些高度試驗性、沒有多少人能看懂的詩，恐怕也不是什麼好現象。被大大敗壞了胃口的讀者們，一看到新詩便避之唯恐不及，哪裡還會去找什麼解讀的方法呢？

　　我也不相信，新的現代詩語言，非艱深晦澀或分崩離析不可。一個有創意的詩人，必可從日常生活裡提煉出人人能懂、卻也能使每個人都

有所得有所感的時代語言。用歇斯底里、支離破碎的語言來表達一個理想破滅或被現實逼得走投無路的人的心境，當然未嘗不可。但對一個純真的微笑或一朵晨光下含露脈脈的鮮花，我們也有必要照樣地施以無情的折磨與宰割嗎？

作為一個現代詩人，當然應該也完全有權利為自己而寫。我不擔心為自己寫作的結果會使作者同社會脫節或造成自我封閉。如果一個詩人不是生活在夢幻裡，而是把雙腳堅實地插入現實，同群眾一起呼吸，深切地感受到時代脈搏的跳動，卻又能清醒地保持自我的信念與面目，不隨波逐流甚至喪失自我。那麼他為自己小我所寫的東西裡面，一定會有大我的存在，無需特別去強調標榜。

我毫不懷疑文學藝術在現代生活裡所能扮演的有用角色。在人際關係日趨冷漠的物化世界裡，文學藝術有如清風甘露，滋潤並激盪人們的心靈，引發生活的情趣，調劑並豐富人們的生活。作為文學精華的詩，更該如此。而為了拉近作者與讀者之間的距離，詩人可以要求讀者加把勁跟上，但讀者也有權利要求詩人別儘耍花樣，放著康莊大道不走，卻搶著帶頭兜圈子，走泥濘的小路。

英國詩人湯馬斯・胡德（Thomas Hood，1799-1845）有一首叫〈詩人的命運〉的戲諷詩：

> 這是現代詩人的命運。
> 在石板上刻下他的思想；
> 批評家走過來朝它吐了口水。
> 順手一抹便清潔溜溜。

廣義的批評家其實還應該包括讀者大眾，以及時間。

一九九八・十・五

非馬雕塑：畫冊，2001年。

閃閃發光的書

　　一九九八年美國詩界的大事之一，是一連出版了兩本有相當分量的詩選。一本是諾騰出版社出版的《世界古今詩選》（*World Poetry, An Anthology of Verse from Antiquity to Our Time*），選了自古至今、各個地區各種語言所寫的詩。這是一本名副其實的重量級，全書厚達一千三百多頁，一千六百多首詩，其中中國詩佔有相當大的分量，達一百七十餘首之多。另一本是一九一一年出生在立陶宛、在美國加州大學柏克萊校區執教多年、一九八〇年得諾貝爾文學獎的詩人米瓦茲（Czeslaw Milosz）編選及評介的《一本閃閃發光的書：國際詩選》（*A Book of Luminous Things: An International Anthology of Poetry*）。這本書收的幾乎全是短詩，從八世紀的中國到當代的美國。編者開宗明義地聲明，為了符合他短小清晰易懂的標準，許多他喜歡及讚賞的詩（如艾略特的〈荒原〉）都沒被收進他這本詩選裡。這當然是大大地違反了詩是屬於不可理解的朦朧境域的流行說法，也只有像他這樣地位及聲望的人，才敢於冒這個險吧？比如書裡有一位法國詩人寫的一首叫〈學校與自然〉的詩：

　　　　畫在黑板上

　　　　在一個鎮上的教室裡

　　　　一個圓圈依然完整無缺

　　　　而老師的椅子已空

　　　　學生們都離開了

　　　　一個在洪水上駛船

> 另一個獨自在耕田
> 而路彎彎曲曲
> 一隻鳥讓它的黑血滴
> 掉落下來

他便做了這樣坦率的評語：「坦白說，我並不喜歡現代主義者使用的那種突如其來的聯想技巧，像這首詩的結尾，血滴掉落在路上。為了瞭解它，我們必須假定附近有獵人，他們射中了一隻鳥，而那隻受傷的鳥剛好飛過這路上。」

　　書裡可讀的好詩確實不少，但也並非每首都是上品。全書二百三十多首詩中，一位名叫 Anna Swir 的當代波蘭女詩人寫的作品，達十二首之多。這可能同米瓦茲自己也是波蘭詩人且大多以波蘭文寫作，並英譯了許多這位女詩人的詩有關。中國詩人當中，杜甫有十一首，王維及白居易各十首，李白只有三首，其他還有幾位詩人包括柳宗元、梅堯臣、歐陽修、蘇東坡、李清照、蘇曼殊等各一首。當代詩人當中，女詩人舒婷寫的〈也許〉是唯一的入選者。另外住在芝加哥以英文寫詩的華裔詩人李立揚也有一首詩入選。

　　書中的詩大多意象鮮明可感，如美國詩人泰德‧庫舍（Ted Kooser，1939-）寫的〈明尼蘇達的夜光〉：

> 在一輛開走的運貨列車的車尾，
> 一隻手擺動著一盞燈籠。
> 鎮上唯一剩下的光
> 是監獄內冷冷燃著的一個燈泡，
> 還有高高在一棟屋子裡，
> 一支五節電池的手電筒
> 拖著一個老婦人下樓去上廁所
> 在她的貓們的紅眼睛中間。

一九九八‧十一‧八

人獸之間

　　我真正開始寫關於生態環境方面的詩，是一九七九年。好像是因為聽到了中國大陸在五〇年代末曾有過一個驚天動地的捕殺麻雀的運動，嚴重地破壞了大自然的生態平衡，有感而發地寫了一首〈趕雀記〉：

　　　　他們用鑼用鼓用鍋用鏟

　　　　用手用腳用嘴巴呼喝叫囂鼓噪

　　　　跑著跳著追著趕著

　　　　從這樹到那樹

　　　　從這村到那村

　　　　從這天到那天

　　　　不讓絲毫喘息

　　　　飛飛飛飛

　　　　到精疲力竭氣絕墜地

　　　　當勝利者高高舉起

　　　　小小獵物微溫的身體

　　　　竟瞥見

　　　　逐漸閉起的白眼內

　　　　突然抽搐起來的

　　　　自己

我相信這一類不顧後果的粗暴行為，到頭來受害的，多半是人類本身。

　　也是一九七九年冬天，我在《芝加哥論壇報》上看到兩張照片，受到相當大的震撼。照片的背景是紐芬蘭島沙灘上一望無際的浮冰。一張是一隻小海豹無知而好奇地抬起頭看著一個獵人高高舉起的木棍；另一張是木棍落地後死寂的場面。新聞報導說每天每條拖網船的平均獵獲量高達一千五百頭，而且這種大屠殺通常要持續五天左右，直到小海豹的毛色變成褐黃，失去商用價值為止。因為是黑白照片，看不到紅色的鮮血，也有可能為了不讓紅血沾污了潔白的皮毛，獵人們只把這些小海豹們敲得昏死過去，所以我們也許不能用「血流成河」這個成語來形容這種大屠殺，但我想「屍積如山」應該不是個太誇張的說法。而這些，只是為了裝飾一些有錢及愛漂亮的太太小姐們，好讓她們在人前炫耀擺闊。下面是我為此事而寫的〈獵小海豹圖〉：

　　　　牠不知木棍舉上去是幹什麼的
　　　　牠不知木棍落下來是幹什麼的
　　　　回頭一次見到
　　　　那紅紅的太陽
　　　　冉冉升起又冉冉沉下
　　　　海鷗飛起又悠悠降下
　　　　波浪湧起又匆匆退下
　　　　一樣自然一樣新鮮
　　　　一樣使牠快活

　　　　純白的頭仰起
　　　　純白的頭垂下
　　　　在冰雪的海灘上
　　　　純白成了
　　　　原罪
　　　　短促的生命

還來不及變色來不及學會
一首好聽的兒歌

只要我長大
只要我長大……

　　這首詩似乎得到了不少人，特別是年輕人的迴響，也經常被引用。前幾年台北有一位作曲家還把它譜成了歌曲，自彈自唱錄製成唱碟。聽說後來還拿去參加金曲獎之類的競賽。而在不久之前，一位台灣讀者還在他給我的電子郵件裡，提到了這首詩。

一九九八・十一・二十四

詩人工作坊

　　我正式同美國詩壇打交道，是最近幾年的事。有一次我看到在我工作的阿岡國家研究所的所內通訊上有一篇專訪，介紹一位寫詩的物理學家同事。在科技掛帥的研究所裡，文藝氣氛極端稀薄，這種既搞科技又寫詩的人簡直是鳳毛麟角。我自己在這研究所裡待了將近二十七年，除了幾位比較接近的朋友外，幾乎沒有人知道我在寫詩。

　　讀了那篇文章後，我馬上撥了個電話給他。原來他的辦公室就在隔壁大樓。他聽說我也寫詩，興奮地要我帶幾首詩給他看看。不久我便在他的推介下，參加了他主持的一個詩人工作坊以及伊利諾州詩人協會。就這樣開啟了我進入美國詩壇之門。

　　位於芝加哥郊區的這個詩人工作坊，每月聚會一次。成員有十一、二人，都寫詩，其中有幽默文集作家、特約記者、中學及大學的英文教師，還有一兩個藝術家。我們挑了一家生意比較清淡的餐館，一杯咖啡或一瓶啤酒便可在那裡消磨上一個晚上。每次大約有七、八人參加。每人輪流把自己複印的作品分發、朗讀，然後逐段逐句逐字討論批評並提出修改意見。有時連一個標點符號都會引起熱烈的討論。每次聚會都有個事先指定的題目，是上個月大家決定的。可以不寫，但這類作品有被首輪優先討論的權利。接下來討論的才是其他的作品。通常是每次一首，但也有例外。像我的詩很短，大家特許我每次讀個兩三首。

　　工作坊的氣氛非常融洽友好。大家對好作品都不吝讚美，對需要修改的作品也都能婉轉地提出善意的批評與建議，絕不會令人難堪下不了

台。而受批評者也都能虛心接受並感謝別人所提的參考意見。這同我印象中的國內文壇的情形似乎大不相同。

類似的作家工作坊很普遍，各地都有。除詩以外，還有散文、小說、兒童讀物寫作等工作坊，許多人同時是好幾個工作坊的成員。聚會的頻率，從每星期一次到每月一次，不一而足。我曾是兩個詩人工作坊的成員，但因時間上實在分配不過來，最後只好捨棄其中之一。工作坊不但是批評討論作品的好地方，同時也方便大家交換文藝訊息，比如什麼刊物喜歡什麼樣的作品啦，哪裡在舉辦詩獎啦，哪個詩獎或出版社是以賺錢為目的啦，某個詩人在某日某地演講或朗誦等等。

除了這些民間的工作坊之外，幾乎每所大學都經常舉辦短期的作家工作坊，邀請名家主持。我的工作坊裡有幾位成員，最近幾年都去參加在艾荷華大學舉辦的各種暑期作家工作坊，他們都說得益良多。

一九九八・十二・十一

橫豎都是挑戰

　　臨時偷懶，上個月我沒去參加每月聚會一次的詩人工作坊。前兩天收到通知，這個月的工作坊將於下星期三晚間舉行，指定的詩題是「豎的挑戰」（vertically challenged）。附注說：「比如矮小的人被汽車裡突然膨脹的氣袋衝得暈頭轉向，矮小的籃球隊員，以及其他可能為從頭到趾的垂直距離感到苦惱的人們。」

　　我們這個詩人工作坊的成員，來自芝加哥地區的各個階層。有英文教師、藝術家、科學家、作家、家庭主婦以及退休人員等。其中女比男多，都是些白人，除了我，還有一個來過幾次的黑人女警察。大家的共同點是：都喜愛寫詩，都願意虛心接受批評（從詩的意境到遣辭用字到標點符號的使用）。每次聚會優先討論的是指定詩題的作品（可寫可不寫）。我本來不喜歡像小學生作文般按照題目寫詩，但不久便發現，這其實也是一種很好的挑戰與訓練。何況有好幾次還是我自己建議的題目。像有一次我看到一位男詩友挺著便便大腹穿用吊帶的滑稽相，便開玩笑提議大家寫「吊帶」。這次不知是哪個捉狹的高個子「觸景生情」，建議了這麼一個帶有挑戰性的題目。

　　近年來，美國社會上盛行「正確的政治意識」（politically correct），創用了許多新名詞，例如肢體殘障被說成「體能受挑戰」（physically challenged），精神殘障被說成「心智受挑戰」（mentally challenged）等等，不一而足。對於從沒感受過做矮子的苦惱、沒受過「豎的挑戰」的我來說，這個題目倒的確是個挑戰。

　　白天苦苦思索，夜半醒來，這題目仍不斷地在我腦中挑戰，使我無法安眠。一向，我的許多詩思都在半醒半睡的朦朧狀態中浮現。通常我會把捕捉到的詩句，一再簡化，到能牢牢記住的程度，以免它們在我早上醒來時，隨夢逃逸（這大概也是我的詩一般都比較簡潔的原因吧）。此刻一些詩思來了又去，去了又來，卻都不成形。心想，詩寫不成，便寫篇雜文也好。一下子想到小時候為身高不如弟弟而憤憤不平的大兒子，一下子又想起在德州戴著大型牛仔帽的鄧小平，一下子又想，對天上的星星來說，身高五尺或七尺，大概沒什麼分別吧？想著想著，竟迷迷糊糊睡著了。

　　天快亮時，卻做了一個怪誕的夢。夢見懶洋洋地半躺在沙發上，一邊同友人聊天，一邊看一份好像是《中央日報》的報紙。報上有一幅漫畫，一個幹部裝束的男人，手揮長鞭，驅趕著一群年輕的女人，從一個廣場上走過，背後好像是個紀念堂之類的建築物。看著她們隆隆凸起的大肚皮，夢中的我竟問起自己：這會不會是某個大人物的風流傑作？看到我瞠目不知所答的樣子，夢中的我又指著她們圓形的肚子問：「這是豎的挑戰？橫的挑戰？或者橫豎都是挑戰？」我還來不及回答，便被太太一腳踢醒了過來。心想，這倒是個好標題。

　　兩天後，終於寫成了指定的詩〈豎的挑戰〉：

　　明明知道不可能
　　他還是將手
　　高高興興地伸向
　　天上的星星

　　這是唯一的姿勢
　　他無須
　　踮起腳尖

非馬畫作：橫豎都是挑戰，44×36 cm，丙烯，2008年。

精簡

　　幾年前曾收到大陸詩人王耀東先生的來信，並附了許多資料，希望我能對當時正在受到議論的他的一首叫〈鄉事〉的詩，談談我的意見。議論是由台灣一位詩人把這首詩的第二節以精簡之名，擅加修改而引起的。這節原詩如下：

　　　　明月依然是
　　　　那副樣子，姍姍地
　　　　總是來遲，她無聲
　　　　心卻聽得真切

　　下面是那位台灣詩人的「修正稿」：

　　　　明月姍姍
　　　　總來的遲

　　　　無聲
　　　　卻聽得真切

　　在「修正稿」之前還有這位詩人的話：「詩的語言越精簡，越有詩味。能用一個字表達的意念，絕不用兩個字；能用兩個字表達完全的，絕不用三個字。許多多餘的贅字都要刪除。」

　　這話當然沒錯。雖然如果要吹毛求疵，他自己的這些話便不夠精簡。「能用兩個字表達完全的，絕不用三個字」及「許多」這些字眼，可能都是多餘。但這是題外話。倒是有不少人認為修正稿把原詩的詩味給修掉了。其中有一位說：「精煉是詩的特點，但不是越精簡越好，詩不是電報稿。該簡的則簡，不該簡的則不簡，以詩味為準、為度。有時為了情趣還要嘮嘮叨叨、喋喋不休呢！」而一位台灣詩評家則說那位台灣詩人「欣賞詩而去刪改詩，是將王耀東視作自己門下的受業生，真是詩壇的大笑話。」

　　雖然這種討論有助於對詩的認識與瞭解，但身在海外，時間及空間的距離都使得參與這種討論缺乏一種現場感，所以我只於事後在一篇文章裡約略談到這件事。

　　也許有人會因為我曾說過「詩是以最經濟的手法，表達最豐富的感情的一種文學形式。詩人的任務是以最少的文字，負載最多的意義，打進讀者的心靈最深處」的話，而以為我在以「短」取詩，覺得越短的詩越好。其實不盡然。短與精簡根本是兩回事。一首短短幾行的詩裡可能仍存在著許多不必要的字句；而艾略特的名詩〈荒原〉長達四百三十四行，在我看來依然是一首精煉的傑作。詩的語言應該同內容密切配合。一首纏綿的愛情詩與一首有泥巴味的鄉土詩所使用的語言與形式當然有所不同。但無論如何，我想把一首詩攔腰一斬，再削手去腳，變成同原詩的語調、氣氛毫不協調的東西，絕不是正確的精簡之道。

一九九八‧十二‧十八

朦朧與藏

　　幾年前我在朋友們的鼓動下，在芝加哥的一個畫廊舉辦了首次個人藝術展，把自己這些年來在繪畫與雕塑的學習與創作上，來一次回顧與展望。在展出期間，聽畫廊主持人後來告訴我，他曾旁聽到兩位華人觀眾由我的畫談到我的詩。一位說非馬的詩裡有許多東西，但不是一眼便能看得出來。另一位說，是呀，他在詩裡連罵人都不直接了當地罵，總要拐彎抹角。他最後的結論是：「這個人似乎有點『藏』。」

　　這是我頭一次聽到有人如此使用「藏」字，也是我頭一次聽到有人說自己深藏不露。之群還常說我太坦率，肚子裡藏不住話，容易得罪人呢！這使我想起，有一年我在一張寄給大陸詩友們的賀年卡上錄了自己一首叫做〈獨坐古樹下〉的詩：

　　　　獨坐古樹下
　　　　他苦思悶想了一整個下午
　　　　終於舒展眉頭站了起來
　　　　高舉雙臂
　　　　學老松的樣子
　　　　伸了一個
　　　　漂亮瀟灑的懶腰

　　　　每個受壓抑扭屈的關節
　　　　在暮色蒼茫中

都突出遒勁
軋軋作響

　　我相信對現代詩稍有接觸的人，都不會覺得這首詩有什麼難懂之處。但據說一批慣於「張口見喉」式詩歌的朋友們，在多方探討仍不得要領的情況下，最後只好嘆口氣，宣佈它是一首「朦朧詩」。這同有一位台灣詩評家把我上次提到的那首王耀東的〈鄉事〉詩，說成是「一首十分朦朧的詩」一樣，有異曲同工之妙。在詩裡用幾個比較新鮮的意象表達一點纏綿的鄉思，便是「朦朧詩」，那不要說大部分的現代詩，連李白、杜甫的許多詩，怕都要成為「朦朧詩」了。

　　詩貴含蓄。一首成功的詩總帶有多層的意義及足夠的空間，讓讀者各憑自己的生活體驗，去選擇、去想像、去填補、去完成、去共享創作的樂趣。詩不是電器使用說明書，我們不能太執著，要求它把話說得清清楚楚明明白白。一首好詩應該能帶給不同的人在不同的時空下以不同的感受。一旦把詩意固定套牢，這首詩便不再繼續成長而變成一首僵化的詩。這就是為什麼一個真正聰明的詩人，通常不願強作解人，去解釋自己作品的原因。

一九九八・十二・十八

多面的桑德堡

最近讀到桑德堡（Carl Sandburg，1878-1967）的詩集《給人民的詩》裡一首題為〈野人〉的詩，描寫二十世紀初期混亂雜沓的芝加哥：

一片歐鶲能做窩的頰髭。
顴骨瓖嵌著日曬的褐色。
機敏的眼睛……牛的肩膀……
他今晚在雨中經過我們
在斯戴南街的襤褸人群當中
他有一把遮雨的大紅傘
還有一個粗麻袋在他的左臂下。

我能瞭解這老野人
以及他在黑傘堆裡
希求一個紅點的心願
而我也不在乎他麻袋裡有些什麼東西。
小貓，小狗，麵包屑——我不在乎。
但他為什麼匆匆如一隻被城市拘限的
送報的馬？
為什麼他疾走像一個為小費而送信的小孩
或追捕的警察？

我看到城市對野性的污染。

我說這裡有一隻狼變成了一條弄堂狗。

令我驚異的是，末句的意象竟同我多年前寫的一首叫〈黑夜裡的勾當〉：「仰天長嘯／曠野裡的／一匹／狼／／低頭時／嗅到了／籬笆裡／一枚／含毒的／肉餅／／便夾起尾巴／變成／一條／狗」何其相似！不知道的人可能會以為我在剽竊抄襲呢。

一九一四年三月，擔任記者的桑德堡，突然在接近中年的時候，以發表在《詩刊》上的一首〈芝加哥〉及八首其它的詩，闖進了美國文壇。八十五年後的今天，《詩刊》又極不平常地發表了去世多年的他的三首未發表過的詩。而他還是一本新近出版的充滿奇思妙想的兒童詩集以及一本憤怒抗議社會不公的給大人們讀的自由詩集的作者。對於一位在一九六七年去世的詩人來說，這樣的遭遇可算是相當不錯的了。

活了將近九十歲的桑德堡，一生中有許多不同的職業。年輕時他當過兵，在波多黎各參加過西班牙同美國的戰爭；他當過無票搭乘火車的流浪漢；他也是一個政黨組織者，當過密爾瓦基市一位社會主義者的市長的私人秘書；國外通訊記者；報導勞工的記者；他還當過影評者，在八年裡評論了二千多部電影。在晚年，他是一個民歌手。在這之前，他為兒童寫荒謬的故事，也靠到處演講賺錢。他寫的六巨冊《林肯傳》在一九四〇年獲普立茲獎。十一年後，他又以《桑德堡詩全集》再度獲得普立茲獎。這本厚達七百多頁的「全集」，其實並不全。他還有幾百首沒有發表過的詩。這些詩大多是在他三、四十歲的時候寫的。其中當然有些不成功的作品，但也有許多高水平之作，卻因為他實在太忙了，以至於沒時間把它們發表出來。

桑德堡在六〇年代把他的文件賣給伊利諾州立大學的珍本書與特別收藏圖書館。傳記作家亨立克兄弟在過去的二十多年中，從桑德堡的檔案裡整理並協助出版了六本桑德堡未曾發表或結集的散文及詩。最近他們又整理出來了兩本書。一本叫做《給離投票年齡還很遠的孩子們

的詩》（*Poems for Children Nowhere Near Old Enough to Vote*，Knopf出版），收集了二十首配有插圖的童詩。另一本書叫《給人民的詩》（*Poems for the People*，Ivan R. Dee出版），收集了七十三首短詩。在這裡，桑德堡顯示了他的多面。比如在一首叫做〈十一月夜曲〉的詩裡，表達了夜遊的桑德堡面對西部風景的冥思：「牛群一動不動地靜靜站立。／一棵孤獨的大樹瞰望／山邊一個赫然出現／為神秘的水汽所籠罩的傷口……我們對著／近在手邊的無垠／那永恆的巨大心跳，沉思默想。」

　　而在一首叫做〈好女人〉的詩裡，桑德堡又以一個記者的面貌出現。這首詩寫的是一個男人把他心愛的女人殺掉，然後不明白為什麼。詩以這位男人的自白結束：「她告訴我她是一個氣泡／一個為我而造的氣泡／不為別人而我能／造它或破它／而我幹嗎破了它／我不知道／她是一個好得一塌糊塗的女人／我不知道為什麼它會發生／她是那麼一個好得一塌糊塗的女人。」

　　桑德堡也是一個塵世中人，在他的詩裡用了一些鄙陋以及今天會令人皺眉頭的種族歧視的粗話。編者對此未免感到惴惴不安。但一位黑人教授兼詩人讀了這本詩集後說：「我想他們不必為此擔心。桑德堡是在反映時代的文化。那便是當時那些心胸狹窄的人對我們的稱呼。」

　　更多的時候，桑德堡是個憤怒的人。他常忍不住用最粗糙的語言來鞭撻社會的不公。他有一首攻擊一位由棒球員變成佈道者、名叫比利‧散代的人的詩。他覺得散代是那些「想讓工人們安於現狀因為他們將上天堂過更好的日子」的權勢集團的工具。下面是這首寫於一九一六年的詩的片段：「你帶著腹瀉的話語，揮舞著拳頭並叫我們大家笨蛋……／你，比利‧散代——見鬼，你只是一個低級的售貨員，一個真正的美國騙子……／如果有好處我會投票立法把像你這樣亂闖的人的睪丸割掉……／你為什麼不找個地方一個人在馬桶上坐一整天……／好好想想，把大便拉光，問問自己你是否同那些美國監獄裡或你告訴我們的地獄裡的貪贓枉法之徒一樣差勁騙人……」

　　《詩刊》的主編說他們從《給人民的詩》裡選出來的這三首詩很值得發表，雖然作者已去世多年。「它們是些活著的詩。」他又指出，

《給人民的詩》提供了一個同當今詩人有趣的對照。它挺身出來反對今天詩人們寫的高度內心化且對社會問題漠不關心的詩。

　　桑德堡的傳記作者尼芬說：「我很高興看到這些詩出來。我強烈地覺得他的觀點有必要傳達給另一個世紀的另一代人。」她說在桑德堡去世後一兩天，一封信送達他在北卡州的家。信上說：「我在報上讀到你逝世的消息。那不可能是真的。像你這樣的人不能死。」

　　尼芬說，桑德堡是世界性的也是不受時間拘限的。像那封信的作者一樣，她說：「我想卡爾・桑德堡此刻還在那裡活得好好的。」

一九九九・六・二十五

詩人的宇宙觀

　　前兩天接到老詩人紀弦先生的來信，說讀到我的那首題為〈天有二日或更多〉的詩，大為欣賞。他在信裡說：「那的確是真的。而且不止這一個。在我們的銀河系中，就應當至少會有十幾個。而在其他島宇宙（銀河外星雲）中，那就更不知道會有幾萬幾億個太陽系的存在了。此乃我從小（中學時代）就一直『信仰』著的。」又說：「關於『大爆炸』說，對於宇宙之起源，基於『膨脹』之觀察所得，應當是正確的。但我『發明』了『循環』論（在我們的詩世界中，我有權如此做）。我認為，『這一次』的爆炸，已經不知道是第幾億、幾兆、幾京次了。爆炸了之後，又再收縮起來，回歸到『一點』，足球那麼大小，密度極高，然後又再爆炸，又再收縮，然而，全宇宙的物質總數量不增亦不減，無所謂『熱死』。至於『黑洞』，那更是每一恆星乃至每一銀河系所必經之過程，沒什麼可驚異的。」他並附來一首作於一九九三年的詩，說是他把他的天文學常識和他獨創的「神學」相結合，寫出來的最重要的一個作品。下面是他這首題目叫〈宇宙誕生〉的詩：

　　　宇宙
　　　從太初
　　　橄欖球那麼大小
　　　（有其絕對的密度
　　　不可想像的密度）
　　　而爆炸

而膨脹

而成為今天這個樣子，

那都是由於

上帝

一腳踢出來的。

好一個上帝踢出來的宇宙！

今年四月十五日以舊金山州立大學及哈佛大學為主的兩個天文學小組在舊金山聯合召開新聞發佈會，宣佈他們經過長期的觀測與分析，發現在離地球四十四光年的地方有另一個太陽系的存在。下面是我寫的〈天有二日或更多〉：

終於傳來了消息

在一百多億年前那場大爆炸中

被沖散的同胞骨肉

已在四十四光年之外

落了戶

興奮得睡不著覺的

當然是地球上的人類

想到在那遙遠的地方

可能繁殖的一群可愛的遠親

和平文明彬彬有禮

但願他們信仰的

是同一個上帝

一九九九‧九‧一

給一位年輕詩人的兩封信

1.

　　從我先前寄給你的一篇題為〈有詩為證〉的隨筆裡，你也許可以看出，對於詩，我也不是那麼信心滿滿的。但我相信，即使在 E 時代，人們還是不可能沒有詩的。只是由於社會的多元化，詩不會像以往那樣有眾多的讀者。就像古典音樂及其它藝術一樣，對象只能是一小部分人。但這並不妨礙我們寫詩，或成為我們不繼續寫詩的理由。

　　我寫詩，主要是因為寫詩使我快樂。我本來可以用寫詩的時間及精力去做別的。比如做生意賺錢啦，做官攬威權啦，搞活動出鋒頭啦，上舞廳跳舞啦，一動不動坐在沙發上看電視啦，甚至整天躺在床上睡懶覺啦……但這些活動（或不活動）都無法像寫詩般給我那麼大的樂趣與滿足。權衡之下，我當然選擇寫詩，雖然我明知詩人不再可能成為英雄。其實在這個沒有英雄的年代，又有誰能真正成為持久的英雄呢？電影明星嗎？歌星嗎？體育明星嗎？商場大亨嗎？部長總統嗎？而且，當了英雄又怎麼樣？他們真個個都幸福快樂嗎？幾年以後，還有幾個人會記得或知道他們？

　　寫詩的另一個收獲是藉它我得以與人溝通。（如果不是因為寫詩，相信你我不會有機緣認識。）它讓我有機會去了解並影響別人及社會。名聲地位，有當然好，但並不是那麼重要，更不是終極目的。名聲及地位的有無及大小，只反映在影響的有無及大小上面，也只有在這種情況下才有其積極的意義。所以當你指出，由於我的詩較易被模仿，如果先讀到受我詩風影響的詩人寫出的「非非馬創作的非馬式的詩」，再回過

頭來看貨真價實的非馬詩時，我的詩就多少失去了新鮮感及魅力。你因此為我抱不平，說我「創造了，但模仿者可能後來居上了」。對於這個事實，我很少介意或感到委屈。原因是我覺得，對整個人類的文化來說，重要的是增添了一首好詩，而不是我寫的或你寫的或他寫的。許多時候，當我讀到別的詩人寫的一首好詩時，我總會衷心感到喜悅，就如同它是我自己寫的一般。基於同樣的心理，每次當我聽到一段好音樂或看到一幅好畫時，我很少刻意去找出作者是誰。我只在心裡頭高興並感激這位有才華的藝術家，創造並留給了我們這麼美好的東西。是這種「不必在我」的認知，讓我減少了許多不必要的焦慮、妒忌與煩惱，因而較能常保心靈的寧靜與愉快。何況正如你所說，能推動一種詩風，於我已是一椿可慰可喜的事了。

很高興你同意我在〈詩人與後現代〉一文裡對詩的看法。至於你覺得那可商榷的「詩必須是詩」一項，我想不是你誤解了我的意思，便是我說得不夠清楚。我對詩的定義其實相當寬廣。只要能給出詩意，詩的「樣子」並不是那麼重要，更不是非固定不可（我其實不喜歡固定的東西）。對於詩（也包括其它藝術），創新的嘗試與試驗是絕對必要的，但求新的目的是為了增加詩意及拓展詩的可能性。我反對的是故弄玄虛，把詩搞成了無詩意、令人困惑氣悶的「四不像的雜碎」。

希望能繼續聽到你對詩的看法，並讀到你寫出的更多更好的作品。

非馬，二〇〇〇年八月一日於芝加哥

2.

你在來信裡說你一直在疑慮→克服疑慮→疑慮的起伏循環中寫詩與讀詩。其實這是相當普遍且正常的現象。生命本來就是在矛盾的不斷產生與克服中得到進展與完成。我想即使是最偉大的哲人，恐怕也不可能不時常對生命發生疑問吧？何況，正如我們在遊山玩水時發現的，過程中的甘苦，往往比抵達目的地所得到的樂趣更深刻，更耐人尋味。

　　你說寫詩不是因為它使你快樂（有快樂，但通常只維持一兩天，至多一星期），而是寫詩讓你覺得充實。這正好同我在〈有詩為證〉那篇隨筆中說過的「有詩的日子，充實而美滿，陽光都分外明亮，使我覺得這一天沒白活」不謀而合。的確，對於一個詩人來說，寫詩所得到的快樂只是也最好是短暫的。如果一個詩人寫成了一首稍為像樣的詩，便沾沾自喜、自我陶醉個沒完沒了，那麼他便不可能再去作更高的追求，而他這輩子大概也只有那麼一首詩了。許多詩人在成名以後便趨於沉寂，也許多少同這有關吧？

　　你又說後現代的創作觀與作品一直給你很大的困擾，使你懷疑自己的閱讀能力與接受新事物的胸懷，也懷疑那些後現代作者們的寫作能力與寫作誠意。其實後現代的現象並不只存在於文學界。它不是孤立的，我們幾乎能在社會的每一個角落裡看到它的存在。它同時也是一種生活態度與生活方式。如果一個詩人認同那種玩票式的生活態度，那麼他寫出來的詩自然而然地便成為後現代作品，也許便能擁有一批持有同樣態度的讀者。我比較喜歡美國這個國家，是因為它的社會比較寬容，古典的，現代的，後現代的，並存不悖，各有各的觀眾、聽眾或讀者。其實在美國詩壇，因為缺乏讀者及市場，後現代詩早已退潮。我接觸到的美國詩人，至少在中西部，幾乎沒有人在寫什麼後現代詩。去年來自中國的作家哈金以他寫實的英文小說《等待》獲得美國全國書獎，也多少說明了當前美國文壇的趨向。

　　我曾在〈鋪天蓋地話網路〉一文的結尾，談到我對後現代的看法，摘錄在下面供你參考，並希望聽聽你的反應與意見：

　　　　不管電腦網路如何發展變化，也不管未來的主流是現代主義或後
　　　現代主義，我想文學裡有些東西是不變的，除非你不叫它文學。
　　　這些東西包括文學的固有特性及功能。詩人愛略特說過：「詩必
　　　須給與樂趣及人生影響。不能產生這兩種效果的，就不是詩。」
　　　又說：「『傳統詩』和『自由詩』的區別是不存在的。因為只有
　　　好詩、壞詩和一團糟而已。」我對「現代詩」和「後現代詩」

（或文學）的看法也是如此。一個作家必須擇善固執，堅持自己的生命價值觀以及對人文理性的信心，不能為了迎合討好而去隨波逐流，或玩弄時髦的新花樣，製造一大堆浮光掠影、隨看隨丟的文學垃圾。另一方面，他也不該拘泥保守或局限自己。為了達到文學必須感動人並同讀者溝通這個基本要求，他可以也應該「不擇手段」，包括利用有聲有色、鋪天蓋地的電腦網路。

祝你愉快！

非馬，二〇〇〇年九月四日於芝加哥

詩的小拼盤

最近幾年我寫了不少關於詩的文字。有的是為了應付報紙副刊的專欄，有的是為朋友的詩集作序，有的是在會議上的談話，更有的是給朋友們寫的信。美洲《世界副刊》這次邀我參加紙上座談，限定一千字，我想便從這些文字中挑出些較合題的，來個小拼盤，給讀者們開開胃吧！

1. 幹嘛寫詩？

我寫詩，主要是因為寫詩使我快活。我本來可以用寫詩的時間及精力去做別的。比如做生意賺錢啦，做官攬威權啦，搞活動出鋒頭啦，上舞廳跳舞啦，一動不動坐在沙發上看電視啦，甚至整天躺在床上睡懶覺啦……但這些活動（或不活動）都無法像寫詩般給我那麼大的樂趣與滿足。權衡之下，我當然選擇寫詩。寫詩的另一個收穫是藉它我得以與人溝通。它讓我有機會去了解並影響別人及社會。

我相信，即使在 E 時代，人們還是不可能沒有詩的。只是由於社會的多元化，詩不會像以往那樣有眾多的讀者。就像古典音樂及其它藝術一樣，對象只能是一小部分人。但這並不妨礙我們寫詩，或成為我們不繼續寫詩的理由。

有詩的日子，充實而美滿，陽光都分外明亮，使我覺得這一天沒白活。

2. 詩讀者哪兒去了？

我曾問一位美國詩友，從前美國報紙也像中文報紙一樣刊載過詩作，為什麼現在統統不見了蹤影？她說罪魁禍首是一些冒失的自認為新

潮的年輕主編們，他們大量刊載一般人看不懂的實驗性的前衛詩，大大地敗壞了讀者們的胃口，終於導致詩被逐出報紙，同社會上的廣大群眾斷了緣。

　　一位中國前衛詩人說：「懂不懂的問題不在於詩人的寫作，而在於讀者還沒有找到一種解讀的方法，閱讀語言還沒有建立起來。」這當然沒錯。但他也許沒理會到，一般人不喜歡偏離現狀過大的變化，這一個心理學上的事實。一件藝術品含有太強烈的刺激性，同刺激性不足一樣，都會引起觀眾的反感與排斥。那些千篇一律、沒有絲毫詩味的口號式的所謂新詩，當然早該被摒棄淘汰，但詩人們一窩蜂趕著去寫那些高度試驗性、沒有多少人能看懂的詩，恐怕也不是什麼好現象。被大大敗壞了胃口的讀者們，一看到新詩便避之唯恐不及，哪裡還會去找什麼解讀的方法呢？

　　一九八〇年得諾貝爾文學獎的詩人米瓦茲（Czeslaw Milosz）前年編選了一本國際詩選，開宗明義地聲明，為了符合他短小清晰易懂的標準，許多他喜歡及讚賞的詩（如艾略特的〈荒原〉）都沒被收進他這本詩選裡。這當然是大大地違背了詩是屬於不可理解的朦朧境域的流行說法，也只有像他這樣地位及聲望的人，才敢於冒這個險吧？他對一位法國詩人寫的一首叫〈學校與自然〉詩中的詩句「而路彎彎曲曲／一隻鳥讓它的黑血滴／掉落下來」，便做了這樣坦率的評語：「坦白說，我並不喜歡現代主義者使用的那種突如其來的聯想技巧，像這首詩的結尾，血滴掉落在路上。為了瞭解它，我們必須假定附近有獵人，他們射中了一隻鳥，而那隻受傷的鳥剛好飛過這路上。」

3. 這時代還需要詩？

　　我毫不懷疑文學藝術在現代生活中所能扮演的有用角色。在人際關係日趨冷漠的物化世界裡，文學藝術有如清風甘露，滋潤並激盪人們的心靈，引發生活的情趣，調劑並豐富人們的生活。作為文學精華的詩，更是如此。

通常一首好詩能為我們喚回生命中快樂的時光，或一個記憶中的美景。它告訴我們，這世界仍充滿了有趣及令人興奮的東西。它使我們覺得能活著真好。

最後我要引用英國作家福特（Ford Maddox Ford，1873-1939）的話：「偉大詩歌是它無需注釋且毫不費勁地用意象攪動你的感情；你因而成為一個較好的人；你軟化了，心腸更加柔和，對同類的困苦及需要也更慷慨同情。」

二〇〇一・五・二十四

難懂的當代詩

　　當代詩最引人議論的，莫過於所謂「懂不懂」的問題。對早期的朦朧詩如此，對晚近的先鋒詩或后現代詩更是如此。不久前在互聯網上讀到詩人北島寫的一篇關於美國疲脫詩人艾倫・金斯堡（Allen Ginsberg）的文章。文末有這麼一段：「說來我和艾倫南轅北轍，性格相反，詩歌上的志趣也不同。他有一次告訴我，他看不懂我這些年的詩。我也如此。除了他早年的詩外，我不知他在寫什麼⋯⋯」

　　連兩位有相當造詣（即使志趣不同）的詩人都看不懂彼此寫的東西，何況一般讀者。

　　我曾在一篇題目叫〈為誰而寫〉的隨筆裡引用了詩人歐陽江河在北京舉辦的「後新詩潮研討會」上說的話：「懂不懂的問題不在於詩人的寫作，而在於讀者還沒有找到一種解讀的方法，閱讀語言還沒有建立起來。」我想這話基本上沒錯。只是他也許沒理會到一個心理學上的事實，就是一般人不喜歡偏離現狀過大的變化。一件藝術品含有太強烈的刺激性，同刺激性不足一樣，都會引起觀眾的反感與排斥。那些千篇一律的陳腔濫調當然早該被摒棄淘汰，但詩人們一窩蜂趕著去寫那些高度試驗性、沒有多少人能看懂的詩，恐怕也不是什麼好現象。被大大敗壞了胃口的讀者，一看到新詩便避之唯恐不及，哪裡還會去找什麼解讀的方法呢？我曾問過一位美國詩友，從前美國報紙上也常刊登的詩哪兒去了？她說還不是那些冒失的自以為新潮的年輕編輯們惹的禍。他們大量刊載一般人看不懂的實驗性的前衛詩，大大地敗壞了讀者們的胃口，終於導致詩被逐出報紙，同社會上的廣大群眾斷了緣。

　　當然，一首詩的好壞，同它的是否難懂並沒有太密切的關係。一首明白曉暢的詩可能是一首味同嚼蠟、令人過目即忘的平庸之作；反之，一首詩如因內容龐大深刻，或技巧繁複艱深而變得難懂，卻有可能越咀嚼越有味道越過癮。古今中外不乏這一類難懂的好詩例子。

　　詩難懂，我想有好幾個可能的原因，例如：

一、本來就沒有什麼詩意或靈感，卻硬要做詩，因此不得不無話找話，胡拼亂湊，或故弄玄虛。

二、詩人確實有話要說，卻因為文字或技巧的不成熟或欠缺，心裡頭的東西表達不出來，或表達得不夠精確。

三、詩中有繽紛雜陳的意象，卻因為不知取捨，結果令人眼花繚亂而終致不知所云。

四、詩人或耽於個人化的虛無情緒，或因思想零亂導致語言艱澀意象模糊，或為了冒充新潮而故意泯滅意義，或使用精神分裂式的語言作文字遊戲，這些都可能是讀者無法在他的詩裡找到解讀的線索與方法的原因。

五、作者同一般讀者的生活經驗或思維方式差距過大，需要時間的醞釀、沉澱與過濾。這類可能具有超前意識的詩，後世的人或許會比較容易瞭解接受。

六、有些情感思想不敢或不好太明白表露，只好在詩裡使用含糊、曖昧或隱晦的字句。許多愛情詩或政治詩多屬此類。

七、詩人在追求一種接近於音樂的所謂「純詩」，利用語言的音調與節奏來營造一種回旋起伏或纏綿或激昂的情緒與氣氛，以期激起讀者身體上甚至心靈上的反應，直接引起共鳴。就像有一次我陪一位訪美的中國詩人在一個公開場合上朗誦詩，雖然他的詩裡並沒有多少動人的詩意，聽眾中也幾乎沒有人聽得懂他的華語朗誦，卻因為他的音調鏗鏘、抑揚頓挫，而獲得了全場的鼓掌。如果讀者要從他的詩裡尋求一般的意義，未免緣木求魚，白費心思。

　　造成詩難懂的原因既然有這麼多，我們便不能把所有難懂的詩都同等對待、一視同仁。只要不是裝神弄鬼、令人氣悶的偽詩，我想我們也

許應該用一種比較寬容的態度來看待它們。正如我的一位詩友所說的：
「……能否真正看懂（了解作者的創作意圖和所要表達的內容）並不十
分重要，只要讀者能夠從中獲取什麼就行，比如智性、靈性、神性的光
輝，或是純粹的感官愉悅（帶有審美取向的）也行。」只有在這種寬鬆
的環境裡，文學藝術才有可能百花齊放、繁榮茂盛。

二○○一・七・十五

百分之八十三是垃圾

這是日前到芝加哥訪問的美國新桂冠詩人比利‧卡林斯（Billy Collins），在被問到他對美國現代詩的看法時，半開玩笑說的話。

他說他沒真正研究統計過，但這似乎是個可靠的數字。正如他相信有百分之八十三的電影不值一看，百分之八十三的餐館不值一吃一樣，有百分之八十三的美國詩不值一讀。

但卡林斯強調的不是這負面的百分之八十三，而是那正面的百分之十七。

「那百分之十七的詩，不僅值得一讀，沒有它們，我簡直活不下去。」他說。

這位曾在紐約一間市立大學教了三十二年的英文寫作，卻沒沾上絲毫學院氣的詩人，通常從日常生活中的平凡事物出發——吃飽了意大利餐的肚子，鄰居的狗叫，讀者在書頁邊上隨意寫下的評語等等——然後把詩帶入一個新奇神妙、感情激盪的境界。比如他在一首題為〈一頂帽子的死亡〉的詩裡，寫到他父親那一代人所戴的帽子如何地過了時。然後他筆鋒一轉，寫道：「現在我的父親，在工作了一輩子之後／戴著一頂土帽，／而在它上面，／一個較輕的雲天——一頂風帽。」幾乎他所有的詩都用這種淺白得近乎口語的語言寫出，使他在美國詩界以平易近人知名。他那三本由匹茲堡大學出版社出版的詩集，到目前為止共售出了十萬多冊。在一個把詩人目為狂傲自大、他們難讀又難懂的作品經常把讀者搞得昏頭轉向的美國詩壇上，他無疑是個可喜的異數。

他相信詩能把強烈深刻的樂趣，帶給每一個敢於一試的人。上任後他要推出的一個重要計畫，是〈詩180〉。他要把他精選的一百八十首美國現代好詩，每天一首，在全國各地的中學裡播放。不分析研究，沒有

家庭作業、不考試，不打分數，只是聽，只是享受。他相信這樣也許能把詩的樂趣從枯燥的課堂及考試的壓力下解放出來，讓詩直接從耳朵進入心靈。這個180的數字，大略等於一學年的天數，但也含有把詩運扭轉一百八十度的雄心在內。

「一個人在一生當中如能同一兩首好詩接上頭，打上交道，」他說，「將是樂趣無窮又受用無窮。」

他已決定，他自己寫的下面這首〈詩導讀〉，將為〈詩180〉打頭陣：

> 我要他們拿起一首詩
> 對著亮光
> 像一張幻燈片
>
> 或把耳朵緊貼著它的蜂窩：
> 我說丟一隻老鼠到詩裡
> 看牠奔突尋找出路，
>
> 或走進詩的房間
> 摸索牆上的電燈開關。
>
> 我要他們在詩的表面上滑水
> 對站在岸上的作者名字揮手。
>
> 但他們卻要
> 用繩子把詩綁在椅子上
> 然後拷問它逼它招供。
>
> 他們開始用水管抽它
> 想找出它真正的含義。

二〇一・十一・十六

企業家詩人

美國現任桂冠詩人泰德・庫舍（Ted Kooser）曾經擔任過尼布拉斯加州一家保險公司的主管，出版過十幾本相當暢銷的詩集。他說寫詩帶給他許多好處，在一個電話紛響、文件亂飛的雜亂世界裡，寫詩使他恢復了心靈的秩序與安寧。

根據非正式的統計，光是在我居住的芝加哥這個城市，便有上百位「主管詩人」。他們利用空檔——咖啡時間，午休時間，搭乘火車上下班的時間——把一天中的所見所聞所感所思，用詩的形式在紙上或電腦上記錄了下來。他們各有各的寫詩理由。有的是為了紓解工作壓力；有的是為了奪回被龐大的商業機器吞噬了的個性與自由；有的說寫詩使他們嚐到了創作的樂趣，得到了心靈的滿足；有的說寫詩使他們保持情緒的平衡，知道什麼事該輕鬆馬虎什麼事該認真嚴肅；更多的人說寫詩讓他們能更客觀更靈活地看待問題，做出較佳的決策；更有人說寫詩使他們的心變得更柔和，更富同情心，更易於與人相處溝通；當然最重要的是，因為寫詩的緣故，他們能用比較天真好奇的眼光，在本來可能是平凡灰暗的世界裡，發現即使是一草一木，都充滿了生命的光輝與神奇。活水在他們的心頭潺潺流動，生活不再枯燥無聊，家人、朋友、同事、鄰居甚至街頭巷尾的陌生人，都一個個變得面目可親了起來。

當然，寫詩還提供了一個表達感情的安全出口。同事之間的一些業務或非業務上的糾葛，有時最好別在辦公廳裡張揚。泰德・庫舍半開玩笑地說，寫詩還給了他免費的娛樂。他說只要打開耳朵或眼睛，辦公室裡隨時隨地都有精彩的連續劇在上演，如他在一首題為〈四位秘書〉的

詩裡所描繪的：「整天我聽到或偷聽到／她們清晰低柔的呼喚／從辦公桌到辦公桌／……／唱她們苦惱的婚姻謠曲／她們的托兒所、停車場與房東之歌」。

二○○五・八・二

紀老師的紅筆

　　住在舊金山的紀弦先生是我近年來接觸比較密切的寫詩朋友。開始通信時，我曾為他在信中「非馬兄、弟紀弦」的稱呼多少感到不自在。因為無論是在年齡、寫詩資歷或成就等各方面，我都是名副其實的後輩。但我知道他這樣只是為了表示尊重對方，而且他似乎對所有的朋友都這樣稱呼，便坦然了。有趣的是，後來我在給朋友寫信時，偶爾也沿用了他這個稱呼習慣，卻惹來了一兩位年輕詩人的質疑與抗議。

　　紀老（我到最近才這樣放心大膽地稱呼他。如此高壽該不怕人家把他叫老了吧？）坦率天真的性格，在他的詩裡表露無遺。曾有一位剛接觸新詩的朋友寫信問我，詩人不是該溫柔敦厚的嗎？為什麼紀弦一點都不謙虛，在詩裡直稱自己是「最美最新也最偉大的詩人」呢？我回信告訴他，一個詩人，特別是一個上了年紀或成了名的詩人，能在詩裡袒露自己的心靈，除了天真，還需要勇氣。何況，如果連詩人本身都不相信自己在歷史上佔有的獨特地位，或不相信自己寫出來的東西是「前無古人，後無來者」，那他的作品一定沒什麼看頭。我寧可讀狂傲的真情，也不願讀謙卑的假意。而只有像他這樣不失天真的詩人，才有可能到了八、九十歲還在那裡寫詩，而且寫出來的詩有時候甚至比年輕詩人寫的還要來得年輕。

　　除了天真之外，最讓我感動的是紀老熱情寬闊的胸懷。我常收到他的來信，告訴我他多麼地欣賞在某處讀到我的某一首詩。在今天，這樣有心的讀者已經很少很少了，何況是詩人，更何況是德高望重的詩人！我自己便因為疏懶，每次讀到詩友寫的好詩，最多只在心裡頭暗暗喝彩

鼓掌，很少想到要拿起筆來給作者寫幾句鼓勵的話。他曾在一篇談論我作品的短評裡說：「詩人非馬作品〈鳥籠〉一詩，使我讀了欽佩之至，讚嘆不已。像這樣一種可一而不可再的『神來之筆』，我越看越喜歡，不只是萬分的羨慕，而且還帶點兒妒忌，簡直恨不得據為己有那才好哩。」今天有多少個詩人能有這樣的氣度與雅量，毫不保留地對另一個詩人說出這樣鼓勵的讚語呢？最近報載諾貝爾物理獎得主楊振寧、李政道兩位先生曾因論文作者排名的先後而交惡的事，更使我感到紀老這種「詩人相重」的胸襟難能可貴。

　　不久前我把去杜甫草堂及李白故里遊覽的感觸寫成的幾首詩寄給紀老。前幾天收到他的回信，說「大作數首已拜讀，我胡亂地打了幾個分數，希望你不要生氣。」看到他在我的原稿上用紅筆又劃底線又寫評語又打分數，我有在他課堂上受教的幸福感覺。不要說他那麼慷慨地給了我一個A-，一個A及兩個A+，即使他給我幾個C+，我想也夠我感激高興滿足的了，怎麼可能生氣？特別是他在我那首題為〈在李白故里向詩人問好〉的詩中，「詩仙詩聖的稱號太無聊／寫詩又不是小學生作文／爭什麼第一」的詩行下劃下了密密的紅線，並稱之為「神來之筆」，我便知道我們的心弦有一個共同的頻率。

二〇〇二・十二・二十二

在美國寫詩

　　雖然從小就愛詩，一九六一年我從台灣到美國留學之前，還沒真正寫過一首詩。在美國的頭幾年因忙於學業，根本無暇顧及詩。直到取得學位開始工作，生活比較安定以後，才同台灣詩人白萩取得了聯繫，在他主編的《笠詩刊》上開闢了一個翻譯專欄，大篇幅介紹當代英美詩，開始同台灣的詩壇建立起持久的關係來。

　　由於白萩希望我能利用地利，盡量多譯介一些剛出版上市的帶有泥巴味汗酸味人間味的詩集，我因此有了接觸了解美國當代詩的機會。從艾略特（T. S. Eliot）到吟唱詩人馬克溫（Rod McKuen），從佛洛斯特（Robert Frost）到垮掉的一代疲脫詩人（Beat Poets）佛靈蓋蒂（Lawrence Ferlinghetti），從意象詩到牆頭詩，我一本本地買一本本地讀一本本地譯，後來又擴大到加拿大、拉丁美洲以及英國詩人的作品，還有英譯的土耳其、希臘、波蘭和俄國等地的詩。幾年的功夫共譯介了將近一千首詩，相信這些譯詩對台灣詩壇的發展有相當程度的影響。

　　在這些詩人當中，馬克溫是一個比較特殊的人物。一九六六年出版的《史丹陽街及別的哀愁》及次年的《聽聽那溫暖》使他成了廣受歡迎的詩人、作曲家及演唱家。這兩本詩集的銷數超過了佛洛斯特和艾略特所有詩集銷數的總和。他詩中的抒情、不裝腔作勢的自然語調與淡淡的哀愁，同離鄉不久的我的心境相當吻合，我花了一兩個月的時間把《史丹陽街及別的哀愁》大部分的詩譯成中文，在《笠詩刊》上一次發表。我在譯後記裡說：「一個詩人的對象應該是同時代的大多數人……詩人不再是先知或預言者，高高在上。他只是一個有人間臭味，是你又是我的平常人。羅德·馬克溫便是這樣的一個人。他的寂寞與迷失代表了這時代大多數人，特別是年青人的寂寞與迷失。正如一個女孩子所說的：『我

們能在他的詩裡找到自己，他感覺到我們所感覺的。』」奇怪的是，美國主流詩壇並不接納他，我接觸到的美國詩人似乎也不把他當成詩人。

一邊翻譯一邊吸收，漸漸地我自己也開始寫起詩來。最初的幾首詩在《笠詩刊》上發表後，聽說還引起了一些詩人與讀者的好奇，紛紛打聽非馬是誰，什麼地方突然蹦出這麼一個詩風新異的詩人來。

當時以《笠詩刊》為中心的台灣詩界與日本、韓國的詩界聯合組織了一個《亞洲現代詩集》編輯委員會，每年輪流編輯並以三國語言再加上英語，出版一本《亞洲現代詩集》，我也擔任了部分中文詩的英譯工作。

可能因為英語是我的第二語言，中譯英比英譯中的工作要辛苦得多。更使我驚異的是，一些在中文裡像模像樣甚至外表華麗的詩，一經翻譯成英文，卻破綻百出，有如翻譯是一面照妖鏡，把躲藏在詩裡的毛病都顯露無遺。這當然有可能是由於兩種不同的文化與語言的差異所造成的，但也可能是原詩缺乏一種普世的價值與廣義的人性，用不同的文字翻譯後很難讓不同文化背景的讀者獲得感動。

那時候聶華玲同安格爾（Paul Engle）還在艾荷華大學主持國際寫作計畫，每年都邀請兩岸的作家前來參加。為了便於申請，白萩希望我能英譯他的一些作品。那是我頭一次嘗試著把中文詩翻譯成英文，實在沒什麼把握，所以在初譯以後，便請一位對文學有興趣的美國同事一起斟酌討論修改，之後也試著把書稿寄給幾家出版社，得到的回答是：喜歡這些詩作，只是美國市場對台灣詩人沒太大興趣，如果是中國大陸的詩人則另當別論。多次碰壁之後，我把書稿寄給當時擔任《六十年代》詩刊的主編詩人羅伯特‧布萊（Robert Bly），請他推介一個出版社。很快就收到他的回信。在一張明信片上，布萊說：「我無法分辨這些詩的好壞，因為你使用的有些詞彙，我們已經有幾十年不用了！建議你找個美國詩人幫忙修改。」後來才發現我那位美國同事對當代的東西不感興趣，甚至存有偏見與反感，他的閱讀範圍只限於古典文學，難怪他的詞彙同當代接不上頭。

在不是故國的地方寫詩，面臨的最大問題，除了文化的差異之外，便是：用什麼語言寫？為誰寫？寫什麼？這些問題當然是相互關聯的。當時雄心勃勃的我，確有用英文寫詩，進軍美國詩壇的念頭，但很快便

體悟到，如果思維仍習用母語，那麼最自然最有效的詩語言應該是自己的母語。用第二語言的英文寫詩，無異隔靴搔癢。語言確定以後，自然而然地，華語讀者成了我寫作的對象。當時美國的中文報紙不多，刊載現代詩的副刊更少，而大陸的門戶還沒開放，因此台灣的讀者成了我的主要對象，旁及香港及東南亞等地區。對這些讀者來說，美國的題材雖然也許可能產生一點異國情調或新奇感，但不可避免地會有隔閡；寫台灣的題材吧，對住在美國的我來說又缺乏現場感。在這種情況下，寫國際性的題材成了較好的選擇，深層的原因當然是因為我一向厭惡狹窄的地域觀念，普遍的人性與真理對寫詩的我更具有吸引力。相信這是有些評者認為我是當代台灣著名的詩人中，國際主義精神表現得最為強烈的原因吧。

　　由於用中文寫作，我同美國詩壇幾乎沒什麼接觸與交往，但為了好玩，我還是試著把自己的一些詩譯成英文，有幾首還被選入了一些書名頗能滿足虛榮心的選集如《傑出的當代詩》、《詩神的旋律——最佳當代詩》等，後來才知道這些可能就是所謂的「虛榮出版物」（Vanity Publications）的玩意兒。無論如何，當時確給天真的我不少鼓舞，特別是有一本選集還用我的名字去做廣告。

　　真正認真把自己的詩翻譯成英文，是上世紀九〇年代初期參加伊利諾州詩人協會以後的事。伊利諾州詩人協會是成立於一九五九年的「國家州際詩人協會聯盟」旗下的組織。協會每兩月聚會一次，主要是批評討論會員所提出的作品，並組織各種活動如到養老院及醫院等場所去朗誦、舉辦成人及學生詩賽等。入會不久我便被推選為會長，任期兩年。一九九五年我把自己的英譯詩作整理成冊出版，也許受《芝加哥論壇報》上一篇圖文並茂兩大版的訪問報導的影響，反應相當熱烈。一位詩評家甚至把我列為包括桑德堡（Carl Sandburg）及馬斯特（Edgar Lee Masters）等名家在內的芝加哥歷史上值得收藏的詩人之一。當然這對只出版過一本英文詩集的我來說未免太過獎了。不久我加入了成立於一九三七年的芝加哥詩人俱樂部，成為唯一的非白人成員。

　　隨著網路的興起與普及，我自己也製作了一個個人網站《非馬藝術世界》，展示中英文詩選、評論、翻譯、每月一詩以及散文等，同時

也在網上如雨後春筍般出現的各種網上刊物及論壇上張貼作品，有幾首還被選為「當天的詩」或「當週的詩」，交流的範圍也隨之擴大，甚至有來自以色列的詩人要求授權翻譯我的幾首詩；日本著名詩人木島始也從網路上同我取得了聯繫，用我的詩為引子，做中、英、日三種語言的「四行連詩」，在日本結集出版；一些美國詩人團體及詩刊也來信邀請我擔任詩賽的評審或詩評小組委員等等。這些都是網路帶來的方便與可能。幾年前，伊拉克戰爭引起了美國詩人們的反戰運動，在網路上設立網站，讓詩人張貼反戰詩，也吸引了來自世界各地詩人的響應與支持，我曾義務擔任了一段時期的華文編輯，我自己的一首關於越戰紀念碑的詩也被選入《詩人反戰詩選》，另一首關於戰爭的詩則被一個反戰紀錄片所引用。

除了陸續將我的中文作品翻譯成英文外，最近幾年我也嘗試著從事雙語寫作。無論是由中文或英文寫成的初稿，我都立刻將它翻譯成另一種語言。我發現反覆翻譯的過程對修改工作很有幫助。當我對兩種語言的版本都感到滿意了，這首作品才算完成。在這裡必須提一下，我的雙語詩同一般的直接互譯略有不同。由於是自己的詩，我擁有較多的自由，從事再創作。

兩岸的評論家常不知該如何為我定位：台灣詩人？中國詩人？美國詩人？上面提到的那位以色列詩人也曾問過我究竟把自己當成中國詩人或美國詩人。我想為一位作家定位，最簡便的辦法是看他所使用的語言。前面說過，我認為詩的語言最好是詩人的母語。但如果把母語狹義地定義為「母親說的話」或「生母」語，那麼我也像大多數從小在方言中長大、無法「我手寫我口」的華人一樣，可說是一個沒有母語的人。而從十多歲在台灣學起，一直到現在仍在使用的國語或普通話，雖然還算親熱，最多只能算是「奶母」語。等而下之，被台灣一位教授戲稱為「屁股後面吃飯」的英語，思維結構與文化背景大異其趣，又是在成年定型後才開始認真學習，則只能勉強算是「養母」語或「後母」語了。但經過多年的反覆實踐運用，「奶母」語及「養母」語或「後母」語都有漸漸同「生母」語融合的跡象。說不定有一天我能提筆寫作，而無需考慮到選用何種語言。

二〇〇八・八・二十三

尼娜的讀書報告

尼娜幾年前從中國來到美國以後，便一直想把英文學好。兩三年前她在芝加哥一個社區學院裡選了門英文課，問我能不能替她做課餘補習，改改作業，把把關。

這學期她選的是獨立學習的課程，每週由教授指定一篇文章，回家研讀後寫報告。上星期指定的是美國作家修伍‧安德森（Sherwood An-derson，1876-1941）的短篇小說〈手〉（*Hands*）。故事講一個孤單的老人，有一雙修長優雅、可作為詩人材料的敏感的手，卻經常把它們藏在背後或深埋在褲袋裡。在待了二十年的俄亥俄州一個小鎮上，他靠這雙手在田裡當採摘工過活，不同任何人打交道，只有一個當記者的年輕人可算是他的朋友。當老人同這位年輕人單獨在一起時，他的手便活轉了過來，表情豐富興奮激昂地揮舞敲擊，告訴年輕人別太受身邊的人的影響，「你該開始做夢」。有一次在田野裡，當他講到激動處，他的手不自覺地擺在年輕人的肩膀上，並開始輕輕撫摸。突然像觸了電般，他一下子驚醒了過來，眼裡充滿了恐懼，急急地把手抽回並深深藏進他的褲袋裡，落荒逃回他的住所。

原來老人在年輕時是賓州一個小鎮上的學校老師，深受學生們的愛戴。黃昏時他常同學生們一起散步，或坐在校舍階梯上聊天織夢。偶爾他會用手摸摸男孩們的肩膀，弄弄他們的亂髮，他的聲音柔和而富音樂性，讓學生們也不知不覺地跟著做起夢來。

接著悲劇來了。一個戀慕他的學生在夜裡做了個不可告人的夢，早上卻把它當真事般說了出去。很快謠言如烏雲般籠罩了全鎮，半夜裡被

從床上拉起來質問的驚恐的孩子們，有的說：「他用手臂摟過我」，有的說：「他的手指撥弄過我的頭髮」。有一天下午一個手執球棒的家長闖進了學校，當著學生們的面把他打得死去活來，臨走時警告他要永遠看好他的手。當天晚上，一群憤怒的鎮民帶著繩索棍棒呼囂著到學校找他，本來要把他吊死的，卻一時心軟饒過了弱不禁風的他，讓他逃命。

　　這就是這位看起來像六十五歲的「老人」（其實才不過四十）把自己以及雙手深深藏匿起來的原因。迫切想同別人溝通，表達對人類的愛，卻不得不在道德森嚴、對與眾不同的人存有恐懼與偏見的社會裡強自抑制，就是這個令人深深同情感觸的「手」的故事。

　　尼娜的讀書報告，不失她一向的穩重正派，雖然有些地方在我看來似乎有點武斷保守。譬如她說，小說裡的主人公是個同性戀者，因為他一直沒結婚，而且交往的都是男性，又喜歡勾肩搭背。我說那也不見得，我記得在台灣唸書時，同性同學之間勾肩搭背是很稀鬆平常的事，可我們都不是同性戀呀。主人公如果不是經歷過那次大災難，說不定也會像一般人一樣成家立業，做個好丈夫好父親的。當然我也不能完全排除他有同性戀的傾向。另一個我不太能苟同的是，尼娜說如果她的兒子是主人公的學生，她會很擔心，怕被教壞。我說妳這就未免太杞人憂天了。如果老師是個左拐子，難道教出來的學生也會變成左拐子？如果你的兒子天生沒有同性戀的傾向，我不相信會因為老師偶爾拍拍他的肩膀摸摸他的頭髮會使他變成同性戀者。當然囉，如果牽涉到性侵犯或性虐待，則另當別論。

　　小說裡不止一次提到這個關於手的故事可成為詩人的材料。尼娜問為什麼？我說妳沒注意到當他同學生們或年輕記者談到夢時，都沒有具體的內容嗎？主人公心中所想望的，他的手所要表達的，都模糊朦朧。如果作者把一切都交代得清清楚楚，它可能是個好故事，但不會是一篇迴腸盪氣耐人咀嚼的好小說，更不可能是一首好詩。

二〇〇八・九・二十三

讀詩不是為了考試

　　一位住在芝加哥的詩友不久前為紐約一個文學雜誌訪問了現任的美國桂冠詩人泰德·庫舍（Ted Kooser）。一九三九年生於艾荷華的庫舍，在艾荷華州立大學及尼布拉斯加大學受教育，退休前是一家保險公司的主管，也是尼布拉斯加大學的副教授，偶爾教教寫詩的課程。他是設在美國國會圖書館裡的第十三屆桂冠詩人。他的詩充滿了睿智與歡樂，是美國短詩的名家（他說他很少寫超過二十行的詩），也是頭一位來自美國中西部城鎮的桂冠詩人，渾身充滿了鄉土的氣息。像下面這首題為「午夜」的詩，便是一個好例子：

> 深夜某處，
> 一隻狗在吠叫，
> 星光在它繃緊的鏈條上
> 如一串露珠。
> 沒有人在那裡
> 在黑暗的花園外，
> 沒有什麼可吠叫的
> 除了，也許，某個老人
> 把他的記憶送出去
> 做午夜漫步的念頭，
> 一件華麗的披肩
> 由眾多的愛所織成

在他肩膀上

漫不經心地飄蕩著。

徵得訪問者及被訪問者的同意，我把訪問記與庫舍的十幾首詩翻譯成中文，並聯絡好分別在台灣、香港及大陸的詩刊上發表。這幾天正忙著為香港的刊物《詩網路》做出版前的校對工作。剛好「芝加哥詩中心」這兩天為庫舍在芝加哥安排了一些活動，我想機會難得，如能來一張詩人、訪問者及譯者的合照，豈不好玩？雖然天氣預測說晚上會下雪，我還是決定同另一位詩友一起開車進城去參加這場庫舍詩朗誦會，順便把印得漂漂亮亮的校樣送一份給他做紀念。

朗誦會是六點半開始，我們在十分鐘前抵達，正在排隊買門票，卻聽說票賣完了！甚麼！票賣完了？我們可是開了一個多鐘頭的車來的啊！我把手裡拿著的裝有校樣的大信封給服務員看：「我還要見庫舍先生呢！」沒料到服務員一看到信封上我的英文名字，竟高興得大叫道：「中國的桂冠詩人來了！我們大家都在等你呢！」說完不由分說拉著我就往會場跑，我的洋同伴也沾了「中國桂冠詩人」的光跟著免費進場，省掉了十元美金的票錢。

我猜是那位訪問庫舍的美國詩友在庫舍及主辦者面前替我瞎吹噓，無中生有為我製造了一頂中國詩人的桂冠。久等不見人影，他們都有點失望，以為我不來了。一看到我（全場好像只有我一個東方人），主辦者趕緊找人替我們三個人拍了好幾張照片。

在擔任桂冠詩人期間，庫舍每天風塵僕僕到處演講朗誦，努力推動詩運，各級學校的學生更是他努力接近爭取的對象。他說他要讓年輕人們知道，詩其實是可親可愛的，只是因為歷來的教育方法不對，應付考試成了讀詩的主要目的，才讓學生們對詩產生了恐懼的心理。如能以輕鬆愉快的態度去接近詩，一定會喜愛上詩，一生受用無窮。

最近我在網路上發現台灣及大陸都有不少學校採用我的詩當教材。這當然使我高興，因為我相信，一個充滿詩意的社會，是一個溫馨平和健康的社會，要達到這個目的，最佳的途徑是讓人們從小便接觸詩。但

我也發現，我的一些詩包括〈醉漢〉竟出現在兩岸不少學校的試題中。
但願孩子們不會因此一看到我的詩或我的名字便頭痛才好。

二〇〇六・三・十六

非馬（左）同美國桂冠詩人庫舍（中）及訪問者詩人史密斯（右）合影，2006年3月於芝加哥。

向轉盤擲標槍
──在美國擔任詩賽評審

　　幾年前我曾為佛羅里達州的兩個美國詩人團體主辦的全國性詩賽擔任過評審。由於所有比賽都只有一個得意的獲勝者，評審可說是一樁吃力不討好的工作，何況美國的詩賽一般都只有一位評審獨挑大樑，不像在台灣或大陸，一般詩賽都有好幾位評審，可以分擔責任甚至互相推諉。好在佛洛里達離芝加哥很遠，我只需在書面上宣佈我的評審結果，不必去面對一大群怨氣衝天的落敗者。

　　這次不同。邀請我擔任詩賽評審的是芝加哥本地一個有相當歷史與規模的美國作家團體。他們有他們自己出版的年刊，每年從發表在這年刊上的散文及詩作中各選出一名優勝者，頒贈一百美元的獎金。評審結果將在九月中旬舉行的年會上由兩位評審親自宣佈。

　　我早有參加九月間由台北工專同學會籌辦的大陸華東之旅的計畫，正好拿來當藉口推辭。但主辦者似乎已打定了主意，說雖然很遺憾我無法參加他們的年會，仍希望我能擔任今年的詩賽評審。既然如此只好答應，並且在收到的二十三首詩中篩選出五首候選作品來。這初選工作並不太難，但要在這各有優劣、難分上下的五首中選出一首來，可有點傷腦筋。我想起了多年前同美國名詩人羅伯特‧布萊聊天，他說評審的最後階段就如同向一個轉盤擲標槍。為了慎重，我把兩首最有希望得獎的作品翻譯成中文（我一向認為翻譯是檢驗一首詩的一個好尺度），好不容易決定了得勝的作品，正要寫信給主辦者，卻收到同學會的通知，行程延遲到十月。無可奈何，只好硬著頭皮去參加九月中旬的年會。在會上我宣佈並祝賀了得獎者（後來發現作者是一位在大學裡教英國文學的教授），同時宣佈我將把得獎的作品連同四首佳作都翻譯成中文，在一個叫《詩天空》的網絡雙語詩刊上發表，可能的話還會在台灣或中國大

陸的詩刊上刊登譯文。這一招贏得了全場熱烈的掌聲，也免去了可能的
尷尬。皆大歡喜。

　　得獎者派崔克・丹納（Patrick Dunn）是伊利諾州阿羅拉大學的教
授。他寫詩也寫帶有商業性的寫實文章，並出版了兩本書：《後現代魔
術：資訊時代的魔術藝術 》與《魔力語言符號：一個魔術師對語言學的
詮釋》。下面是他的得獎作品：

〈A小調四重奏，作品132號〉

在這嚇人的、可怕的雷聲中，瀕死的人突然抬起頭來，莊重地伸
出了他的右臂，「像一個將軍給軍隊下命令」。這只是一瞬間的
事；手臂垂落；他向後倒了下去。貝多芬死了。

——A. W. 塞爾

我寫作總是為了讓人愛我，
我的朱麗葉，我的約瑟芬，還有你——

一條金色緞帶追溯
黑暗與我的陣陣怒潮。我寫作

這樣你也許會撫平我的亂髮，我的下巴，
我虛弱的唇搏動如一隻麻雀。

我寫作這樣你也許會歌唱我的名字，
而我，在霧懷中，也許能看到，

你的唇拓展出雙脈
中間是吻的微顫。

我把時間刻入你腕部的弧線，
每個和弦是撫摸你的手的一種方式。

當沉默的顎緩緩閉攏，
我看到你，幽暗中的一個閃電，

感覺到你雷霆的聲音在我床上，
我終於將手伸上抓住

迅速衰退的光線
在你甩盪的髮絡間。

二○○九・十一・一

《詩刊》憎命達

　　二〇〇二年十一月一個天雨車擠的晚上，我同一位美國詩友從西南郊開了將近兩個小時的車到芝加哥城內，買了十五美元的門票，再加上可觀的停車費，參加美國《詩刊》的一個聚會，聽當時的美國桂冠詩人比利‧卡林斯（Billy Collins）同幾個演員一場不怎麼精彩的朗讀，慶祝由詩人佛洛斯特倡辦的一年一度的「詩日」。

　　一九一二年由曼羅女士（Harriet Monroe，1860-1936）創辦的《詩刊》，是許多美國詩人成名前初試鋒芒的地方，有一萬多個訂戶，九十多年來從未過脫期，經濟情況卻一直不好，聽說一度銀行帳戶裡只剩下不到一百美元。那天晚上朗讀的，有龐德、葉芝、奧登、佛洛斯特、司蒂文斯、艾略特、威廉斯等詩人同主編曼羅女士之間的來往信件與部分詩作。所有這些都摘自剛出版的兩本書：《親愛的編者：從信件看〈詩刊〉歷史》及《〈詩刊〉詩選 1912-2002》。編輯這兩本書的是當時《詩刊》的主編帕利西（Joe Parisi）同他的助手們，所以那次詩會竟可看成是為這兩本新書所做的宣傳促銷。回家的路上我們都多少有點上當的感覺，特別是兩天後聽到一九七〇年代初期曾遭《詩刊》退稿的女詩人、美國製藥公司伊萊‧利黎創辦人的曾孫女露絲‧利黎女士，給《詩刊》捐贈了一億美元的消息。

　　一億美元！我們都不約而同地叫了起來。在有那麼多人因飢餓而死去的這個世界，這一億美元能救活多少條人命啊！金錢真能讓詩人們多寫出幾首好詩來嗎？而一個詩刊，要這麼多錢幹什麼？搞不好這個在一夕之間富了起來的詩刊，會像突然拿到一大筆遺產的子孫般，因分產糾

紛而打得頭破血流。我引用杜甫的「文章憎命達」的詩句，開玩笑地對那位美國詩友說，命達以後的《詩刊》，恐怕很難再維持以前的高水平與聲望吧？英國詩人葛雷夫斯（Robert Graves，1895-1985）不是說過「詩裡沒有錢，但錢裡也沒有詩」嗎？

果不其然！為了如何使用這筆後來增長到兩億美元的捐款，《詩刊》基金會因理事們的意見分歧而搞得四分五裂，十二個理事當中有過半不是自動辭職就是因批評新領導階層而被迫辭職。除了爭論《詩刊》的使命與方向外，爭執的焦點之一是要花費兩千五百萬美元建造一個富麗堂皇的「詩之家」的計畫。有一位理事質問：「幹嘛要為詩造個家？造個家給老詩人們住不更好嗎？」其它的爭執包括用一百萬美元建立一個網站，以及花七十多萬美元調查詩在當今美國生活中的地位等等。但最引起爭端也最傷感情的是理事會雇用了該會主席約翰·巴爾（John Barr）的妻子。她本來是個義工，籌辦一個桂冠兒童詩人獎及一個獎金達二萬五千美元的兒歌獎，上任不久便因眾多反對之聲而被解雇。主席巴爾是個銀行家兼詩人，他的獨斷獨行的作風以及「不幹小兒科計畫」的芝加哥大手筆大派頭，引起了不少人的皺眉。從前這雜誌社的全年經費是五十萬美元，現在每年光是付給二十個員工的薪水便是兩百萬。而每年花費在詩獎以及付詩人的朗誦費上更高達三百二十多萬之多。但他說這些錢花得有價值，單在去年這一年裡，這些活動便把詩的快樂帶給了幾百萬人。他似乎對那些有學院背景的理事們沒什麼好感。上任後不久，他在芝加哥大學的一次演講中，把現代詩的缺失全部歸罪於學院派，說詩人原該到更大的世界裡去邀遊，營造一個能與更廣闊讀者群共鳴的詩的聲音。相反地，他們卻躲到那些提供美術碩士學位與寫作計畫的大學象牙塔裡去。而基金會的董事長也似乎對他頗具信心，說「詩之家」的營建將是詩在美國文化中全面復活的具體表現。

剛於去年年底以九十四高齡去世的捐贈者露絲·利黎，生前曾擔任過榮譽理事，卻從未參加過理事會的會議，對如何運用這筆捐款更從未置喙，現在人不在了，當然更沒話說。看樣子《詩刊》的糾紛還會繼續一段時間。

二〇一〇·一·二十二

後記

　　這本書裡有多篇是我一九九八年在香港《明報》世紀副刊上發表的專欄文章。那個名叫「七日心情」的專欄由七位不同地區不同背景的作家輪流執筆，記得其中有余秋雨、也斯和張曼娟等。當時我正嘗試我的「夾詩散文」寫作，在散文裡嵌入短詩，便拿這個專欄當實驗場。有自己的幾百首詩當後盾，我寫得既順手又快捷。本來每人每週只需寫一篇，我卻常因支援其他缺稿的作者而寫上兩三篇。對於「夾詩散文」這形式，我自己雖頗具信心，但因之前曾向台灣一個副刊試投過稿，編者說不合體例而沒有採用，所以開始時還是有點擔心，但後來香港幾位朋友告訴我說一般反應相當不錯，我也收到了好幾個香港讀者，包括一些大學生的電郵，感謝我的文章讓他們有機會接觸到現代詩。可惜一年後這個專欄沒能繼續寫下去，不然我相信會有更多的收穫。後來我把這些專欄文章連同歷年來寫的一些散文編成一本叫《有詩為證》的散文集，還特地請黃永玉先生為它寫了序，把它交給台北的未來書城出版社。沒想到二〇〇四年六月正要出版時，出版社卻突然關了門。最近收到幾本友人寄來的新書，發現竟都是秀威出版的，質量都相當不錯。這些書都屬於所謂的 POD 出版方式。正巧我的第二本英文詩集不久前才由美國一家 POD 出版社出版，覺得這是網路時代出版界的大勢所趨，所以把舊書稿拿出來重新編排潤飾了一番，再加上最近幾年所寫的幾篇文章，便成了這本《不為死貓寫悼歌》。

　　之群花了不少時間用我的畫為這本書設計了幾個各有千秋的封面讓我挑選，不管是否用得上，我都要在這裡特別謝謝她。

非馬年表

1936
十月十七日生於台中，回原籍廣東鄉下。

1948
進台中光復國小。

1949
進台中一中。

1952
進台北工專讀機械工程。

1954
與同學創辦《晨曦》月刊。

1957
工專畢業。

1959
在屏東糖廠工作。

1961
赴美國，進馬開大學研究院。

1962
與馬開大學同學劉之群女士結婚。

1963
獲機械碩士學位，參加核能發電廠設計工作。

1967
到威斯康辛大學研究院攻讀。

1969
獲核工博士學位；進芝加哥的阿岡國家研究所工作；開始在《笠詩刊》上譯介英美當代詩。

1970
詩作被選入日文版《華麗島詩集》。

1971

英文詩作被選入Jeanne Hollyfield主編的《現代詩年鑑》。

1972

英譯白萩詩集《香頌》出版。

1975

第一本詩集《在風城》出版。

1976

詩作被選入紀弦等主編《八十年代詩選》及王鼎鈞等主編《中國現代文學年選》。

1978

詩作〈醉漢〉榮獲吳濁流新詩佳作獎；譯著《裴外的詩》出版。

1982

獲1981年度吳濁流新詩獎及第二屆笠詩翻譯獎。

1983

《非馬詩選》出版；詩作被選入王渝編《海外華人作家詩選》。

1984

詩集《白馬集》及《非馬集》出版；獲第三屆笠詩創作獎；詩作被選入張健著《中國現代詩》。

1985

詩集《四人集》（合集）出版；列名國際作者與作家名錄。

1986

詩集《篤篤有聲的馬蹄》及《路》出版。

1987

詩作被選入張錯編《千曲之島——台灣現代詩選》及劉登翰編《台灣現代詩選》。

1988

主編《朦朧詩選》出版；開始習畫。

1989

主編《台灣現代詩四十家》出版。

1990

《非馬短詩精選》出版；詩作被選入葛乃福編《台港百家詩選》及犁青主編《台灣現代百家詩》。

1991

主編《台灣現代詩選》及《台灣詩選》出版。

1992

譯文集《緊急需要你的笑》出版;擔任《新大陸詩刊》顧問。

1993

詩集《飛吧!精靈》及譯文集《織禪》出版;當選《伊利諾州詩人協會》會長。

1994

舉辦首次個人畫展。

1995

詩作被選入張默、蕭蕭編《1917-1995新詩三百首》;英文詩作得「詩人與贊助者」詩賽第一獎;英文詩集*Autumn Window*出版。

1996

自阿岡國家研究所提早退休;《芝加哥論壇報》專文介紹生平及新書;詩作被選入呂進主編《新詩三百首》及羅馬尼亞文《中國現代詩選》

1998

在《明報》副刊撰寫專欄;詩集《微雕世界》出版。

1999

楊宗澤編選《非馬詩歌藝術》出版;譯詩選《讓盛宴開始》出版;詩作被收入姜耕玉選編《20世紀漢語詩選》及牛漢謝冕主編《中國新詩三百首》。

2000

擔任佛羅里達州詩人協會全國自由詩獎評審;詩集《沒有非結不可的果》及《非馬的詩》出版。

2001

詩作被選入東吳大學中文系編註《國文選》;參加中國作協在北京舉辦的非馬作品研討會;劉強著《非馬詩創造》出版。

2002

參加海南的「非馬現代詩研討會」及上海市作協舉辦的「非馬作品研討會」;《東方航空》雜誌介紹繪畫及雕塑作品。

2003

中英對照《非馬短詩選》出版。

2004

高雄師大江慧娟碩士論文《非馬及其現代詩研究》。

2005

被美國書商通訊列為「值得收藏的芝加哥詩人」；散文集《凡心動了》出版。

2006

畫作〈秋窗〉及〈自畫像〉被收入《一代名家》（中國畫報出版社）；《畫家畫話》（畫文：涂志偉，詩：非馬）出版。擔任「澳洲彩虹鸚」和「中國微型詩」聯合舉辦的詩賽評委會副主任、美華文學論壇及中國微型詩、《中國風詩刊》顧問。

2007

擔任「華河杯」2007中外華文詩歌聯賽顧問及終選評委及《當世界華人詩文精選》編委會顧問。

2008

畫作參加北京通州區宋莊美術館奧運畫展及上上國際美術館開館國際畫展；澳洲長風論壇舉辦網上非馬作品研討會；擔任《藍》國際女性詩社顧問。

2009

莫渝編《台灣詩人選集──非馬集》（台灣文學館）出版；參加北京「恍惚繪畫與表現主義傳統：第四場浪潮」及「接近──五人繪畫展」展覽；擔任芝加哥郊區一個美國作家團體的詩賽評審；英文詩作 Bridge 被選入英國《牛津英文：國際學生課本》；譯作《泰德・庫舍詩選》獲首屆「詩潮」詩歌翻譯獎；擔任「中國詩賦網」、「無界詩歌藝術沙龍」及「北美華人文學社」顧問、北京寫家文學院客座教授；《香港文學》海外華文作家專輯系列推出非馬專輯。

2010

擔任夏威夷華文作家協會及《詩・心靈》刊物顧問、《中國詩人論壇》駐站詩人；英文詩集 *Between Heaven and Earth* 出版；唐玲玲／周偉民編著《非馬藝術世界》出版。

語言文學類　PG0479

不為死貓寫悼歌

作　　者／非　馬
責任編輯／林泰宏
圖文排版／蔡瑋中
封面設計／陳佩蓉

發 行 人／宋政坤
法律顧問／毛國樑　律師
印製出版／秀威資訊科技股份有限公司
　　　　　114台北市內湖區瑞光路76巷65號1樓
　　　　　電話：+886-2-2796-3638　傳真：+886-2-2796-1377
　　　　　http://www.showwe.com.tw
劃撥帳號／19563868　戶名：秀威資訊科技股份有限公司
　　　　　讀者服務信箱：service@showwe.com.tw
展售門市／國家書店（松江門市）
　　　　　104台北市中山區松江路209號1樓
　　　　　電話：+886-2-2518-0207　傳真：+886-2-2518-0778
網路訂購／秀威網路書店：http://www.bodbooks.tw
　　　　　國家網路書店：http://www.govbooks.com.tw
圖書經銷／紅螞蟻圖書有限公司
　　　　　114台北市內湖區舊宗路二段121巷28、32號4樓
　　　　　電話：+886-2-2795-3656　傳真：+886-2-2795-4100

2011年01月BOD一版
定價：430元
版權所有　翻印必究
本書如有缺頁、破損或裝訂錯誤，請寄回更換

國家圖書館出版品預行編目

不為死貓寫悼歌 / 非馬著. -- 一版. -- 臺北市 : 秀威資訊
科技, 2011. 01
　　面 ; 公分. -- （語言文學類 ; PG0479）
BOD版
ISBN 978-986-221-673-6（平裝）

855   99022613